KB193532

거대한 죄

거대한 죄

천호강 옮김 바다출판사

톨스토이

일러두기

- 이 책은 러시아 국립문학출판사(모스크바, 1928~1958)가 출간한 《톨스토이 전집》중 제34권, 35권, 36권, 38권, 90권에서 사회사상(특히 토지와 정부, 국가)에 관한 글들을 뽑아 번역한 것입니다.
- 이 책에 나오는 성경구절은 개역개정판 《성경전서》를 기본으로 하되 옮긴이가 원문 내용을 반영하여 번역하였습니다.
- 각주 앞에 '원주'라고 별도 표시하지 않은 모든 주는 '옮긴이'의 것입니다.
- 본문 중 대괄호([ ]) 안의 내용은 옮긴이가 독자의 이해를 돕기 위해 추가한 것입니다.
- 인명, 지명을 비롯한 외래어는 국립국어원의 외래어표기법을 따랐으나 몇몇 경우 일상적으로 널리 쓰이는 용례가 있으면 이를 참고하였습니다.
- 단행본과 정기간행물 등은 겹화살괄호(《 》)로 표기하였으며, 단편·시·논문·기사·장절 등의 제목은 홑화살괄호(〈 〉)로 표기하였습니다.

목차

애국주의와 정부

1

나는 이미 우리 시대의 애국주의는 부자연스럽고 불합리하며 인류가 겪는 재난의 상당 부분을 유발하는 유해한 감정이라는 생각을 여러 번 표명했다. 이런 감정은 지금처럼 육성되어서는 안 되며, 오히려 이성에 근거하는 갖은 수단을 통해 억제되고 제거되어야 한다. 그러나 놀랍게도, 인민을 결딴내는 전반적인 군사 무장과 파멸적인 전쟁들이 저 감정에 명확하게 의존하고 있음에도 불구하고 애국주의의 후진성과 시대착오적 성격, 유해성에 대한 나의 논거들은 지금껏 침묵이나 고의적인 몰이해 또는 한결같은 기이한 반대에 부딪혀왔다. 오직 나쁜 애국주의, 징고이즘, 쇼비니즘

만이 해로운 것이며, 참되고 좋은 애국주의는 아주 고결한 도덕적 감정이어서 이를 책망하는 것은 비이성적일 뿐만 아니라 범죄적이라는 말들을 한다. 참되고 좋은 애국주의가 무엇인지에 대해서는 아예 말이 없고, 그 해명 대신 과장되고 현란한 어구들만 요란한가 하면, 우리 모두 잘 알고 있고 모두에게 잔혹한 고통을 안기는 그 애국주의와는 아무런 공통점도 없는 어떤 것을 애국주의라는 개념으로 내세운다.

흔히 참되고 좋은 애국주의는 자민족이나 자국의 진짜 행복을 바라면서도 타민족의 행복을 침해하진 않는 것이라고들 말한다.

지금 벌어지고 있는 전쟁[1]에 대해 최근에 어느 영국인과 대화를 나눈 적이 있다. 여기서 나는 이 전쟁의 진짜 원인이 흔히 말하듯 이해타산에서 비롯한 게 아니라, 영국 사회의 전반적 분위기에서 분명히 보이듯 애국주의에 있다고 말했다. 그 영국인은 나의 의견에 동의하지 않고, 그게 사실이라면 현재 영국인들을 고무시키는 애국주의가 나쁜 애국주의이기 때문에 전쟁이 벌어진 것이라고 말했다. 그가 생각하는 좋은 애국주의란 자국인들이 잘못된 행동을 하지 않도록 하는 것이었다.

"당신은 오직 영국인들만 잘못된 행동을 하지 않기를 바

---

1 보어전쟁을 일컫는다. 보어전쟁(1차: 1880~1881, 2차: 1899~1902)은 아프리카 종단 정책을 추진하던 대영제국과 남아프리카에 정착한 네덜란드계 보어인 간의 전쟁이었다.

랍니까?" 나의 질문이었다.

"모두들 그러기를 바라죠!" 이 대답을 통해 그가 보여준 것이 있다. 진정한 행복의 속성은 도덕적이든 과학적이든 심지어 실용적이든 실천적이든, 그 본성상 모든 사람들에게 적용된다. 그러므로 누구에게나 그러한 행복을 염원하는 것은 애국주의가 아닐 뿐만 아니라 애국주의를 배제한다.

이와 마찬가지로 개별 민족의 특성 역시 애국주의가 아니다. 여타의 애국주의 옹호자들은 그러한 특성을 의도적으로 애국주의 개념으로 내세운다. 그 옹호자들은 개별 민족의 특성이 인류 진보의 필수조건이기 때문에 그러한 특성을 유지시키고자 하는 애국주의는 선하고 유익한 감정이라고 말한다. 하지만 과거 언젠가는 관습, 신앙, 언어 같은 개별 민족의 특성이 인류의 삶의 필수조건이었지만, 이러한 특성 자체가 우리 시대에는 사람들이 이미 의식하고 있는 여러 민족의 형제애적 통합이라는 이상의 실현에 주요 걸림돌이 되고 있음이 명백하지 않은가. 그런즉 러시아인, 독일인, 프랑스인, 앵글로색슨이든 어떠한 민족의 특성에 대한 지지와 수호는 헝가리인, 폴란드인, 아일랜드인뿐만 아니라 바스크인, 프로방스인, 모르도바인, 추바시인과 같은 여타의 숱한 민족성의 지지와 수호를 불러오기 때문에 사람들을 접근시키고 통합시키는 게 아니라 더욱더 소외시키고 분열시키는 역할을 한다.

사실상 상상이 아닌 현실적 애국주의에 대해서는 우리가

잘 알고 있다. 우리 시대 사람들 대부분이 그 영향 아래 놓여 있으며 그로 인해 인류는 아주 혹독한 고통을 겪고 있다. 애국주의[또는 애국심]는 자민족에게 정신적인 행복을 바라는 것(정신적 행복은 자민족에게만 바라서는 안 된다)도, 개별 민족성(이는 속성이지 감정이 아니다)도 아니다. 현실의 애국주의는 여타의 모든 민족이나 국가에 비해 자민족이나 자국을 선호하는 분명한 감정이며, 따라서 자민족 또는 자국이 최대 융성과 위력을 갖기를 갈망하는 것이다. 여기서 최대 융성과 위력은 항상 다른 민족이나 국가들의 융성과 위력에 위해를 끼쳐야만 획득될 수 있으며 그렇게 획득되곤 했다.

감정으로서의 애국주의는 몰지각하고 해로우며, 학설로서 역시 어리석은 것임은 명확해 보인다. 개개의 민족과 국가가 스스로를 최상으로 여기게 되면, 전부가 거칠고 해로운 망상에 빠질 것이 분명하기 때문이다.

2

애국주의의 유해성과 분별없음은 누구에게나 분명하게 드러날 것처럼 여겨진다. 그러나 놀랍게도, 계몽된 지적인 사람들 스스로가 이를 깨닫지 못할 뿐만 아니라, 아무런 합리적인 근거가 없더라도 애국주의의 해로움과 분별없음에 대한 지적에 지독히도 완고하게 열성적으로 반박하고 애국주의의 유익성과 숭고함에 대한 칭송을 이어간다.

이는 무엇을 의미하는가?

내가 보기에 이 놀라운 현상에 대한 설명은 단 하나뿐이다. 인류의 전 역사는 고대로부터 우리 시대에 이르기까지 의식의 운동으로서, 저급한 이념에서 고급한 이념으로의 개개인과 동종의 집단의 운동으로 살펴볼 수 있다.

개개인이나 동종 집단의 사람들이 지나온 모든 행로를 연속적인 일련의 단계로 상상해볼 수 있다. 이는 동물적인 삶의 수준의 저급한 단계에서 인간의 의식이 해당 역사적 순간에 상승하는 고급한 단계로 이어진다.

개개인은 개별 동종 집단(민족이나 국가)과 마찬가지로 항상 저와 같은 이념의 계단 같은 것을 따라 걷는다. 인류의 일부는 앞서가고 다른 일부는 한참 뒤처져 있고, 또 다른 대부분은 그 중간에서 움직인다. 그러나 그 어떤 단계에 있든 모두들 저급한 이념의 단계에서 고급한 단계로 필연적으로 걷잡을 수 없이 움직인다. 그리고 언제나 각각의 주어진 순간마다 개인이나 개별적 동종 집단은 앞서 있든, 중간에 있든, 뒤처져 있든 각자 움직여가는 세 가지 이념의 단계에 대해 세 가지 관계에 놓인다.

언제나 각 개인에게나 개별적인 집단에게는 시대에 뒤처지고 낯설어진 과거의 이념이 있다. 더 이상 그 이념으로 되돌아갈 수는 없다. 우리 기독교 세계의 식인풍습, 만민의 약탈, 아내 납치 등이 그것인데, 그저 기억으로만 남았다. 이와는 달리 교육과 본보기 등 주변 환경의 갖가지 작용을 통해 사람들이 받아들인 현재의 이념도 있다. 사람들은 그 영향 아래서 주어진 시기를 살아간다. 우리 시대의 소유제, 국가 제도, 무역, 가축화한 동물 활용 같은 이념이 그것이다. 그리고 미래의 이념도 있다. 그 가운데 일부는 이미 실현이 가까워져 사람들로 하여금 자신의 삶을 변화시키고 이전의 삶의 형태와 투쟁을 벌이게 한다. 예를 들면, 지금 우리 세계의 노동자 해방과 여성 평등권, 육식 중단 등과 같은 이념이 그것이다. 그러한 이념들은 비록 사람들이 이미 의식하고 있긴 해도 아직 이전의 형태와의 투쟁에 돌입하지 않은 상태에 있다. 오늘날 이상적인 형태로 불리는 폭력 근절, 재산 공유제 확립, 단일 종교, 만인의 보편적 형제애 같은 이념이 그런 것들이다.

그러므로 모든 개인과 동종 집단은, 그들이 진입한 단계와 상관없이 뒤로는 한물간 과거의 기억을 앞으로는 미래의 이상을 지닌 채, 현재의 낡아가는 이념들과 현실화하는 미래의 이념들이 투쟁하는 과정에 놓여 있다. 흔히 벌어지는 일은 이런 것이다. 지난날 유용하고 심지어 필수적이던 이념이 그 쓸모를 잃으면, 다소간 지속적인 투쟁 끝에 지난날 이상이었고 지금은 이념이 된 새로운 것에게 그 자리를 양보한다.

하지만 이런 경우도 있다. 사람들의 의식 속에서는 이미 고급한 이념으로 교체된 한물간 이념의 유지가 사회에서 최대 영향력을 갖는 일부 사람들에게 유리하다. 그러면 그 낡은 이념은 변화된 삶의 체계와 예리하게 상충됨에도 불구하고 계속 영향을 미치며 사람들의 행동지침이 되곤 한다. 낡은 이념의 그러한 지연은 종교 분야에서 늘 발생하고 있다. 그 원인은 낡은 종교적 이념이, 그 지위 유지에 유리한 성직자들이 자기 권력을 이용하여 사람들을 낡은 이념 속에 붙잡아두기 때문이다.

국가의 영역에서도 모든 국가성의 기반이 되는 애국주의 이념과 관련하여 동일한 일이 똑같은 원인으로 벌어진다. 더 이상 아무 의미도 없고 효용도 없는 이러한 이념의 유지가 이득이 되는 사람들은 그 이념을 인위적으로 떠받친다. 인민에게 영향을 미칠 막강한 수단을 가진 그들은 언제나 그런 일을 할 수 있다.

시대에 뒤처진 애국주의 이념이 처한 기이한 모순에 대한 해명이 여기에 있는 것으로 보인다. 우리 시대의 애국주의 이념은 여기에 대립되고 기독교 세계의 의식 속으로 이미 유입된 온갖 이념체계와 함께 존재하는 상태에 있다.

3

자기 민족에 대한 배타적인 사랑의 감정이며, 적들의 구타와 폭력에서 약자들을 방어하기 위해 스스로의 평온과 재산은 물론 생명까지 희생하는 용기에 대한 가르침으로서의 애국주의는 어느 한 시대에는 고급한 이념이었다. 그 시대에는 모든 족속이 스스로의 이익과 위력을 지키기 위해 다른 족속을 구타하거나 약탈하는 행위를 가능하고 정당한 것으로 간주했다. 그러나 2000년 전쯤 인류 지혜를 대표하는 사람들이 형제애를 최상의 이념으로 의식하기 시작했고, 이 이념이 점차 사람들의 의식을 파고들어 오늘날에는 다채롭게 구현되고 있다. 교통수단의 발달과 산업, 무역, 예술 그리고 지식의 통합에 힘입어 우리 시대의 사람들은 서로 강하게 밀착되어 있고, 이웃 민족으로부터의 점령, 살해, 폭력 위험이 아예 사라지는 지경에 이르렀다. 모든 민족(정부가 아니라)은 평화롭게 상호 이익이 되며 우호적인 무역, 산업, 지식의 교류 속에서 서로를 침범할 이유도 필요도 없이 살아간다. 따라서 한물간 애국심은 과도한 감정이며, 다양한 민족들의 삶 속에 흘러든 형제애 의식과 양립할 수 없는 감정으로 점차 제거되고 완전히 사라져야만 했을 것으로 보인다. 그런데 반대 현상이 벌어져서 해롭고 한물간 이런 감정이 계속 존재할 뿐만 아니라 점점 더 격화되고 있다.

아무런 합리적 근거 없이 민족들은 스스로의 자각과 이익에 반해 타민족을 공격하여 남의 것을 차지하고 이미 차지한 것을 폭력을 써서 지키려는 정부에 동조한다. 게다가 직접 그와 같은 공격과 탈취 및 사수를 요구하고 이런 일들에 기뻐하며 자랑스러워하기까지 한다. 폴란드인과 아일랜드인, 체코인, 핀란드인, 아르메니아인같이 강대국들의 영향 아래 놓여 억압당하는 소규모 민족들은 저희를 억압하는 정복자들의 애국주의에 반발한다. 그럼에도 불구하고 그들은 억압하는 민족들의 낡고 불필요하며 무의미하고 해로운 애국주의에 너무나 심각하게 감염되어 있다. 그 결과 그들의 모든 활동은 애국주의에 초점이 맞춰진다. 그들 스스로가 힘센 민족의 애국주의로 고통을 받으면서도 저희를 정복한 민족들이 저질러온 똑같은 짓을 또 다른 민족들에게 행할 태세를 갖추고 있다.

그 이유는 다음과 같다. 지배계급(관료를 거느린 정부만이 아니라 자본가, 저널리스트, 대다수의 예술가와 학자같이 특별히 유리한 지위를 누리는 계급)이 인민대중에 비해 특별히 유리한 지위를 고수하게 하는 국가 체제가 애국주의의 지원을 받기 때문이다. 인민에게 영향을 미치는 아주 강력한 수단을 모두 손에 쥐고 있는 지배계급은 내외적으로 애국적인 정서 유지에 만전을 기하며, 더 나아가 국가권력을 떠받치는 이러한 정서에는 우선적으로 그 권력에 의한 보상이 주어진다.

관리는 더 강한 애국자일수록 경력에서 더 성공을 거둘 수 있는 것과 마찬가지로 군인은 애국주의에 의해 촉발되곤 하는 전쟁을 통해서만 경력을 쌓아 출세할 수 있다.

애국주의와 그 후과인 전쟁은 신문사에는 막대한 이익을, 대부분의 장사꾼에게는 이득을 가져다준다. 애국주의를 더

열심히 설파하면 할수록 작가와 교사, 교수는 자신의 지위를 더 강하게 보장받는다. 애국주의에 충실할수록 황제나 군주는 더 큰 영예를 얻는다.

지배계급의 수중에는 군대와 돈, 학교, 종교, 언론이 있다. 이들은 각급 학교에서 모든 민족들 가운데서 제 민족이 최고이자 언제나 으뜸이라는 식의 역사 서술을 통해 아이들의 마음속에 애국주의가 불타오르게 한다. 성인들에게서도 애국주의 정서를 불타오르게 하기 위해 각종 볼거리며 축하 행사, 기념비, 애국주의적 거짓 언론을 동원한다. 중요한 것은 이들이 애국주의를 불타오르게 하는 방식이다. 타민족에 온갖 부당하고 잔인한 짓을 저질러서 자기 민족에 대한 그들의 적대감을 자극하고, 그 후에는 이런 적대감을 활용하여 자기 민족 내부의 적대감을 불러일으킨다.

저 끔찍한 애국주의 정서의 격화는 여러 유럽 민족들에게서 급속도로 진행되다가 현재는 이제 더 이상 나아갈 곳 없는 막바지 단계에 도달했다.

4

우리 시대 젊은 사람들까지도 모두 기억할 만한 사건이 벌어졌다. 그 사건은 기독교 세계의 사람들이 애국주의로 인해 얼마나 얼빠진 상태로 내몰렸는지를 아주 명확하게 보여주었다.

독일의 지배계급은 인민대중의 애국심을 불타오르게 했다. 그 결과 19세기 후반 모든 사람이 예외 없이 병사가 되어야 한다는 법안이 상정되기에 이르렀다. 아들과 남편, 아버지, 학자, 성직자 모두 살인 훈련을 받아야 하며 최고위직에 있는 자의 순종적인 노예가 되어야 하고 죽이라는 명령의 대상이라면 가차 없이 죽일 태세를 갖추어야 했다. 다시 말해, 억압받는 [약소] 민족의 인민, 자기 권리를 옹호하는 자국의 노동자들, 아버지와 형제들을 죽여야 한다는 것이다. 온갖 통치자들 가운데 가장 철면피한 빌헬름 2세[2]가 이를 공개적으로 천명했듯이 말이다.

사람들의 고결한 감정을 거칠게 훼손하는 저 끔찍한 조치는 애국주의의 영향 아래 아무 불평 없이 독일 국민에 의해 받아들여졌다. 그 결과는 프랑스에 대한 승리였다. 여기서의 승리는 독일의 애국주의를 더욱 격화시키고, 더 나아가 프랑스, 러시아 및 다른 강대국들의 애국주의를 불타오르게 했다. 이로써 대륙의 강대국 국민들은 국민개병제라는 노예제 도입에 불평 없이 순종했다. 이는 굴욕의 감수와 의지 상실의 정도에서 고대의 어떠한 노예제와도 비교를 불허한다.

2　빌헬름 2세Wilhelm II(1859~1941)는 프로이센의 왕이자 독일제국의 마지막 황제로, 1900년 중국의 의화단 봉기를 진압하기 위해 독일군을 파견하는 환송식에서 본문에서 암시되는 '훈족 연설'을 행했다. 톨스토이는 그의 이른바 황화론黃禍論을 거듭 비판한 바 있다.

이후 애국주의라는 미명하의 대중의 노예적 굴종과 각국 정부의 오만, 잔인성, 광기에는 그 한계가 없다. 아시아, 아프리카, 아메리카에서의 이국땅 점령이 일부분 변덕과 일부분의 허영과 일부분은 사욕을 채우기 위해 앞다투어 벌어지고, 각국 정부의 서로에 대한 불신과 적대감은 날로 커지기 시작했다.

점령지에서의 지역민 소탕이 마치 당연한 일처럼 받아들여졌다. 그저 누가 먼저 타지를 점령하고 그 거주민들을 소탕할 것인가가 문제였다.

온갖 통치자들은 피지배 민족과 서로에 대하여 가장 원초적인 정의의 요구를 무너트려왔을 뿐만 아니라, 온갖 기만, 사기, 매수, 위조, 정탐, 약탈, 살해를 저질러왔다. 또한 각 국민들은 그러한 일에 동조해왔을 뿐만 아니라, 타국이 아닌 자국이 그러한 악행을 저지르고 있음에 기뻐한다. 각 민족들, 국가들 간의 상호 적대감은 최근 절정에 도달했다. 그 결과, 다들 알다시피 서로를 공격할 아무런 이유가 없음에도 불구하고, 모든 국가가 발톱과 이빨을 드러내고 항상 서로 대치한다. 그리고 누가 화를 당하여 약화되면 최소의 위험을 감수하여 상대를 공격하여 파멸시킬 수 있기만을 기다린다.

소위 기독교 세계의 모든 민족은 애국주의로 인해 극도로 야수화되는 단계에 이르렀다. 죽여야만 하거나 죽임을 당해야 하는 처지에 놓인 사람들만이 살인을 원하거나 살인에 기뻐하는 것은 아니다. 아무런 위협 없는 유럽의 제집에서 조용히 사는 이들도 마찬가지다. 신속하고 가벼운 보도와 언론에 힘입어 온갖 전쟁 때마다 유럽과 아메리카의 모든 이들이 로마 콜로세움의 관객과 같은 입장에 놓인다. 그들은 그 투기장에서처럼 살해 장면에 기뻐하고 피에 굶주려서 불만의 표시 *Pollice verso!*[3]와 함께 고함을 지른다.

어른들만이 아니라 순수하고 총명한 아이들도 자신이 속한 국적에 따라, 700명이 아니라 1000명의 영국인이나 보어인이 리다이트 포탄에 맞아 갈기갈기 찢겨 죽었음을 알고는 반색한다.

내가 알기로는, 아이들의 그러한 야수성을 독려하는 부모들도 있다.

하지만 이게 다가 아니다. 어느 한 국가가 군대를 확장할 (각국은 위험에 처하면 애국주의의 이름으로 군대를 확장하려 애쓴다) 때마다 이웃 국가 역시 애국심을 이유로 자국 군대를 확장한다. 그것은 다시 전자의 군대의 확장을 유발한다.

동일한 일이 요새와 함대에서도 벌어진다. 어떤 국가가 전함 10척을 건조하면, 이웃 국가들은 11척을 건조한다. 그러면 전자가 12척을 건조하여 무한급수로 이어진다.

"확 꼬집어줄까 보다." "어디 주먹맛 좀 볼래." "어디 채찍

---

3 고대 로마의 원형경기장에서 패한 검투사를 처형하라는 관중의 신호로, 엄지손가락을 아래로 향하게 하여 불만을 표시했다고 전해진다.

맛 좀 볼 테냐.""그럼 몽둥이질을 당할래.""총구멍을 내줄
테다."…… 이런 식의 언쟁과 드잡이를 벌이는 것은 악동들
과 술 취한 사람들 또는 짐승들뿐이다. 그런데 이런 일이 최
고 문명국가들의 최고위 대표자들, 자국 신민의 소양과 도
덕성을 지도하는 사람들 사이에서도 벌어지곤 한다.

5

상황은 점점 더 악화되고 있으며, 명백히 파멸로 나아가
는 이러한 악화를 막을 가능성이 없다. 귀가 얇은 사람들에
게 그럴싸해 보였던 이러한 상황에서의 유일한 출구는 최근
의 사태들로 인해 현재는 닫혀 있다. 헤이그 회담[만국평화
회의, 1899]과 그 직후 벌어진 영국과 트란스발의 전쟁[4]이 그
것이다.

거의 사고하지 않거나 표면적으로 사고하는 이들이라면,
전쟁과 계속 커져가는 군비 확장의 재앙을 국제 법정이 제
거할 수 있다는 생각으로 위안을 얻을 수 있을지도 모른다.
그러나 헤이그 회담과 그 직후 벌어진 전쟁은 이런 방식으
로는 문제의 해결이 불가능함을 명백히 보여주었다. 헤이그
회담 이후, 군대를 보유한 정부들이 존재하는 한 군비 확장

---

4 1899년 발발하여 1902년 영국의 승리로 끝난 제2차 보어전쟁을 일컫는다.

과 전쟁을 중단시킬 수 없다는 것이 명백해졌다. 협정이 성사되려면, 협정 당사자들이 서로를 신뢰해야 한다. 강대국들이 서로를 신뢰하기 위해서는, 전시 협상을 위해 군 사절단이 모일 때처럼 무기를 내려놔야 한다. 각국 정부가 서로를 신뢰하지 못한다면, 군대를 없애거나 줄이지 않고 오히려 이웃 국가에 맞추어 더욱 병력을 증강하고, 간첩들을 써서 끊임없이 군대의 동태를 감시할 것이다. 게다가 모든 강대국이 기회만 생기면 이웃 국가를 공격할 것을 알기에 어떤 합의도 불가능하다. 그렇다면 모든 협상은 어리석은 짓이거나 장난이거나 기만이거나 뻔뻔한 짓이다. 아니면 그 모든 것을 합친 것이다.

이 회담의 앙팡 테리블enfant terrible[5]은 그 누구도 아닌 러시아 정부였다. 러시아 정부는 명백히 거짓된 온갖 포고문과 칙서에 국내에서 아무도 반발하지 않음으로 인해 아주 오만방자해졌다. 그 결과 이 정부는 한 치의 흔들림 없이 군비 확장으로 자국민을 결딴내고, 폴란드의 숨통을 조이며, 투르키스탄과 중국을 약탈하고, 특히 격분하여 핀란드의 목을 조르면서도, 모두가 자국 정부를 신뢰하리라는 전적인 확신으로 각국 정부에 군비 축소를 제안했다.

그러나 기이하고 예견치 못한 무례한 제안이기는 했어도,

---

5 '무서운 아이'라는 뜻으로, 나중에 프랑스 작가 장 콕토의 동명 소설로 널리 알려진 표현이다. 톨스토이는 《안나 카레니나》에서 공작부인 먀그카야를 앙팡 테리블이라 불렀다.

특히 병력 증강 조치가 취해진 바로 그 시기에 만인이 듣도록 행해진 이 발언은 다른 강대국 정부로 하여금 우스꽝스럽고 거짓된 협상을 자국민의 정서상 거절하지 못하게 만들었다. 그리하여 사절단은 이 협상이 아무런 결실을 맺지 못할 것임을 알면서도 모여들었다. 그들은 많은 급료를 지급받는 몇 달 동안 남몰래 킥킥거리면서도 성실히 각 민족들 간의 평화 정착을 위해 애쓰는 듯이 굴었다.

헤이그 회담은 트란스발 전쟁 즉 제2차 보어전쟁의 끔찍한 유혈로 마감되었으며, 그 누구도 전쟁을 중단시키려는 시도를 하지 않고 있다. 어떻든 그 회담은 사람들이 기대한 바는 아니었어도 유익한 면이 있었다. 그것은 각 민족을 고통으로 몰아넣는 악행이 각국 정부에 의해서는 시정될 수 없다는 사실을 극명하게 보여줬다는 측면에서다. 다시 말해, 설사 그 시정을 원한다 하더라도, 각국 정부는 군비 확장도 전쟁도 근절시킬 수 없음을 보여주었다. 각국 정부가 존속하기 위해서는 타민족의 공격에서 자국민을 방어해야 한다. 하지만 어떤 민족도 타민족을 공격하려 들거나 공격하지 않는다. 그런 탓에 정부는 평화를 바라기는커녕, 자국에 대한 타민족의 증오를 애써 부추기기도 한다. 각국 정부는 자국에 대한 타민족의 증오를, 자국민에게서는 애국주의를 부추김으로써 자국이 위험에 처해 있어서 방어할 필요가 있다고 자국민을 설득한다.

권력이 제 손안에 있기에 각국 정부는 타민족을 격분케 하거나 자국민의 애국주의를 부추길 수 있기에 부지런히 이 방법 저 방법을 동원한다. 각국 정부가 그렇게 하지 않을 수 없는 이유는 정부의 존속 여부가 여기에 달려 있기 때문이다.

예전에는 타민족의 공격으로부터 자민족을 지키기 위해 정부가 필요했지만, 지금은 오히려 각 정부가 민족 간에 상존하는 평화를 인위적으로 무너뜨리고 서로 간의 적대감을 불러일으킨다.

씨를 뿌리기 위해 필요할 때의 밭갈이는 합리적이다. 하지만 종자가 싹을 틔웠을 때의 밭갈이는 분별없고 해로운 일임이 분명하다. 이것이 각국 정부가 자국민에게 강요하는 일이다. 정부들이 없었다면 끄떡도 없었을 기존의 통합을 와해시키는 것이다.

6

실제로 우리 시대의 정부는 무엇이기에 사람들은 정부 없이는 살아가기가 불가능하다고 여기는가?

정부가 필수적인 존재였고, 조직화된 이웃 세력에 대한 무방비 상태에서 일어나는 재앙이라기보다는 소소한 악이었던 시대가 있었다. 반면 지금 정부는 불필요한 존재가 되었으며, 정부는 자국민 겁박에 사용하는 온갖 악행들보다 훨씬 큰 해악이 되었다.

군사정부뿐만 아니라 전반적으로 정부는 유용하다고는 못해도 무해할 수는 있었다. 가령 중국인들이 상정하듯 정부가 흠잡을 데 없는 성스러운 사람들로 구성되는 경우라면 말이다. 하지만 정부는 폭력을 주로 행사하는 그 활동으로 볼 때 늘 성스러움과는 정반대되는 자들, 가장 뻔뻔하고 난폭하며 타락한 자들로 이뤄진다.

모든 정부, 더 나아가 군사권을 부여받은 정부는 끔찍하고 세상에서 가장 위험한 기관이다. 자본가들과 언론을 포함하는 넓은 의미의 정부는 다수의 사람들이 그들 위에 서 있는 소수의 영향 아래 놓이는 조직과 다름없다. 이 소수는 더 적은 소수의 권력에 종속되고, 이들은 더 적은 소수에 종속되는 식으로 마침내 군사적 폭력을 동원해 나머지 모든 사람 위에 군림하는 몇 사람 또는 한 사람에 도달한다. 그러니까 이러한 기관 전체는 피라미드[6]와 유사하며, 그 모든 부분은 꼭짓점에 있는 몇 사람 또는 한 사람의 전적인 영향 아래 놓인다.

이러한 피라미드의 꼭대기는 다른 사람보다 더 교활하고 뻔뻔하며 비양심적인 자들이나 한 사람, 아니면 더 뻔뻔하고 비양심적인 자들의 우연한 상속자가 차지한다.

그런 자들이 오늘은 보리스 고두노프, 내일은 그리고리 오

---

6 톨스토이는 권력기관의 위계구조를 '원뿔'에 비유했으나, 독서의 편의를 감안하여 이하에서는 '피라미드'라고 번역했다.

트레피예프[가짜 드미트리 1세], 오늘은 내연남과 손잡고 남편을 교살한 방탕한 예카테리나, 내일은 푸가초프, 모레는 미치광이 파벨, 니콜라이, 알렉산드르 3세다.

오늘은 나폴레옹, 내일은 부르봉 또는 오를레앙, 불랑제 또는 파나마 운하 사건[1892]의 패거리, 오늘은 글래드스턴, 내일은 솔즈베리, 체임벌린, 로즈일 수도 있다.

저와 같은 정부들이 재산과 생명뿐만 아니라 모든 사람을 정신적, 도덕적으로 발전시키고 교육하며 종교적으로 지도할 전권을 부여받는다.

사람들은 무시무시한 권력 기계를 갖추어 놓고는 닥치는 대로 아무나(도덕적으로 아주 형편없는 자가 권력을 차지할 가능성이 높다) 권력을 잡도록 내버려둔다. 그러고는 노예처럼 복종하다가 자신들이 살아가는 꼬락서니에 놀라곤 한다. 지뢰나 무정부주의자들은 두려워하지만, 매 순간 거대한 재앙으로 위협하는 저 끔찍한 제도는 두려워하지 않는다.

사람들은 적들로부터 스스로를 방어하기 위해 스스로를 결박하는 게 유리함을 알아낸 것이다. 마치 체르케스인들이 스스로를 지키고자 그랬던 것처럼 말이다. 하지만 아무런 위험이 존재하지 않는데도 계속하여 스스로를 결박한다.

모두가 정성껏 스스로를 결박하여 한 사람이 모두를 동원해 자기가 원하는 대로 다 할 수 있게 한다. 그러고는 스스로를 묶은 밧줄 끝자락을 건들거리게 내버린다. 그러면 으뜸가는 망나니나 바보가 그 밧줄을 잡고 내키는 대로 흔들 수 있게 되는 것이다.

그렇게 해놓고는 형편없는 스스로의 처지에 놀라곤 한다.

그런 게 아니라면, 각 민족은 군사력으로 조직된 정부를 수립하고 지지하며 복종해서 어쩌자는 것인가?

7

모두가 묵인하는 가운데 날로 확장하는 병력과 전쟁의 무서운 재앙에서 벗어나기 위해 필요한 것은 대회나 회담, 협정이나 재판정이 아니다. 거대 재앙이 비롯하는 폭력의 도구, 이른바 정부를 제거하는 것이다.

정부를 제거하는 데 필요한 것은 단 하나뿐이다. 저 폭력의 도구를 지원하는 단 하나로서의 애국심은 거칠고 해로우며 수치스럽고 나쁜 감정임을 사람들이 깨우쳐야 한다. 핵심은 그것이 부도덕한 감정이라는 데 있다. 그것이 거친 감정인 이유는 도덕성의 수준에서 가장 낮은 상태에 있는 사람들의 특성이기 때문이다. 그런 사람들은 그들이 타민족에게 휘두르고자 하는 폭력이 타민족으로부터 가해지리라 예상한다. 그것이 해로운 감정인 이유는 타민족과의 유익하고 즐거우며 평화로운 관계를 무너트리기 때문이다. 정부 조직—권력을 최악의 인간이 차지하곤 하는 조직—을 재생산하는 감정이라는 게 중요하다. 또한 그것이 수치스러운 감정인 이유는 인간을 그저 노예도 아닌 싸움닭이나 황소, 검투사로 둔갑시키고, 그리하여 자신의 목적이 아니라 자국 정부의 목적 달성을 위해 자신의 힘과 생명을 망가트리게 만들기 때문이다. 또한 그것이 부도덕한 감정인 이유는 각자 기독교가 가르치는 대로 자신을 신의 아들, 또는 적어도 자신의 이성을 따르는 자유로운 인간이라고 간주하지 않기 때문이다. 그 대신 애국주의의 영향 아래서 제 조국의 아들이자 자국 정부의 노예로 자신을 받아들이고 자신의 이성과 제 양심에 반하는 행위를 저지른다.

사람들이 이를 깨달아야만 한다. 그러면 투쟁이 없더라도 정부라 불리는 인간들의 끔찍한 응집체는 물론, 정부가 국민에게 자행하는 끔찍하고 무익한 악행 역시 저절로 파탄날 것이다.

사람들이 이미 이러한 사실을 깨닫기 시작했다. 일례로, 미국의 한 시민은 이렇게 쓰고 있다.

"농부, 기계공, 상인, 공장 일꾼, 교사 등 우리 모두가 요구하는 것은 오직 하나, 우리 자신의 일에 종사할 권리를 달라는 것입니다. 우리는 자기 집이 있고, 친구를 사랑하며, 가족에 충실하고 이웃의 일에 간섭하지 않습니다. 우리에게는 해야 할 일이 있고 그 일을 하고 싶습니다.

우릴 가만히 놔두시오!

하지만 정치꾼들은 우리를 가만히 두려 하지 않습니다. 우리에게 세금을 부과하고 우리의 재산을 집어삼키며, 인구를 조사하여 우리 젊은이들을 자기네 전쟁에 징집합니다.

수많은 사람들이 국가의 자금으로 살며 국가에 의존하고, 국가가 이들을 먹여 살리는 것은 우리에게 세금을 거두기 위함입니다. 성공적으로 세금을 거두기 위해 상비군이 유지되는 것입니다. 군대가 나라를 지키기 위해 필요하다는 주장은 명백한 기만입니다. 프랑스는 독일인이 자국을 공격하려 한다며 국민을 겁박합니다. 러시아인은 영국인을 두려워하고, 영국인은 모든 국가를 두려워합니다. 지금 우리 미국에서는 함대를 확장하고 군대를 증강해야 한다고 말합니다. 유럽이 매 순간 미국에 맞서서 연합하고 있기 때문이라는 것이죠. 이는 기만이고 거짓입니다. 프랑스, 독일, 영국 그리고 미국의 평범한 인민은 전쟁을 반대합니다. 우리는 그저 우리를 가만히 놔두기만을 바랍니다. 아내와 부모, 아이들 그리고 집이 있는 사람들은 고향을 떠나서 그 누구와도 싸우고 싶어 하지 않습니다. 평화를 사랑하는 우리는 전쟁이 두렵고 싫습니다.

우리는 다른 사람이 우리에게 행하기를 원치 않는 일을 다른 사람에게 행하지 않고자 합니다.

전쟁은 무장한 사람들이 존재하는 한 필연적인 결과입니다. 대규모 상비군을 유지하는 나라는 이르든 늦든 전쟁을 벌이게 됩니다. 주먹싸움으로 힘자랑을 하는 사람은 언제고 자신이 더 나은 싸움꾼이라고 여기는 사람을 만나 싸움질을 하게 됩니다. 독일과 프랑스는 서로 맞서서 힘을 겨뤄볼 기회만 노리고 있습니다. 양국은 이미 몇 번 싸움질을 했지만, 또 다시 싸움질을 하게 될 테지요. 양국 국민이 전쟁을 원하는 게 아닙니다. 상층계급이 서로 상대국에 대한 증오심을 부채질하고, 방어하기 위해서는 전쟁을 벌여야 한다고 생각하게 만듭니다.

그리스도의 가르침을 따르고자 하는 사람들에게 세금을 부과하고 모욕하고 기만하여 전쟁에 끌어들입니다.

그리스도께서는 순종과 온화함, 모욕의 용서와 더불어 살인은 못된 짓이라고 가르쳤습니다. 성경은 맹세하지 말라고 가르치는데, 소위 상층계급은 스스로 믿지도 않는 성경에 대고 맹세하라고 우리에게 강요합니다.

그들은 일하지 않으면서도 구리 단추와 값비싼 장식이 달린 매끈한 나사羅紗 옷을 입습니다. 그들은 우리의 노동으로 먹고살고, 우리는 그들을 위해 밭갈이를 합니다. 이런 낭비꾼들에게서 어떻게 벗어날 수 있을까요?

그들과 싸워야 할까요?

하지만 우리는 유혈은 용인하지 않습니다. 거기다 저들에게는 무기와 돈이 있어서 우리보다 더 오래 버틸 것입니다.

그런데 우리와 싸울 군대를 구성하는 사람은 누구입니까?

그 군대는 우리들, 다시 말해 기만당한 우리 이웃들과 형제들로 이뤄집니다. 적들로부터 자기 나라를 지킴으로써 하느님을 섬기는 거라고 설복당한 겁니다. 실제로 우리나라에는 적이 없습니다. 우리가 순순히 세금을 내기만 하면 우리의 이익을 지켜주겠다고 나선 상층계급을 제외하고는 말입니다. 그들은 우리의 등골을 빨아먹고, 우리의 진짜 형제들을 우리와 맞서게 함으로써 우리를 노예화하여 굴욕감을 주려 합니다.

무장한 사람들을 먹여 살리기 위해 징수되는 세금을 내지 않고서는 아내에게 전보를 칠 수도 친구에게 소포를 부칠 수도 납품업자에게 전표를 내줄 수도 없습니다. 게다가 세금을 납부하지 않을 경우, 저 무장한 사람들은 당신을 죽이거나 당신을 감옥에 가두는 데 동원될 수 있습니다.

유일한 구원책은 사람들에게 살인하는 것은 몹쓸 짓임을 깨닫게 하는 것입니다. 율법과 선지자의 가르침은 타인이 네게 행하기를 바라는 것을 타인에게 행하도록 하는 데 있음[마태복음 7:12]을 가르치는 것입니다. 저 상류계층의 요구를 조용히 무시하고, 저들의 호전적인 우상 경배를 거부하십시오. 전쟁을 설파하고 애국주의를 대단한 무엇인 듯 내세우는 설교자들에 대한 지지를 중단하십시오.

그들도 우리처럼 일하러 나가야 합니다.

우리는 그리스도를 믿지만, 저들은 믿지 않습니다. 그리스도는 생각하신 바를 말씀하셨습니다. 하지만 저들은 권력을 가진 소위 상층계급이 흡족하리라 여기는 것을 말합니다.

우리는 입대하지 않을 것입니다. 저들의 명령대로 총을 쏘지도 않을 것입니다. 우리는 선량하고 온화한 인민에 맞서 총검으로 무장하지 않을 것입니다. 우리는 자신의 보금자리를 방어하는 목부와 농사꾼을 향해, 세실 로즈[7]가 선동하는 대로 총을 쏘지는 않을 것입니다.

'늑대다, 늑대가 나타났다!'라는 저들의 거짓된 외침에 우리는 겁먹지 않습니다. 우리가 저들이 부과한 세금을 납부하는 것은 오직 세금을 내도록 강제되었기 때문입니다. 우리는 그런 강제가 작동할 때까지만 세금을 낼 것입니다. 우리는 교회세 역시 위선자들에게 내지 않을 것입니다. 저들이 위선적인 자선 활동으로 얻는 금액의 10분의 1이라고 하더라도 말입니다. 우리는 어떤 경우라 하더라도 우리의 의견을 제시할 것입니다.

우리는 사람들을 교육하는 데 나설 것입니다.

우리의 조용한 영향력은 지속적으로 퍼져나갈 것입니다. 이미 병사로 징집된 이들도 주저하며 전투를 거부하게 될 것입니다. 우리는 평화와 호의의 기독교적인 삶이 투쟁과 유혈, 전쟁으로 점철된 삶보다 낫다는 생각을 고취시킬 것입니다.

'지상에서의 평화!'는 사람들이 군대로부터 멀어지고, 남들이 자신에게 해주기를 바라는 것을 남들에게 행하고자 할 때 도래할 수 있습니다."

이는 미국의 어느 시민이 쓴 글이다. 다방면에서 다양한

---

7 세실 존 로즈Cecil John Rhodes(1853~1902)는 영국의 정치가로 애국주의와 제국주의의 화신이었다. 19세기 말 영국의 남아프리카 통치에 관여했고 식민지 총독을 역임했다.

형태로 유사한 목소리가 들려온다.

독일의 어느 병사는 이런 편지를 써 보내왔다.[8]

"저는 프로이센 근위대의 일원으로 두 차례 원정(1866, 1870)에 참전했고, 마음속 깊이 전쟁을 증오합니다. 전쟁이 이루 다 말할 수 없을 정도로 저를 불행하게 만들었기 때문입니다. 부상당한 우리 용사들은 너무나 보잘것없는 보상을 받기에, 한때 애국주의자였음이 실로 부끄러울 정도입니다. 일례로, 저는 1870년 8월 18일 생-프리바[9] 습격 당시 오른팔에 총상을 입은 데 대한 보상으로 하루 80페니히를 받습니다. 하물며 사냥개 한 마리 먹여 기르는 데도 그 이상이 들어갑니다. 저는 오른팔에 두 군데 총상을 입어 수년간 고통에 시달렸습니다. 1866년에 이미 저는 오스트리아와의 전쟁에 참여해서 트루트노프와 흐라데츠크랄로베 근방에서 싸우며 굉장히 끔찍한 광경을 너무도 많이 목격했습니다. 1870년 예비역이었던 저는 재차 소집되었고, 이미 말씀드린 것처럼 프리바 습격 때 부상당했습니다. 오른팔에 두 차례나

---

8 1900년 3월 초 톨스토이는 독일 병사 요한 클라인포펜Kleinpoppen이 쓴 편지를 받았다. 편지에서 그는 전장에서 직접 겪은 끔찍한 일들과 비참한 결과를 묘사하며 '전쟁에 반대하는 훌륭한 책'을 써달라고 부탁했다. 이에 톨스토이는 마침 그러한 글을 쓰던 참이라고 답하며 그의 편지를 번역해 러시아 신문에 게재할 수 있도록 허락을 구한 바 있다. 또한 톨스토이는 그의 성명은 밝히지 않은 채 그의 편지의 많은 부분을 여기에 인용했다.

9 생-프리바 즉 그라블로트 전투가 벌어졌던 곳은 독일과 접경한 프랑스의 그랑테스트 지역이다.

총을 맞은 것이지요. 저는 좋은 일자리(당시 저는 맥주 양조장 노동자였지요)를 잃었고, 그 뒤 그 일자리를 다시는 얻을 수가 없었어요. 그 이후 다시는 제힘으로 일어설 수가 없었습니다. 마취 상태에서는 곧 벗어났고, 불구가 된 용사는 오로지 보잘것없는 푼돈과 구걸로 생계를 이어야 했지요. ……

사람들이 길들여진 짐승처럼 뛰어다니는 세상에서는 맘몬[지상에서의 물질적 부와 탐욕을 인격화한 존재]을 위해 서로를 속여 넘기는 것말고는 어떤 다른 생각도 할 수가 없어요. 그런 세상에서 저를 괴짜라고 여긴다 해도, 저는 산상수훈에 아름답게 표현된 평화에 대한 신성한 생각을 여전히 제 안에 품고 있습니다. 저의 깊은 확신에 따르면, 전쟁은 대규모의 무역, 즉 야심 차고 힘센 자들이 각국 국민의 행복을 사고파는 무역에 불과합니다.

과연 못 견딜 참상이 무엇이겠습니까! 저는 골수까지 파고드는 애처로운 신음 소리를 결코 잊을 수 없을 것입니다.

서로에게 해를 끼친 적 없는 사람들이 야수처럼 서로를 살해하고, 보잘것없는 노예적 영혼들은 선량한 신을 이러한 일에 방조자로 끌어들입니다. 같은 대오에 있던 저의 전우는 총탄에 턱이 부서졌습니다. 그 불행한 사나이는 고통에 완전히 정신 줄을 놓고 말았습니다. 그는 미친 사람처럼 날뛰었지만 이글거리는 여름날 폭염 아래서 끔찍한 상처를 식힐 물조차 찾지 못했습니다. 당시 아군 지휘관이던 황태자 프리드리히(차후 황제 폐하 프리드리히 3세)는 일기장에다 적었지요. '전쟁은 복음에 대한 아이러니……'라고 말이죠."

이처럼 사람들은 애국주의의 기만을 깨닫기 시작했다. 모든 정부가 공들여 사람들을 그 기만 속에 가둬두려 애쓰고 있음에도 불구하고 말이다.

8

"만약 정부가 없어지면, 무슨 일이 벌어질까요?" 흔히들 그런 말을 한다.

아무 일도 없을 것이다. 오래전에 이미 필요 없어진 과도하고 나쁜 것이 사라질 뿐이다. 필요가 없어서 해롭게 된 기관이 사라지는 것이다.

"하지만 정부가 없어진다면, 다들 폭력을 일삼고 서로를 죽이게 될 것이다." 흔히 이렇게들 말한다.

어째서 그렇단 말인가? 폭력 때문에 발생하여 전통을 이어가며 대대로 폭력을 재생산해온 조직의 제거, 다시 말해 이미 쓸모가 없어진 조직이 제거되는데 어째서 사람들이 폭력을 일삼고 서로를 죽이게 된다는 말인가? 오히려, 폭력기관을 제거한다면 사람들이 더 이상 폭력을 저지르지 않고 서로를 죽이지 않게 될 것으로 여겨지는데 말이다.

지금은 타인에 대한 폭력과 살인을 위해 특별한 교육과 훈련을 받는 사람들이 있다. 폭력을 행사할 권리를 인정받고 이러한 목적으로 설치된 조직을 이용하는 이들이다. 게다가 그러한 폭력과 살인이 훌륭하고 용감한 일로 여겨지기까지 한다. 반면에 사람들이 그런 교육을 받지 않고 그 누구도 타인에게 폭력을 행사할 권리가 없으며 폭력 조직도 사라진다면, 우리 시대 사람들 특유의 모습과는 달리 모두들 폭력과 살인을 어리석은 일로 여기게 될 것이다.

설령 정부가 없어지고 난 후 폭력이 발생한다고 해도, 지금 발생하는 것보다는 분명히 줄어들 것이다. 지금은 폭력의 재생산을 위해 특별히 설치된 조직과 법규가 있다. 그런 여건 아래서는 폭력과 살인이 훌륭하고 유익하다고 인정된다.

정부의 폐지는 전통에 따라 이어지는 일시적이고 불필요한 폭력의 조직화와 그 정당화를 없애는 것일 뿐이다.

"법률은 물론 소유제와 재판, 경찰, 민간교육이 다 없어질 것입니다." 흔히 그런 말들을 한다. 권력의 폭력을 공동체의 다양한 활동들과 의도적으로 혼동하게 하려는 것이다.

인민에 대한 폭력 양산을 위해 설립된 정부 조직의 폐지는 결코 법률, 재판, 소유제, 경찰의 보호망, 재무 기구, 민간교육이 없어지는 결과로 이어지지 않는다. 오히려, 자기 존속만을 목적으로 하는 정부라는 난폭한 권력의 부재는 폭력을 필요로 하지 않는 사회조직의 활동을 고무시킬 것이다. 재판, 사회적 사업, 민간교육 역시 인민이 필요로 하는 정도로 이루어질 것이다. 인민의 의지가 자유롭게 발현되는 것을 방해해온 나쁜 것만 사라지는 것이다.

설령 정부의 부재로 인해 혼란과 내적 충돌이 발생한다
해도, 각국 인민의 처지는 지금보다는 나을 것이다. 현재 각
국 인민의 처지는 더 이상의 악화를 상상할 수 없을 정도에
이르렀다. 인민은 전부 다 몰락했고, 그 몰락은 불가피하게
가속화될 것이다. 남자들은 죄다 전쟁의 노예로 탈바꿈하여
죽이거나 죽임을 당하러 가라는 명령을 기다려야 한다. 또
무엇을 기다려야 하는가? 각국의 몰락한 인민들이 굶주려
전멸하기를 기다리기라도 해야 하는가? 그런 일은 러시아,
이탈리아, 인도에서 이미 시작되고 있다. 그도 아니면 남자
들 외에 여자들까지도 군대에 징집당하는 날을 기다릴 것인
가? 트란스발에서는 이미 이런 일까지 벌어지고 있다.

따라서 실제로 정부의 부재가 아나키anarchy[10]를 의미한다
고 해도(결코 그런 의미는 아니지만), 그 어떤 아나키의 혼란
도 각국 정부에 의해 자국민이 내몰리거나 내몰릴 처지보다
더 나쁠 수는 없을 것이다.

그런 까닭에 애국주의에서 벗어나서 애국주의에 기반한
정부의 전횡을 없애는 일은 사람들에게 유익할 수밖에 없다.

---

10 아나키는 무정부 상태나 질서가 없는 혼란한 상태를 의미하는 개념이다.

9

여러분, 정신을 차려야 합니다. 모든 복됨, 육체적이고 영적인 행복을 위해, 또 형제와 자매들의 그러한 행복을 위해 멈춰서 정신을 차리고 여러분이 무엇을 하고 있는지를 생각해보세요!

정신을 차리고 여러분의 적이 누구인지를 생각해보십시오. 그것은 보어인, 영국인, 프랑스인, 독일인, 체코인, 핀란드인, 러시아인이 아닙니다. 여러분의 유일한 적은 여러분 자신임을 깨달아야 합니다. 여러분을 억압하고 불행하게 만드는 정부를 여러분 스스로가 애국심으로 떠받치고 있기 때문입니다.

위험으로부터 여러분을 지키겠다고 나선 각국 정부는 저 허위적인 방어 태세를 활용해 모두를 병사와 노예로 만들었습니다. 모두의 삶이 피폐해졌고, 점점 더 피폐해지고 있습니다. 언제고 팽팽하게 당겨진 줄이 끊어져서 여러분과 여러분의 자식들에게 무서운 폭행이 시작될 수 있다는 예상을 할 수 있어야 합니다.

그 폭행이 얼마나 엄청나게 벌어지든, 어떻게 종결되든 여러분의 처지는 여전히 그대로일 것입니다. 이전과 마찬가지로, 각국 정부는 더 크게 긴장하여 무장을 강화하고 여러분과 여러분의 자식들을 피폐화하고 타락시킬 것입니다. 이를 막고 예방하기 위해 스스로를 돕지 않는다면, 그 누구도 여러분을 도울 수 없습니다.

여기에 도움이 되는 길은 한 가지, 저 폭력의 피라미드의 끔찍한 결속을 해체하는 것입니다. 그 폭력의 피라미드 속에서는 정상으로 기어오르는 데 성공한 한 사람 또는 몇 사람이 모든 인민 위에 군림하며, 더 확실히 군림할수록 이들은 더 잔혹해지고 비인간적이 됩니다. 수많은 나폴레옹, 니콜라이 1세, 비스마르크, 체임벌린, 로즈 그리고 차르라는 이름으로 여러 민족을 통치하는 우리의 독재자들을 보면 알수 있습니다.

이러한 결속을 해체하는 오직 한 가지 수단은 애국주의의 최면에서 깨어나는 것입니다.

여러분을 고통스럽게 하는 악행을 여러분이 직접 스스로에게 저지르고 있음을 깨달아야 합니다. 황제, 군주, 국회의원, 통치자, 군인, 자본가, 성직자, 작가, 예술가들이 여러분을 속이기 위해 주입하는 말에 복종하기 때문입니다. 이들은 애국주의라는 속임수를 써야만 여러분의 노동으로 먹고살 수 있는 자들입니다.

여러분이 프랑스인, 러시아인, 폴란드인, 영국인, 아일랜드인, 독일인, 체코인이든 그 누구든 상관없습니다. 여러분은 깨달아야 합니다. 여러분의 진정한 인간적인 관심사는—그것이 농업적, 산업적, 상업적, 예술적 또는 학문적이든—어떤 만족감이나 기쁨과 마찬가지로 다른 민족이나 국가의 관심사와 결코 모순되지 않는다는 것을 말입니다. 또한 여러분은 상호 협력, 서비스 교환 그리고 우애 어린 폭넓은 소통의 기쁨, 상품뿐 아니라 사고와 감정의 교환의 기쁨으로 다른 민족의 사람들과 연결되어 있습니다.

또 깨달아야 할 게 있습니다. 누가 웨이하이웨이, 뤼순항 또는 쿠바의 점령에 성공했는지, 여러분의 정부인지 아니면 다른 정부인지 하는 문제는 여러분에게 별반 차이가 없지만, 여러분의 정부가 저지른 온갖 점령은 여러분에게 해롭다는 점입니다. 어딘가를 점령하고 점령한 것을 유지하는 데 필요한 약탈과 폭력에 참여하도록 강요하는 자국 정부의 온갖 작용을 불가피하게 초래할 것이기 때문입니다. 꼭 깨달아야 합니다. 여러분의 삶이 알자스가 독일에 귀속될 것인가 프랑스에게 귀속될 것인가로 인해 나아질 수는 없습니다. 또한 아일랜드와 폴란드가 자유롭게 될 것인지 예속될 것인지 역시 마찬가지입니다. 그곳이 어디에 속하든 여러분은 원하는 곳에 살 수 있습니다. 심지어 여러분이 알자스인, 아일랜드인 또는 폴란드인이더라도 말입니다. 직접 나서서 애국주의를 격화시키는 온갖 행위는 여러분의 처지를 악화시킬 뿐입니다. 여러분의 민족이 처한 예속 상태는 애국주의 간의 투쟁으로 인해 발생하며, 어떤 민족 내에서의 갖가지 애국주의의 발현은 다른 민족 내에서의 반작용을 강화시키기 때문입니다. 여러분이 처한 재앙에서 벗어나는 길을 알아야 합니다. 그것은 시대에 뒤떨어진 애국주의 이념과 이에 근거하여 정부에 복종하는 데서 벗어날 때에만 가능합니다. 오래전에 현실화하여 호소력을 지닌 민족 간의 형제애적인 통합이라는 최고 이념의 영역으로 대담하게 들어설 때에야 가능한 것이기도 합니다.

일단 깨달으면 됩니다. 누구나 그 어떤 조국이나 정부의 아들이 아닌 신의 아들이고, 그러므로 누구도 다른 사람의 노예나 적이 될 수 없음을 말입니다. 정부라 불리는 분별없고 고루하며 파괴적인 기관은 저절로 사라질 것이고, 정부가 가져오는 온갖 고통과 폭력, 굴욕, 범죄 역시 사라질 것입니다.

레프 톨스토이

피로고보, 1900년 5월 10일

우리 시대의 노예제도

눈에는 눈으로, 이에는 이로 갚으라 하였다는 것을 너희가
들었다(마태복음 5:38, 출애굽기 21:24).

내가 너희에게 이르노니 악인에게 맞서지 마라. 누구든지
네 오른뺨을 치거든 왼뺨도 돌려 대어라(마태복음 5:39).

또 너를 고발하여 속옷을 가지고자 하는 자에게 겉옷까지도
가지게 하여라(마태복음 5:40).

또 누구든지 너로 하여금 억지로 오 리를 가게 하거든 그 사
람과 십 리를 동행하라(마태복음 5:41).

네게 구하는 자에게 주며 네 것을 가져가는 자에게 다시 달
라 하지 마라(누가복음 6:30).

남에게 대접을 받고자 하는 대로 너희도 남을 대접하라(누
가복음 6:31).

믿는 사람은 다 함께 지내며, 모든 것을 서로 통용하니라(사도행전 2:44).

예수께서 대답하여 이르시되 너희가 저녁에 하늘이 붉으면 날이 좋겠다 하고(마태복음 16:2), 아침에 하늘이 붉고 흐리면 오늘은 날이 궂겠다 하는구나. 위선자들이여! 너희가 날씨는 분별할 줄 알면서 시대의 표적은 분별할 수 없느냐(마태복음 16:3).

칼을 가진 자는 칼로 망하느니라(마태복음 26:52).

전 세계 모든 국가에서 작동되는 체제는 아주 지독한 속임수와 아주 뿌리 깊은 몽매함 또는 그 두 가지의 결합에 근거한다. 따라서 이 체제가 유지되는 원칙들이 어떻게 변형되든 이 체제는 공동선을 만들어낼 수 없으며, 거꾸로 그 실질적인 결과는 끊임없이 악을 생산해내는 것이다.

로버트 오언

우리는 최근에 문명의 위대한 발명, 즉 노동의 분업에 대한 연구를 하여 아주 많이 개선했다. 그런데도 거기에 잘못된 명칭을 부여한다. 옳게 표현하려면 이렇게 말해야 한다. 작업이 분리된 게 아니라, 사람들이 부분부분 나뉘어 조그만 조각으로 부스러기로 쪼개진 것이다. 인간에게 남겨진 한 조각의 판단력은 온전히 핀 하나, 못 하나 만들기에도 충분치 않고, 핀의 끝부분이나 못 머리를 만드는 데서 끝난다.

사실 하루에 더 많은 핀을 만드는 게 낫고 바람직할 것이다. 우리가 그 핀들을 어떤 모래로 연마하는지를, 다시 말해 인간 영혼의 모래로 연마한다는 것을 안다면, 이 또한 무익하다는 생각이 들 수밖에 없을 것이다.

사람들을 사슬에 묶어 괴롭히고, 그들을 가축처럼 이용하거나 여름날의 파리처럼 죽일 수도 있을 것이다. 그러나 똑같은 사람들이 최선의 의미에서는 자유로이 살아갈 수도 있다. 그런데 사람들 내부의 불멸의 영혼을 억누르고, 그것을 질식시키고 어린 맹아 상태의 인간의 이성을 썩어가는 나무토막으로 만들고, 그들의 살과 가죽을 기계를 움직이게 하는 벨트로 사용하는 것—이것이야말로 진정한 노예제도이다. 이러한 굴욕과 인간의 기계화로 인해 노동자들은 자유를 위해 광적이고 파괴적이며 헛되이 투쟁하게 되지만, 그 자유의 본질을 그들 스스로는 이해하지 못한다. 부와 주인들에 대한 그들의 분노는 굶주림의 압박과 모욕당한 자존심으로 인한 것이 아니다. (이 두 가지 원인은 언제나 그 결과를 낳곤 했다. 하지만 사회의 기반이 지금처럼 흔들린 적은 없었다.) 문제는 사람들이 제대로 먹지 못하는 것이 아니라, 빵을 얻기 위한 노동에서 만족을 느끼지 못하는 것이다. 그리하여 그들은 부를 만족의 유일한 수단으로 바라본다.

문제는 사람들이 상류층의 멸시로 인해 고통당하는 것이 아니라, 그들이 선고받은 노동이 굴욕적이고 그들을 타락시키며 인간 이하의 무언가로 만든다고 느낌으로써 스스로에 대한 자기 경멸을 참을 수 없다는 것이다. 상류층이 지금처럼 하층민에게 사랑과 연민을 보낸 적이 없었고, 상류층이 이처럼 하층민의 증오의 대상이 된 적도 없었다.

존 러스킨

머리말

나는 거의 15년 전 모스크바의 인구조사에서 비롯된 생각과 감정을 《우리는 무엇을 해야 하는가》라는 제목의 책에서 표현한 바 있다. 지난 1899년 말에 똑같은 물음을 되짚어야 했으며, 내가 도달한 답변은 《우리는 무엇을 해야 하는가》에서와 마찬가지였다. 하지만 지금 널리 퍼져 있는 학설들과 관련하여 지난 15년 동안 더 차분하고 상세하게 《우리는 무엇을 해야 하는가》라는 책에서 검토한 주제에 대해 숙고할 수 있었다. 그렇기에 이전과 같은 답변으로 이어지는 새로운 논거들을 독자들에게 제시하고자 한다. 이러한 논거들이 사회에서 자기 위치를 해명하고 그러한 위치에서 나오는 도덕적인 책무를 분명하게 규정하려 진심으로 애쓰는 사람들에게 유익할 것이라고 생각하여 이 글을 출판한다.

저 책은 물론 이 글에서의 사유의 기본은 폭력의 지양 отрицание насилия에 있다. 그러한 폭력의 지양을 나는 복음서를 통해 깨우치게 되었다. 거기에는 다음과 같이 분명하게 표현되어 있다. "눈에는 눈…… 너희는 폭력엔 폭력을 사용하라고 들었다. 그러나 내 너희를 가르치노니 너희를 치면 다른 쪽 뺨을 내밀라, 다시 말해 폭력을 인내하고 그것을 행하지 마라." 자유주의자들과 교회의 경박하게 왜곡되고 서로 합치된 해석으로 인해 저 위대한 말씀이 소위 식자층 대다수에게 이 글을 읽지 않거나 편견을 갖게 하는 빌미가 될 것임을 안다. 그럼에도 나는 저 말씀을 이 글의 첫머리에 싣는다.

스스로를 계몽되었다고 말하는 사람들이 복음서의 가르침을 뒤처지고 오래전에 그 수명을 다한 삶의 지침이라 여기는 것을 나로서는 막을 수가 없다. 나의 임무는 사람들이 여태껏 의식하지 못하고 있는 진리(이것 하나만이 사람들을 온갖 불행에서 벗어나게 할 수 있다)의 인식을 어디서 길어 올렸는지 그 원천을 제시하는 것이다. 이것이 나의 일이다.

1900년 6월 28일

I. 37시간 연이은 짐꾼의 노동

모스크바-카잔 철도에서 일하는 사람으로 내가 아는 어떤 검량원이 대화 중에 저울에 물건 하역 작업을 하는 농민들은 36시간을 연달아 일한다고 말한 적이 있다.

말하는 사람의 진실성을 전적으로 신뢰함에도 불구하고,

나는 도무지 그의 말을 믿을 수가 없었다. 그가 실수하거나 과장하거나, 아니면 내가 무언가를 잘못 이해한 거라 여겼다.

하지만 검량원은 그러한 노동이 이뤄지는 환경을 아주 자세히 이야기해서 의심의 여지가 없었다. 그의 이야기에 따르면, 모스크바-카잔 철도에서 일하는 그런 짐꾼들은 250명이었다. 그들은 5명씩 한 조로 구성되어 도급제로 일하며, 싣고 내리는 화물 1000푸드[1푸드는 16.38킬로그램]당 1루블이나 1루블 15코페이카를 받는다. 짐꾼들은 이른 아침에 와서 밤낮으로 화물을 내리고 밤일이 끝나는 대로 곧장 아침부터 짐을 싣기 시작하여 또 하루를 일한다. 그러니까 이틀에 하룻밤을 자는 셈이다. 그들은 7~8푸드에서 10푸드짜리 짐 꾸러미를 내려서 옮기는 작업을 한다. 두 사람이 다른 세 사람의 등에 짐을 올리면 이들이 짐을 지고 간다. 짐꾼들은 자신들의 생계를 위한 이런 노동으로 하루에 1루블도 채 벌지 못한다. 작업은 휴일도 없이 계속된다.

검량원의 이야기는 의심의 여지가 없을 정도로 상세했지만, 어쨌든 내 눈으로 사실을 확인하기로 결심하고 나는 화물역을 향해 나섰다.

화물역에서 검량원을 찾아내 그의 이야기를 직접 확인하려고 왔노라고 했다.

"아무리 말해봐도 아무도 믿지를 않소이다." 내가 말했다.

"니키타." 검량원이 대답을 하는 대신 막사에 있는 누군가를 불렀다. "이리 좀 와봐!"

남루한 반외투를 걸친 키 크고 마른 노동자가 문밖으로 나왔다.

"작업에 투입된 게 언제요?"

"언제냐고? 어제 아침이오."

"그럼 밤중에는 어디 있었소?"

"알다시피 하역 작업을 하고 있었고."

"밤중에도 일을 했단 말이요?" 이번에는 내가 물었다.

"그야 물론, 일을 했소."

"오늘은 언제 여기에 투입된 거요?"

"이른 아침에 투입되지, 아니면 언제겠소?"

"그럼 작업은 언제 끝나는 거요?"

"놔주면 끝나는 겁니다."

5인 1조 가운데 나머지 네 사람이 다가왔다. 영하 20도의 혹한에도 불구하고 이들 모두 모피코트도 없이 너덜너덜한 반외투 차림이었다. 나는 그들의 작업에 대해 이것저것 캐묻기 시작했다. 36시간 노동과 같은, 그들이 보기에 아주 단순하고 자연스러운 일에 대해 내가 보여준 관심에 그들은 놀란 것이 분명했다.

이들 모두는 농촌 사람들로 대다수가 내 동향인 툴라 사람들이었는데, 오룔과 보로네시 사람들도 있었다. 이들은 모스크바에서 하숙을 하는데, 몇몇은 가족과 함께였지만 대개는 홀로였다. 가족 없이 사는 이들은 번 돈을 집으로 송금한다. 그들은 주인집에서 따로 식사를 하고, 식비로는 한 달에

10루블을 쓴다. 그들은 정진 기간도 지키지 않고 늘 육식을 한다. 연달아 36시간이 아니라 더 긴 시간 그들은 작업장에서 보낸다. 숙소에서 작업장을 오가는 데 30분 이상 걸리고, 게다가 지정된 시간보다 더 오래 짐꾼들을 붙잡고 있는 경우가 많기 때문이다. 식비 공제도 없이 37시간 연속 노동을 하고 한 달에 25루블을 버는 것이다.

어째서 이런 징역과 같은 노동을 하는지를 물었더니, 그들은 이렇게 답했다.

"뭘 어떡하겠소?"

"36시간 연속으로 작업을 하는 이유가 뭡니까? 교대로 작업하게 조직할 수는 없는 거요?"

"그렇게 하라고 시켜요."

"어째서 그런 조건에 동의한 거요?"

"먹고살아야 하니 그런 거지요. 그럴 생각이 없으면 나가라는 겁니다. 한 시간만 늦어도 얻어터지고 당장 쫓겨납니다. 일자리 하나에 열 사람이 대기하고 있으니."

노동자들은 다들 젊었고, 한 사람만이 나이가 들어서 마흔을 넘긴 것 같았다. 모두 마르고 초췌한 얼굴에 피곤한 눈빛이었다. 분명히 술을 마신 듯했다. 나와 처음 대화를 나눈 그 깡마른 노동자는 놀랍게도 특히나 이상하게 피곤한 시선이었다. 나는 술을 마셨는지 물었다.

"나는 술을 마시지 않소." 그는 정말로 술을 마시지 않는 사람들이 그렇듯 아무런 망설임 없이 대꾸했다.

"담배도 피우지 않습니다." 이렇게 덧붙였다.

"그럼 다른 사람들은 술을 한다는 거요?" 내가 물었다.

"이곳으로 가져와서들 마십니다."

"간단한 작업이 아니오. 힘을 내게 해주니까요." 나이 든 노동자가 말했다. 이 노동자는 술을 마신 상태였으나, 그게 거의 느껴지진 않았다.

노동자들과 더 이야기를 나누다가 나는 하역 작업하는 모습을 보러 갔다.

온갖 상품들이 길게 줄지어 있는 곳을 지나서, 나는 화물 칸을 천천히 끌어가는 노동자들 쪽으로 다가갔다. 노동자들이 화물칸을 옮기고 플랫폼의 눈을 치우는 작업은 무상으로 해야 한다는 것을 나중에 알게 되었다. 계약 조건이 그렇다. 노동자들은 나와 대화했던 이들과 마찬가지로 남루하고 몹시 야윈 모습이었다. 그들이 화물칸을 어떤 장소로 움직여 가서 멈춰 세우자 나는 그들에게 다가갔다. 언제 작업을 시작했으며 점심은 언제 먹었는지를 물었다. 7시에 작업에 나서서 방금 점심을 먹었노라고 했다. 작업 일정상 그들을 놓아주지 않은 것이다.

"그러면 언제 일을 마치는 거요?"

"뭐 필요한 경우에는 10시까지도 일을 합니다." 마치 작업에서의 인내력을 자랑이라도 하듯이 노동자들이 대꾸했다.

내가 그들의 처지에 관심을 보이자 노동자들이 나를 둘러쌌다. 몇몇 목소리로 미루어보건대 그들은 나를 관리자로 받아들이고, 무엇이 가장 큰 불만의 대상인지를 말하기 시작했다. 오후 작업과 밤 작업의 시작 사이에 때로 몸을 녹이거나 한 시간 정도 잠을 청하곤 하는 공간이 너무 비좁다는 것이다. 모두 그 비좁음에 대해 큰 불만을 표시했다.

"100명이 모이는데, 누울 곳이 없소이다. 침상 아래도 비좁아요." 불만 섞인 목소리였다. "어디 직접 가서 보시구려." "멀지 않소이다."

공간은 정말로 비좁았다. 10아르신[1아르신은 0.71미터]의 공간에 40명가량이 쓸 만한 침상이 놓여 있었다. 노동자 몇은 나를 따라 들어와 앞다투어 방이 비좁다고 불평했다. "침상 밑에도 누울 공간은 없소." 그들이 말했다.

처음엔 참 이상하게 여겨졌다. 영하 20도의 추위에 겨울 외투도 없이 37시간 동안 10푸드짜리 무거운 등짐을 운반하고, 점심과 저녁 식사도 제때가 아니라 관리자의 마음이 내킬 때 먹으러 가는 등 등짐을 나르는 말보다도 훨씬 열악한 처지에 있는 이들이었다. 그런데 그네들은 몸을 녹일 공간이 너무 좁다는 데에만 불만을 토로한다. 처음에는 그게 이상했으나, 그들의 처지를 깊이 숙고한 뒤에야 깨달았다. 언제 잠 한번 실컷 자지도 못하고 한데서 몸이 얼어붙었는데도 푹 쉬고 몸을 녹이는 대신에 침상 밑 지저분한 바닥으로 기어들어 더럽고 갑갑한 공기 속에서 더욱더 온몸이 빠개질 듯 아프고 맥이 빠질 때, 이들이 어떠한 고통스런 감정을 맛볼지를 말이다.

헛되이 잠을 청하며 휴식을 취하고자 애쓰는 그 고통스런 시간에 그네들은 아마도 생명을 망가뜨리는 37시간 노동의 끔찍함을 뼈저리게 느꼈을 것이다. 그런 까닭에 비좁은 숙소 같은 사소해 보이는 환경에 특히 분노하는 것일 터였다.

몇 개 작업조가 일하는 모습을 살피며 개중 몇몇 노동자들과 더 이야기를 나누었는데 다들 한결같은 이야기였다. 지인이 들려준 말이 사실이었음을 확인하고 나는 집으로 돌아왔다.

실로 자유인으로 여겨지는 사람들이 그저 생계만을 잇게 하는 돈을 벌기 위해 그 험한 작업에 스스로 몸을 바쳐야 한다고 여기는 것이었다. 그것은 농노제 시절 아무리 잔혹한 노예주라도 자기에게 딸린 노예들을 내보내지 않았을 만한 작업이었다. 노예주는 말해 뭐하랴. 마차꾼이라도 자기네 말을 내놓지 않았을 것이다. 말은 돈값이 나가고 힘에 부치는 37시간의 작업으로 귀중한 동물의 수명을 단축하는 것은 실속이 없는 탓이다.

II. 인민의 죽음에 무관심한 사회

사람들을 37시간 연속으로 잠도 자지 못하고 일하게 하는 것은 잔인할뿐더러 실속조차 없는 일이다. 그런데도 저러한 분별없는 인간 생명의 이용은 우리 주변에서 끊이지 않고 벌어진다.

내가 사는 집 맞은편에는 최신식 기술이 적용된 견직물 공장이 있다. 약 3000명의 여성과 700명의 남성이 그곳에서 일하며 생활한다. 집에 있는 지금도 기계가 끊임없이 윙윙거리는 소리가 들린다. 이전에 그곳에 가보았기 때문에 그 소음이 무엇을 의미하는지 잘 알고 있다. 3000명의 여성이 12시간 동안 귀가 먹먹한 소음 속에서 공작기계 앞에서 비단실을 감았다가 풀어내고 통과시키는 일을 한다. 견직물의 생산을 위한 것이다. 여성들은 농촌에서 온 지 얼마 되지 않은 이들을 제외하곤 다들 병색이 도는 모습이다. 그들 다수는 아주 무절제하고 비도덕적인 생활을 하며, 기혼이든 미혼이든 거의 모두가 출산 직후 아이들을 시골이나 보육시설로 보내는데, 거기서 80퍼센트의 아이들은 사망한다. 산모 역시 일자리를 지키려고 출산 이튿날이나 사흗날에 다시 작업을 시작한다.

내가 알기로는, 근 20년간 수만 명의 젊고 건강한 어머니들이 우단이며 실크 원단을 만들기 위해 자신의 삶과 자녀의 생명을 망치고 있다.

어제 나는 건장한 체격에 몸이 뒤틀린 채 목발을 짚은 한 젊은 거지를 만났다. 짐수레 작업을 하다가 자빠져서 장기를 다친 사람이었다. 가진 돈을 써서 용하다는 할멈과 의사한테서 치료를 받았고, 지금은 8년을 몸 둘 곳도 없이 구걸하며 죽음을 보내시지 않는 하느님께 불평하고 있었다.

이러한 생명의 손실이 얼마인가. 이를 우리는 알거나 알지 못하기도 하지만, 그저 그러려니 하는 식으로 대수롭지 않게 여긴다.

나는 툴라의 주물공장의 용광로에서 일하는 노동자들을 안다. 그들은 격주로 일요일 하루를 쉬기 위해 하루 일과를 마치고 밤을 새워 24시간 연속으로 일한다. 이곳의 노동자들을 본 적이 있다. 다들 기력을 북돋우고자 술을 마시곤 한다. 저 철도역의 짐꾼들처럼 이들은 자기 명줄의 여유분이 아니라 밑천을 털어 쓰는 것이다. 하물며 납 분진에 노출되는 인쇄공, 거울, 카드, 성냥, 설탕, 담배, 그리고 유리 공장의 노동자, 광부, 금세공사 등 엄연히 해로운 작업에 투여되는 이들의 생명 손실은 어떠한가?

영국의 통계자료에 따르면, 상류계급 사람들의 평균수명은 55세인데 비해 건강에 해로운 직종에 종사하는 노동자의 수명은 29세이다.

이를 알면서도(모를 수는 없다), 저처럼 인간 생명에 상응하는 노동을 이용하는 우리로서는 짐승이 아니고선 한순간이라도 평온하게 있을 수 없을 것 같다. 그런데 우리는 부자든 자유주의자든, 휴머니스트든, 인간만이 아닌 동물의 고통에도 민감한 사람이든, 저 노동을 끊임없이 이용하며 심지어는 더욱더 부유해지고자 한다. 다시 말해, 저 노동을 더 많이 이용하려는 것이다. 그러고도 완전히 평온하게 지낸다.

가령, 37시간 짐꾼들의 노동과 그들의 열악한 휴게장소 같은 것에 대해 알게 되면 즉각 거기로 많은 봉급을 받는 조사관을 파견하여 12시간 이상의 작업을 금지한다. 3분의 1의 임금을 잃은 노동자들에게는 그들이 원하는 대로 생계를 유지할 수 있게 한다. 철도 당국으로 하여금 노동자를 위해 편안하고 널찍한 휴게 장소를 마련하도록 의무화한다. 그러면 아주 평온한 양심으로 그 철도를 따라 상품을 보내고 받게 될 것이고, 봉급과 배당금, 주택과 토지 수익 등을 받게 될 것이다.

가족과 멀리 떨어져서 견직물 공장에서 생활하며 여러 유혹 속에 노출되는 여인들과 처자들은 자신은 물론 제 아이들까지 망가트린다. 우리네 셔츠를 풀 먹여 다리는 세탁부와 우리의 기분을 전환시켜주는 책과 신문을 인쇄하는 식자공 절반 이상이 폐병을 앓는다. 이를 알면서도 우리네는 그저 어깨나 으쓱하고 사정이 안타깝지만 할 수 있는 게 없다며, 평온한 양심으로 비단 직물을 구입하고 풀 먹인 셔츠를 입고 아침마다 신문을 읽는다. 우리는 상점의 일꾼들이 휴식을 취하는지를 염려하고, 김나지움에 다니는 우리 자식들이 지나치게 피로해지지 않는지를 더 염려한다. 거기다 짐마차를 부리는 마부가 말에 무거운 짐을 싣는 것을 엄격히 금지하고, 도축장에서 가축을 도살하는 것조차 가능한 한 동물이 고통을 덜 받게끔 조치를 취한다.

그러면서도 수백만의 노동자가 관건이 될 때, 우리를 덮치는 저 놀라운 사고 정지는 대체 무엇인가? 노동자들이 사방에서 서서히 고통스레 죽어가고 있는데, 우리는 스스로의 편의와 만족을 위해 그 노동을 이용하고 있지 않은가.

III. 학문에 의한 기존 상태의 정당화

우리 식자층의 저 놀라운 사고 정지에 대해서는 이렇게 설명할 수 있다. 나쁜 짓을 할 때면 사람들은 항상 자신의 악행이 나쁜 짓이 아니라 자신의 권한을 넘어선 어떤 불변의 법칙들이 작용한 결과라는 식의 세계관을 꾸며낸다. 옛적에 그런 세계관은 어떤 이들에게는 낮은 지위와 노동을, 다른 이들에게는 높은 지위와 삶의 혜택을 누리도록 예정하신 불가해하고 불변하는 하느님의 뜻이 존재한다는 것이었다.

이러한 세계관을 주제로 엄청난 양의 책이 쓰였고, 셀 수 없이 많은 설교가 행해졌다. 이 주제는 아주 다각도로 전개되었다. 하느님이 서로 다른 사람들 즉 노예와 주인을 창조했고, 양측 다 자기 위치에 만족해야 한다는 증명이 이어지곤 했다. 그 후에는 노예들이 내세에서 더 잘살게 된다는 게 증명되었다. 그 후 비록 노예라 하더라도 노예는 노예로 남아야 하고, 주인이 그들을 관대하게 대하기만 하면 그들의 위치도 나쁘지 않다는 해명이 있었다. 그리고 가장 최근의 설명은 노예 해방 이후에 나왔다. 하느님께서 부를 일부 사람들에게 맡겨서 그 부의 일부를 자선사업에 사용하도록 하신 것이다. 그러면 어떤 사람들의 부와 다른 어떤 사람들의 빈곤은 아무런 문제가 되지 않는다는 것이다.

이러한 해명은 가난한 자들은 물론 부자들까지, 특히 부자들을 아주 오랫동안 만족시켜왔다. 하지만 이러한 해명이 특히 자기가 처한 위치를 파악하기 시작한 가난한 자들에게는 충분치 않은 시기가 도래했고, 그러자 새로운 해명이 요구되었다. 때마침 그러한 해명이 등장했다. 이 새로운 해명은 과학의 형태로, 즉 정치경제학으로 나타났다. 정치경제학은 사람들 사이에 노동과 노동 생산물의 이용이 배분되는 법칙을 발견했다고 주장한다. 이러한 새로운 법칙은 노동의 배분과 그 이용이 수요와 공급, 자본, 임대료, 임금, 가치와 이윤 등 대체로 사람들의 경제활동을 조건으로 하는 불변의 법칙에 달려 있다는 것이다.

이러한 주제에 대해서는 단기간에 적지 않은 서적과 팸플릿이 쓰였고, 이전의 주제로 논설과 신학적 설교가 행해진 것 이상의 강의가 이루어졌다. 지금도 끊임없이 팸플릿과 서적들이 산더미처럼 쓰이고 강의가 행해진다. 그런데 이러한 서적과 강의들은 모두 신학적인 논설과 설교만큼이나 모호하고 이해할 수가 없는데도 소기의 목적을 달성한다. 현존 질서 아래에서는 어떤 사람들은 태평하게 일하지 않아도 다른 사람들의 노동력을 사용할 수 있다는 식의 해명을 하는 것이다.

이런 식의 사이비 과학이 일반적인 질서의 표본으로 채택한 것은 역사 시대 전체에 걸친 전 세계 사람들의 입장이 아니라, 19세기 말과 20세기 초반 아주 예외적인 상태에 있던 조그마한 영국 사람들의 입장이었다. 그럼에도 이러한 사실로 인해 여러 연구자들이 도달한 명제의 진실성 수용이 가로막혔던 것은 아니다. 이를 가로막지 못하는 것은 임대료와 잉여가치, 이윤 등을 이해하는 방식에 동의하지 못하는 지금의 과학계 인사들의 끝없는 논쟁과 불일치 역시 마찬가지다. 유독 모두가 인정하는 것은 저러한 과학의 기본적인 입장이다. 즉 인간관계는 사람들이 무엇을 좋다거나 나쁘다고 생각하느냐가 아니라, 유리한 위치에 있는 사람들에게 무엇이 유리한가로 결정된다는 것이다.

어떤 양상은 의심의 여지가 없는 진리처럼 인정된다. 노동의 산물을 빼앗는 강도와 도둑이 공동체 내에 횡행하는 것은 강도와 도둑들이 나쁜 짓을 저지르기 때문이 아니다. 과학이 규정한 느린 진화의 방식으로만 달라질 수 있는 불변의 경제법칙들이 그러하기 때문이라는 것이다. 그런즉 과학의 가르침에 따르면, 강도와 도둑 또는 은닉자로서 약탈과 절도를 즐겨하는 사람들은 장물과 약탈품을 태연자약하게 계속 사용할 수 있는 셈이다.

이 세상 사람들 대다수는 진정제 역할을 하는 과학의 해명을 상세히 알지 못한다. 과거 많은 사람들이 그들의 상태를 정당화하는 신학적 설명을 자세히 알지 못했던 것과 마찬가지다. 그래도 모두는 이러한 해명이 **존재하며**, 똑똑한 식자들이 현재 만물의 질서는 존재해 마땅한바 그대로임을 의심의 여지 없이 증명해오고 있음은 알고 있다. 그런 까닭에 현재의 질서를 변화시키려 애쓰지 않더라도 그 속에서 평온히 살아갈 수 있는 것이다.

이렇게밖에는 우리 사회의 선량한 사람들이 보여주는 저 놀라운 사고 정지를 설명할 도리가 없다. 이들은 동물의 안녕을 진심으로 바라 마지않지만 자기 형제들의 생명을 갉아먹는 데는 양심의 거리낌이 없다.

IV. 경제학은 농촌 일꾼들 모두가 공장 활동을 거쳐야 한다고 주장한다.

어떤 사람들이 다른 사람들을 소유하는 것은 하느님의 뜻이라는 식의 이론으로 사람들은 오랫동안 안심해 왔다. 그러나 이런 이론은 사람들의 잔인성을 정당화함으로써 그 잔인성을 최고 수준에 이르게 했고, 이로써 그 진실성에 대한 반발과 의심을 사게 되었다.

그처럼 지금은 경제적 진화가 불변의 법칙에 따른다는 이론이 있다. 그런 법칙이 있는 까닭에 누군가는 자본을 모으고, 다른 누군가는 평생 노동을 해야만 자본량을 늘리고 미래에 약속된 생산도구의 사회화를 준비할 수 있게 된다. 이런 이론은 한쪽 사람들의 다른 사람들에 대한 더 큰 잔인성을 유발하며, 특히 평범하고 학문에 현혹되지 않은 사람들 사이에 일단의 의심을 불러일으키고 있다.

예컨대 37시간 노동으로 인생을 망가트리는 짐꾼, 공장의 여성, 세탁부, 인쇄공들이나 정신을 몽롱하게 하는 단조로운 예속 노동의 힘겹고 부자연스러운 조건에서 살아가는 수백만의 사람들을 보면, 자연스런 물음이 생긴다. 무엇이 이들을 저러한 처지에 이르게 했고, 어떻게 이들을 거기서 벗어나게 할 것인가? 과학은 이렇게 답한다. 저 사람들이 그러한 처지에 있는 것은, 철도는 어떤 회사가 소유하고, 견직 공장은 어떠한 업주가 소유하고, 공장이며 제작소, 인쇄소, 세탁소들을 대체로 자본가들이 소유하기 때문이다. 따라서 이러한 상황은 노동자들이 연맹과 협동조합으로 단결하고 파업을 하거나 정부조직에 참여하여 사업자와 정부에 더 많은 영향을 미침으로써, 일단은 노동시간 단축과 임금 상승을 끌어내고 끝내는 모든 생산수단을 노동자의 수중에 넣는 방식으로 시정될 것이다. 그러면 모든 게 잘될 것이다. 이제는 모든 게 순조롭고, 어떤 변화도 필요가 없다.

이러한 답변은 학식이 없는 사람들, 특히 러시아인들에게는 놀랍게 여겨질 수밖에 없을 것이다. 첫째, 자본가들이 생산수단을 소유하고 있다는 사실은 짐꾼과 공장의 여성, 그리고 건강에 해롭고 정신을 흐리는 힘든 작업으로 고통받는 수백만의 노동자와 관련하여 아무것도 설명하지 못한다.

지금 철도 노동으로 생계를 꾸리는 농사꾼들의 농업 생산 도구는 자본가들이 장악하고 있지 않다. 이들에게는 토지며 말, 쟁기, 써레 등 토지를 경작하는 데 필요한 모든 것이 있다. 마찬가지로 공장에서 일하는 여성들은 생산도구를 빼앗겨서 이런 일을 하게 된 게 아니다. 오히려 이들은 대개 집 안의 연장자의 뜻을 거역하여 집을 떠난다. 고향 집에는 이들의 손길이 필요하고 그곳에는 생산도구가 다 있다. 러시아는 물론 다른 나라에도 수백만의 노동자가 그러한 처지에 놓여 있다. 따라서 노동자들의 불행한 처지의 원인을 자본가들이 생산수단을 장악한 데서 찾을 수는 없다. 그 원인은 이들이 농촌에서 쫓겨났다는 데서 찾아야 한다. 이것이 첫째다.

둘째, 과학이 구원을 약속하는 먼 미래에도 노동시간의 단축, 임금 인상, 약속된 생산수단 사회화 역시 노동자들을 이러한 상황에서 벗어나게 할 수 없다. 이 같은 것으로는 노동자들의 처지를 개선할 수가 없다. 왜냐하면 철도와 견직물 공장, 여타의 공장이나 시설에서 일하는 노동자들이 처한 곤경은 노동시간의 많고 적음(농사꾼들은 사는 게 행복하다고 생각하며, 때로는 하루 18시간, 연속 36시간을 일하기도 한다)의 문제가 아니기 때문이다. 또한 적은 임금이나 철도나 공장이 자기들 소유가 아니라는 문제도 아니다. 문제는 노동자들이 유해하고 부자연스러우며 자주 위험하고 생명의 위협을 받는 조건에서 일하도록 강요받는다는 것이다. 다시 말해, 갖은 유혹과 부도덕이 가득한 도시의 병영적 생활 조건에서 그들은 익숙지 못한 예속적인 노동을 강요받고 있다.

최근 들어 노동시간이 단축되고 임금은 인상되었지만, 노동시간 단축과 임금 인상이 노동자들의 처지를 개선하지는 못했다. 회중시계, 실크 손수건, 담배, 소고기, 맥주 등을 찾는 사치스런 습관이 아니라, 건강과 도덕 그리고 무엇보다 자유 같은 그들의 진정한 후생복지를 염두에 둔다면 말이다.

내가 아는 어떤 견직물 공장에서는 20년 전, 주로 남성들이 하루 14시간을 일해서 얼추 15루블을 벌고 이 돈을 대부분 농촌의 집으로 보냈다. 지금은 일하는 사람들이 거의 여성들이다. 이들은 11시간 일해서 어떤 이들은 한 달에 25루블을 벌기도 하고 대개는 어림잡아 15루블 이상 버는데도, 돈을 집으로 보내는 게 아니라 벌어들인 돈을 이곳에서 주로 옷치장하고 술 마시는 등의 방탕한 생활로 탕진한다. 거기다 노동시간의 단축은 그들이 술집에서 보내는 시간을 늘렸을 뿐이다.

똑같은 일이 크든 작든 온갖 제작소와 공장에서 벌어진다. 어디서나 노동시간 단축과 임금 인상에도 불구하고, 농사짓는 생활에 비하여 건강이 악화되고 평균수명은 줄어들고 도덕성이 사라진다. 도덕성을 키워주는 호조건들, 즉 가족적인 삶과 자유롭고 건강하고 다채로우며 뜻깊은 농사일에서 단절된 마당에 다른 결과를 기대할 수는 없다.

일부 경제학자의 주장처럼 노동시간 단축, 임금 인상, 공장의 위생 조건 개선과 더불어 노동자들의 건강과 도덕성은 과거 공장 일꾼들의 상태에 비해 나아지고 있다. 최근 일부 지역에는 공장노동자들의 상태가 외적 조건상 농촌 주민의 상태보다 나은 경우도 있다. 하지만 이런 일은 일부 지역에 불과하며, 그조차 정부와 공동체가 과학적 판단의 영향을 받아 농촌의 상태 악화와 공장 일꾼의 상태 개선을 위해 가능한 조치를 다 취하기 때문에 벌어진다.

일부 지역 공장노동자의 상태가 그것도 외적 조건상으로만 농민의 그것보다 낫다고 한다면, 이는 온갖 제약을 동원해 외적 조건상 아주 나은 삶을 비참한 것으로 만들 수가 있음을 증명할 뿐이다. 또한 수 세대를 이어갈 수만 있으면 인간이 적응할 수 없는 부자연스럽고 끔찍한 상태는 없음을 증명한다.

공장노동자, 대체로 도시 노동자의 곤경은 오랜 작업과 저임금에 있는 게 아니라, 자연 속에서의 자연스러운 삶의 조건을 박탈당하고 자유를 잃은 채 예속적이며 낯설고 단조로운 노동을 강요당한다는 데 있다.

그런즉 어째서 공장노동자, 도시 노동자들이 곤경에 처해 있으며 어떻게 그들을 도울 것인가에 대한 답변은, 이런 일이 자본가들의 생산수단 장악 때문에 벌어진다거나 노동시간 단축과 임금 인상, 생산수단의 사회화가 노동자들의 처지를 개선하리라는 식의 말들에 있지 않다.

이런 질문에 대한 답변은 그 원인을 제시하는 데 있어야 한다. 노동자들이 어째서 자연 속에서의 구속 없는 삶의 조건을 박탈당하고 공장의 부자유 속으로 내몰렸는지, 노동자들이 자유로운 농촌 생활에서 예속적인 공장 생활로 옮겨갈 필요를 못 느끼게 할 수단을 제시하는 것이어야 한다.

그런즉 도시 노동자들이 어째서 곤경에 처해 있는가라는 질문에는 무엇보다 어떤 이유로 이들이 농촌에서 쫓겨났고 그들이나 그 조상들이 어디서 살아갈 수 있었으며 오늘날 러시아에도 여전히 그런 사람들이 어디에 살고 있는가에 대한 질문이 들어 있다. 거기에는 무엇이 그들의 소망과 달리 그들을 공장이며 제작소로 내몰았고 지금도 내몰고 있는가 하는 질문도 들어 있다.

영국과 벨기에, 독일에서처럼 몇 세대에 걸쳐 공장 생활을 해온 노동자들이 있기는 하다. 비록 그렇더라도 그들이 그렇게 사는 것은 자기 의지에 따른 게 아니다. 그 부모와 조부 또는 증조부가 뭔가에 이끌려 자신이 좋아하던 농사일을 버리고 힘겨워 보이는 도시의 공장 생활에 나설 수밖에 없었기 때문이다. 카를 마르크스[《자본론》]에 따르면, 농촌 주민은 애초 강제로 토지를 빼앗기고 쫓겨나 부랑자로 전락했다. 그러고는 잔혹한 법률로 말미암아 고문을 당하고 달궈진 쇠로 낙인찍히고 채찍의 형벌을 받았다. 고용노동 요구에 굴복시킬 목적으로 행해진 것이었다. 그렇기에 어떻게 노동자들을 저 곤경에서 벗어나게 할 것인가의 질문은 어떻게 그 원인을 제거할 것인가라는 물음으로 자연스레 이어진다. 그들 일부는 이미 쫓겨났고 지금도 쫓겨나고 있다. 기어코 남은 사람들까지 그들이 좋다고 여기는 데서 쫓아내, 그들이 나쁘다고 여기는 곳으로 계속 내모는 원인을 어떻게 제거할 것인가?

경제학은 농촌에서 노동자들이 쫓겨나는 원인을 검사겸 사 지적하면서도 그 원인을 제거하는 문제는 다루지 않는다. 그러고는 기존의 제작소며 공장노동자들의 처지 개선에 모든 관심을 기울인다. 마치 공장노동자라는 위치는 변함없는 어떤 것이고 이미 공장에 들어간 사람들은 무슨 일이 있더라도 그 위치에 있어야 한다고 상정하며, 또한 아직 농촌을 떠나지 않고 농사일을 하는 이들 역시 그렇게 되어야 하는 불변의 상황을 전제하는 듯하다.

더욱이 경제학은 농촌노동자 모두가 필연적으로 도시의 공장 생활을 거쳐야 한다고 확신한다. 그렇지만 세상의 온갖 현자와 시인들은 인간적 행복이라는 이상이 농사일을 하는 조건에서 실현된다고 보았다. 비뚤지 않은 품행을 갖추고 일하는 사람들은 언제나 농사일을 선호해왔다. 공장노동은 건강에 해롭고 단조롭지만, 농업노동은 아주 건강하고 다채롭다. 또한 농업노동은 항상 자유롭다. 노동자가 자기 뜻대로 노동과 휴식을 번갈아 가며 한다. 공장에서의 노동은 공장이 노동자들의 수중에 있더라도 항상 예속적이며 기계에 의존적이다. 공장노동은 파생적인 것이지만, 농업노동은 기본적인 것으로 농업노동 없이는 공장도 존재할 수 없다. 경제학은 사실이 이러함에도 불구하고 시골 사람들은 도시로의 이주로 고통받지 않을 뿐만 아니라 이주를 바라며 이를 위해 애쓴다고 주장한다.

V. 어째서 경제학자들은 거짓된 주장을 하는가?

인류의 축복은 인간의 감각을 깊이 거스르는 것인 단조롭고 예속적인 공장노동에 있어야 한다는 학계의 주장은 명백히 부당하다. 아무리 실상이 그렇다 해도 학자들은 기어이 그러한 명백히 부당한 주장의 필연성에 이르고 만다. 예전에 신학자들이 노예와 주인은 서로 다른 존재이며, 현세에서의 신분상 불평등은 내세에 보상받을 것이라는 명백히 부당한 주장에 이르곤 했던 것과 마찬가지다.

이처럼 명백히 부당한 주장을 하는 이유는 학문의 원리를 정립해온 사람들이 부유한 계급에 속하기 때문이다. 게다가 이들은 자신들이 살아가는 유리한 조건에 너무 익숙해져서 사회가 이러한 조건을 떠나서도 존재할 수 있으리라고는 생각조차 해보지 못하기 때문이다.

부유한 계급의 사람들이 익숙한 삶의 조건은 그들의 편의와 만족을 위해 필요한 다양한 물품을 풍부하게 생산하는 것이며, 이는 오로지 현행 제도 아래에서 지금 존재하는 공장과 제작소 덕분에 얻어진다. 따라서 노동자들의 처지 개선을 논할 때면, 부유한 계급에 속한 학자들은 항상 공장 생산을 동일하게 유지함으로써 그들이 누리는 삶의 편의가 그대로 보장되는 한에서의 개선만을 제안한다.

심지어 가장 진보적인 학자들 즉 사회주의자들 역시 생산수단을 노동자에게 완전히 이전하도록 요구하면서도, 동일한 공장에서 현재와 같은 노동 분업 아래에서 지금 생산되는 것과 똑같거나 거의 비슷한 상품들이 계속해서 생산될 것이라고 전제한다. 그 발상에서의 차이라면, 지금은 그들만 누리는 편의를 나중에는 모두가 누릴 수 있으리라는 것뿐이다. 노동수단이 사회화된다면, 학자이자 대체로 지배계급인 그들 역시 노동에 참여하게 될 것이나 주로 그림쟁이, 학자, 예술가와 같은 관리자로서 참여할 것이라고 막연하게 상상한다. 그들은 누가 입마개를 쓰고 탄산납을 다룰 것이며, 누가 화부, 광부, 하수도 청소부가 될 것인지에 대해 침묵하거나, 아니면 모든 게 완벽해져서 하수도나 지하에서의 작업조차 즐거운 일이 될 것이라고 가정한다. 벨러미[11]류의 유토피아와 학술 논문에서 그들이 경제생활을 상상하는 방식이 그렇다.

그 이론에 따르면, 노동자들이 다 노조며 협동조합으로 단

---

11 에드워드 벨러미Edward Bellamy(1850~1898)는 19세기 말 활동한 미국의 작가이자 사회개혁가로 집산주의를 주장했다. 그는 2000년을 배경으로 주인공이 1887년을 돌아보는 유토피아 소설 《돌이켜보면Looking Backward》(1888)의 저자이기도 하다.

결하고 연대 정신을 키움으로써 마침내 노조와 파업, 의회 참여를 통해 토지를 포함한 모든 생산수단을 장악하는 지점에 이르게 될 것이다. 그때는 아주 잘 먹고 잘 입을 테고, 일요일마다 유흥을 즐기게 될 것이다. 그러면 여러 식물과 가축을 돌보는 광활한 시골 생활보다 석조 건물과 공장 굴뚝이 들어찬 도시 생활을, 다채롭고 건강하며 자유로운 농사일보다 벨소리에 맞춘 단조로운 기계 노동을 더 선호하게 된다.

그러한 가정은 현세에 아주 고통스레 노동한 대가로 노동자들이 저승에서 누릴 낙원에 관해 언급하는 신학자들의 가정만큼이나 실현 가능성이 희박하다. 그럼에도 우리 계층의 영리한 교양인들은 여전히 이런 이상한 가르침을 믿는다. 과거 영리한 사람들과 학자들이 노동자들을 위한 내세의 낙원을 믿었던 것과 다르지 않다.

부유 계급 사람들인 학자들과 그 제자들은 그걸 믿지 않을 수 없기 때문에 믿는다. 그들은 딜레마에 직면한다. 철도에서 성냥과 담배에 이르기까지 삶에서 누리는 모든 것이 수많은 인간의 목숨에 값하는 형제들의 노동의 산물이며, 이러한 노동에 참여하지 않으며 그 산물을 이용하는 자신들은 매우 부정직한 사람임을 알아야 한다. 아니면 일어나는 모든 일이 공동의 이익을 위해 경제학의 불변의 법칙대로 일어난다고 믿어야만 하는 것이다. 여기에 내면의 심리적인 원인이 있다. 이로 인해 영리하고 교육은 받았지만 깨이지 못한 학자들이 자명한 거짓을 자신 있고 완고하게 주장하는 것이다. 자연 속에서의 행복하고 건강한 삶을 버리고 제작소며 공장에서 영육을 망치는 것이 노동하는 사람들에게 더 낫다는 주장이 그와 같은 거짓이다.

VI. 사회주의 이상의 오류

농촌에서 수작업과 자유 노동을 하느니 공장이나 도시에서 기계적인 예속 노동을 하며 사는 게 낫다는 부당하고 인간의 본성에 반하는 주장을 허용해보자. 그렇다 해도 학자들이 가르치는 경제 진화가 목표로 하는 이상 자체가 결코 풀 수 없는 내적 모순을 내포하고 있다. 그 이상은 노동자들이 모든 생산도구의 주인이 되어 지금은 일부 부유한 사람들만 누리는 편의와 만족을 모두가 누리게 될 것이라는 데 있다. 모두가 잘 입고 좋은 집에 살며 잘 먹고, 모두가 전깃불이 켜진 아스팔트를 걷고, 콘서트며 극장을 방문하고, 잡지며 책을 읽고, 자동차를 타는 등의 생활을 하게 될 것이다. 하지만 정해진 상품을 모두가 사용하기 위해서는 원함직한 상품의 생산을 배분해야 하므로 얼마나 오래 각자의 노동자가 일해야 하는지를 결정해야 한다. 어떻게 이를 결정할 것인가?

통계 데이터를 가지고 자본주의, 경쟁, 욕구의 제약이 걸린 사회에서 사람들의 수요를 (아주 불완전하나마) 파악할 수는 있다. 하지만 생산수단이 사회 자체에 속하게 되는 사회, 즉 사람들이 자유로운 사회에서 모두의 수요를 충족시키려면 어떤 상품이 얼마나 필요한가를 통계 데이터는 제시하지 못한다. 그러한 사회의 수요는 어떤 식으로든 정의할 수가 없을 것이다. 그런 사회의 수요는 언제나 그것을 충족시킬 가능성보다 무한 배 더 클 것이기 때문이다. 당장은 최고 부유층이나 갖고 있는 모든 것을 모두가 갖고자 한다. 따라서 그런 사회에 필요한 상품의 수량을 규정하는 것은 아예 불가능하다.

더욱이 어떤 이들은 필요하다고 생각하고, 다른 사람들은 필요 없다거나 심지어 아주 해롭다고 생각하는 상품에 대한 작업에 어떻게 사람들의 동의를 끌어낼 것인가? 어떤 사회의 수요를 충족시키기 위해 각자 하루 6시간 정도는 일을 해야 한다는 사실이 밝혀진다고 해보자. 그 자유 사회에서 그 6시간의 일부가 자신이 불필요하고 심지어 해롭다고 여기는 상품의 생산에 사용되는 것을 아는 사람에게 누가 그 6시간을 일하도록 강제하겠는가?

지금의 사회제도 아래에서 기계와 주로는 노동 분업 덕택에 크게 힘들이지 않고도 굉장히 복잡하고 매우 완성도 높은 아주 다양한 상품들이 생산된다는 사실은 의심의 여지가 없다. 이러한 상품의 생산은 그 공장주에게 이익을 가져오는 것이고, 그 상품들의 사용을 우리는 편리하고 즐겁다고 여긴다. 이러한 상품들은 그 자체로 잘 만들어지고 또 아주 적은 노동력으로 만들어져 자본가들에게 이득을 가져온다. 우리는 이러한 상품들이 필요하다고 여긴다. 그러나 이러한 사실이 자유로운 사람들이 강압 없이도 이러한 상품들을 계속 만들어 내리라는 걸 증명하지는 않는다.

현재의 분업체계 아래에서 크루프 사가 굉장한 대포를, NN 사는 다채로운 견직물을, SS 사는 향기가 좋은 향수, 광택 카드, 안색을 살리는 분가루를, 거기다 포포프 사는 맛 좋은 보드카를 아주 빠르고 능숙하게 생산한다는 것은 의심의 여지가 없다. 게다가 이는 상품의 소비자는 물론 그 시설의 사업자에게도 유익하다는 것 또한 의심의 여지가 없다. 그러나 대포며 향수, 보드카는 중국 시장을 장악하거나 음주를 즐기거나 안색 유지에 관심 있는 사람들에게는 바람직하지만, 이러한 상품의 생산을 해롭다고 여기는 사람들도 있을 것이다. 이러한 상품들에 대해서는 말할 것도 없고, 전시회, 학술원, 맥주, 육류조차 불필요하거나 심지어 해롭다고 여기는 사람들도 있을 것이다. 어떻게 저런 사람들을 이 같은 상품의 생산에 참여하게 할 것인가?

설령 일정한 상품을 생산하게끔 모두를 설득하는 수단—그러한 수단은 없고 강제 외에는 있을 수 없지만—을 찾아낸다고 해도, 자유로운 사회에서 과연 누가 자본주의적 생산 없이 수요와 공급의 경쟁도 없이 어떤 상품에 먼저 노동력을 투여할지를 결정하겠는가? 다시 말해 작업의 선후차를 어떻게 결정하느냐는 문제다. 먼저 시베리아 도로를 건설하고 여순항을 요새화한 다음, 지역을 통과하는 고속도로를 건설해야 하는가, 아니면 그 반대로 해야 하는가? 전기 조명이 먼저인가, 들판의 관개시설이 먼저인가? 노동자들이 자유를 누리는 상황에서 해결되지 않는 또 다른 문제가 있다. 누가 어떠한 작업을 행하게 될 것인가? 분명 사람들은 모두 화부나 하수구 청소부가 되는 것보다 풀베기나 그림 그리기를 더 좋아할 것이다. 이런 업무 분배에 어떻게 사람들의 공감대를 찾을 것인가? 이러한 문제에 대해서는 어떤 통계로도 답하지 못한다. 이러한 문제의 해결은 이론적으로만 가능하다. 말하자면, 모든 문제를 처리할 권한을 가진 사람들이 등장하는 식이다. 어떤 사람들은 이 문제를 해결하고, 다른 사람들은 거기에 복종하게 될 것이다.

하지만 생산의 분배와 방향, 노동 선택에 관한 문제말고도 생산수단이 사회화되는 경우 또 다른 아주 중대한 문제가 있다. 그것은 사회주의적으로 조직된 사회에서 확립될지도 모를 노동 분업의 수준에 관한 문제다. 현존 노동 분업은 노동자들의 궁핍을 전제로 한다. 노동자는 평생 지하에 살거나, 어떤 물건의 100분의 1을 만들며 평생 보내거나, 평생 기계의 굉음 속에서 단조롭게 팔을 움직이는 일에 동의한다. 그에게는 다른 생계 수단이 없기 때문이다. 하지만 생산수단을 소유하고 있어서 궁핍을 겪지 않는 노동자는, 강압이 있어야만 정신을 혼미하게 하며 정신적 능력을 마비시키는 현행 분업 조건에 동의할 수 있을 것이다. 노동 분업은 매우 유익하고 누구나 갖고 있는 특성임은 의심의 여지가 없다. 그러나 사람들 모두가 자유롭다면, 노동 분업은 우리 사회가 오래전에 넘어선 일정하고 아주 근접한 한도까지만 가능하다.

어떤 농부는 주로 신발 만드는 일에 종사하고 그의 아내는 베를 짜는 일을 하고, 다른 농부는 땅을 경작하고, 또 다른 농부는 대장간 일을 한다. 그들 모두 자기 일에 탁월한 손재주를 갖추고 있어서 각자의 생산품을 서로 교환한다면, 그러한 분업은 모두에게 이익이 된다. 자유인들은 이런 식으로 자연스레 노동을 분담할 것이다. 그러나 장인이 어떤 제품의 100분의 1만을 평생 만들거나 공장의 화부가 50도의 고온에서 일하거나 유독 가스에 노출되며 작업하는 방식의 분업은 사람들에게 득이 되지 않는다. 그런 분업 방식은 하찮은 상품을 생산하느라 너무나 귀중한 대상, 즉 인간의 생명을 망가트리기 때문이다. 그러므로 지금 존재하는 것과 같은 노동 분업은 오직 강압 아래에서만 존재할 수 있다.

로트베르투스[12]는 노동 분업이 인류를 공산주의적으로 한데 묶는다 말한다. 이는 옳은 말이다. 그러나 인류를 한데 묶는 것은 자유로운 노동 분업, 즉 사람들이 자발적으로 노동

12　요한 카를 로트베르투스Johann Karl Rodbertus(1805~1875)는 독일의 과학적 사회주의자로 국가 사회주의 사상을 주창했다.

을 분담하는 형태다.

사람들이 도로를 만들기로 하고 누군가는 땅을 파고 다른 누군가는 돌을 나르고, 또 다른 누군가는 돌 깨기를 한다면, 이와 같은 노동 분업은 사람들을 한데 묶는다. 하지만 노동 자들의 의사와 상관없이 때로는 그 의사에 반하여 전략 철 도나 에펠탑 또는 파리 세계박람회를 가득 채운 온갖 어리 석은 것이 건설된다고 치자. 자신들이 다루는 물건의 목적 에 대해 조금도 알지 못한 채, 어떤 노동자는 주철을 채굴하 고 다른 노동자는 석탄을 나르고, 또 어떤 노동자는 주철을 녹이고, 또 다른 노동자는 나무를 베고 깎는다면, 이러한 노 동 분업은 노동자들을 한데 묶는 것이 아니라 거꾸로 나눠 놓는다.

따라서 노동 도구를 사회화하는 경우에 사람들이 자유롭 게 된다면, 노동자에게 끼칠 해악보다 혜택이 더 크다면 그 러한 분업은 수용할 것이다. 그리고 모든 사람이 당연히 자 신의 활동의 확장과 다양성 속에서 혜택을 찾을 것이기 때 문에, 지금 존재하는 방식의 노동 분업은 자유 사회에서는 명백히 불가능하다.

현재의 분업구조가 바뀌면, 우리가 지금 사용하고 있고 사 회 전체가 사용하게 될 (사회주의 국가에도 있으리라 예상되 는) 상품의 생산 역시 아주 대폭 감소할 것이다.

생산수단의 사회화에도 불구하고 강제 분업을 통해 생산 되는 물품의 풍요로움은 그대로 유지되리라는 예측은, 농노

해방에도 불구하고 농노들에 의해 꾸려지던 홈 오케스트라, 정원, 양탄자, 레이스 짜기, 극단 등이 그대로 유지되리라 예측했던 것과 마찬가지다. 그러니 사회주의 이상이 실현되어 모두가 자유로워지면, 그와 더불어 현재 부유한 계급이 누리는 것과 똑같거나 거의 똑같은 모든 것을 다 누리게 되리라는 가정에는 명백한 내적인 모순이 존재한다.

VII. 문화인가, 자유인가?

농노제 시절과 똑같은 일이 그대로 되풀이되고 있다. 그 당시 농노 소유자, 대체로 부유층 대부분은, 농노들의 처지가 좋지 못하다고 인정하는 경우더라도 정작 이를 개선하는 데는 지주들의 주요 이익이 침해되지 않을 만큼의 변화만을 제안하곤 했다. 지금도 부유층 사람들은 노동자들의 처지가 썩 좋지 않다고 인정하면서도 그러한 처지를 개선하는 데는 부유층의 유리한 위치를 무너트리지 않는 정도의 조치만을 제시한다. 당시 호의적인 지주는 부성적인 권위를 거론하며 작가 고골처럼 농노들을 더 친절하게 대하고 배려하라고 지주들에게 조언했지만, 그에게 해롭고 위험해 보이는 농노해방에 관해서는 생각조차 허용치 않았다. 마찬가지로 지금 우리 시대 부유층 대다수는 고용주들에게 노동자들의 복지에 관해 더 많은 관심을 가지라고 조언하지만, 노동자들에게 완전히 자유로운 경제생활 구조로의 변화에 대해서는 생각조차 허용하지 않는다.

예전에 선구적인 자유주의자들은 농노 신분을 변하지 않는 것이라고 보면서도, 정부에 농노주의 권한을 제한하라고 요구하며 농민 봉기에 공감을 표하곤 했다. 그와 마찬가지로 지금 우리 시대의 자유주의자들은 현존 질서를 변하지 않는 것이라 보면서도, 정부에 자본가들과 공장주의 권한을 제한하라고 요구하며 노동조합, 파업, 노동자의 봉기에 공감을 표한다. 그 당시 아주 선구적인 사람들은 농노해방을 요구했지만, 정작 그 기획에서는 농노들이 토지 소유주 즉 지주나 소작료와 조세에 종속되게 방치했다. 지금도 역시 가장 선구적인 사람들은 노동자의 해방, 생산수단의 사회화를 요구하지만, 그럼에도 (그들의 생각대로라면 변치 않을) 지금의 노동 분배와 분업구조에 노동자들이 종속되는 것을 방치한다.

스스로를 계몽되고 선구적이라고 여기는 부유한 사람들이 세부 사항을 따져 보지도 않은 채 따르는 경제학의 학설은 표면적으로는 사회의 부유층에 대한 공격이 포함되어 자유주의적이고 심지어는 급진적인 것처럼 보인다. 하지만 실질적으로 이 학설은 굉장히 보수적이고 조잡하며 잔인하다. 어떤 식으로든 학계와 그 뒤에 있는 부유한 계급은 상품의 대량 생산을 가능케 하는 현존 노동 분배와 분업을 어떤 대가를 치르더라도 방어하고자 한다. 현존 경제구조를 학자들과 그 뒤의 부유층 사람들은 문화라고 부르며 철도, 전보, 전화, 사진, X선, 병원, 전람회 등 주로 모든 편의기구들을 문화로 이해한다. 이는 너무도 신성한 것이어서 이러한 발명품의 전부든 아니면 일부라도 없앨 수 있는 방식의 변화는 생각조차 허용되지 않는다. 이러한 학계의 가르침대로라면 모든 것을 다 바꿀 수 있지만, 그들이 문화라고 부르는 것만은 아니다.

한편 그 문화라는 것은 노동자에게 노동을 강요해야만 존재할 수 있다는 것이 점점 더 분명해지고 있다. 하지만 학자들은 이 문화라는 것을 최고의 혜택이라고 확신하며, 언젠가 법학자들이 '세상이 망할지라도 정의를 세우라*fiat justitia —pereat mundus*'라고 말한 것과는 반대의 것을 과감하게 말한다. 지금 그들은 '정의가 파괴되더라도 문화를 세우라*fiat cultura—pereat justitia*'라고 말하는 것이다. 그저 말만 하는 것이 아니라, 그렇게 행동한다. 모든 것은 실제로도 이론으로도 바꿀 수 있다. 하지만 문화, 그러니까 공장과 제작소에서 이뤄지는 모든 것, 주로 가게에서 판매되는 모든 것은 바꿀 수 없다.

내 생각으로는, 형제애, 이웃에 대한 사랑이라는 기독교 율법을 고백하는 계몽된 사람들은 이와는 정반대로 말해야 한다.

전등과 전화, 전람회, 그리고 음악회와 공연이 열리는 온갖 아르카디아 정원들, 담배, 성냥갑, 멜빵, 모터까지도 아름

답다. 하지만 저 물품들뿐만 아니라 철도며 세상의 공장에서 생산되는 온갖 꽃무늬 천과 옷감까지도 모조리 없어져야 한다. 만일 저 물품들을 생산하기 위해 99퍼센트의 사람들이 노예가 되어 수천 명씩 죽어나간다면 말이다. 런던 또는 상트페테르부르크에 전기로 불을 밝히거나, 박람회 건물을 짓거나, 멋지게 페인트칠을 하거나, 고운 직물을 신속하게 다량으로 직조하기 위해서는 비록 아주 소수일지언정(통계 자료는 얼마나 많은 생명이 죽어가는지 보여준다) 생명이 사라지거나 줄어들고 망가져야 한다. 정녕 그렇다면, 런던과 상트페테르부르크는 가스와 석유로 불을 밝히고, 어떤 전람회도 열지 말고, 페인트도 직물도 사라져야 한다. 노예제와 이로 인해 발생하는 인간 생명의 손상을 없앨 수만 있다면 말이다.

진정으로 계몽된 사람들은 정기적으로 사고를 내서 매년 수많은 사람을 죽이는 철도로 여행하는 것보다는 말에 등짐을 메고 여행하거나, 심지어 말뚝과 손을 써서 땅을 파는 일로 돌아가는 데 동의하는 편이 나을 것이다. 왜냐하면 시카고에서 벌어진 일에서 보듯, 철도 소유주들은 사고사가 일어나지 않도록 철도를 건설하는 것보다 유족들에게 보상금을 지불하는 편이 더 이익이라 여기기 때문이다.

진정으로 계몽된 사람들의 신조는 '정의가 파괴되더라도 문화를 세우라*fiat cultura—pereat justitia*'가 아니라, '문화가 파괴되더라도 정의를 세우라*fiat justitia—pereat cultura*'이다.

하지만 문화, 유용한 문화라면 파괴되지도 않을 것이다. 사람들은 무슨 일이 있어도 말뚝으로 땅을 파고 관솔로 불을 밝히는 시대로 돌아가는 일은 없을 것이다. 인류가 노예제도 아래에서 대단한 기술적 발전을 이룬 것은 헛된 게 아니다. 그저 사람들이 자기 쾌락을 위해 형제들의 생명을 이용해서는 안 된다는 것을 깨달으면 된다. 그러면 그들은 자기 형제들의 생명을 망가뜨리지 않도록 온갖 기술적 성취를 적용할 수 있을 것이다. 또한 자기 형제들을 노예 상태로 속박하지 않으면서도 자연을 지배하기 위해 고안된 온갖 도구를 활용하게끔 삶을 조직해낼 수 있을 것이다.

VIII. 노예제도는 우리들 가운데 있다

완전히 낯선 나라에서 온 어떤 사람을 떠올려보자. 그 사람은 우리의 역사도 법률도 전혀 모른다. 그 사람에게 다양한 형태로 발현되는 우리의 삶을 보여주고 우리나라 사람들의 생활방식에서 주요한 차이가 어디에 있는지 물어보자. 그가 지적하는 생활방식에서의 주요한 차이는 다음과 같을 것이다. 일부 소수의 사람들은 깨끗한 하얀 손으로 잘 먹고 잘 입고 좋은 곳에 살며 쉬운 일을 하거나 아예 일을 하지 않는다. 그들은 유흥을 즐기는 데 다른 수백만 사람들의 힘겨운 노동의 나날을 소진한다. 다른 이들, 항상 더럽고 열악한 옷차림에 질 나쁜 주거환경, 먹는 것도 형편없고 굳은살 박인 지저분한 손을 지닌 사람들은 아무 일도 하지 않고 끊임없이 유흥을 즐기는 사람들을 위해 아침부터 저녁까지 때로는 밤을 새워가며 일을 한다.

지금의 노예와 노예 소유주 사이에는 예전 노예와 노예 소유주를 구별했던 것과 같은 뚜렷한 경계를 긋기는 어렵다. 또한 우리 시대의 노예들은 일시적으로 노예였다가 나중에는 노예 소유주가 되거나 노예인 동시에 노예 소유주가 되는 경우가 있다고 해도, 그 접점에서의 이러저러한 혼합이 우리 시대의 사람들 모두가 주인과 노예로 나뉜 상태라는 사실의 진실성을 약화시키지 못한다. 그것은 마치 황혼에도 불구하고 하루가 낮과 밤으로 나뉘는 것과 같다.

우리 시대의 노예 소유주는 배설물을 치우라고 뒷간으로 보낼 만한 노예 이반을 거느리고 있지는 않지만, 수백의 이반에게 절실히 필요한 3루블을 갖고 있다. 이러한 3루블로 우리 시대의 노예 소유주는 수백의 이반 가운데 한 사람을 골라서 다른 사람보다 우선하여 뒷간으로 기어들게 하는 은혜를 베풀 수 있다.

우리 시대의 노예는 생존을 위해 제작소며 공장의 소유주의 뜻에 온전히 몸을 맡겨야 하는 노동자들만이 아니다. 또한 노예는 쉬지 않고 남의 밭일을 해서 남의 곡식을 남의 타작마당으로 거둬가거나, 자기 밭을 경작하더라도 은행가들에게 상환 불가의 부채에 대한 이자를 지불하기에 바쁜 거의 모든 소농들이기도 하다. 거기다 숱한 머슴들과 요리사, 식모, 창녀, 문지기, 마부, 때밀이, 종업원 등도 마찬가지 노예들이다. 이들은 평생을 인간답지 못하고 스스로 역겨워하는 임무를 수행한다.

노예제는 엄연히 존재한다. 하지만 우리는 노예제의 존재를 의식하지 못한다. 18세기 말 유럽에서 농노제가 노예제로 의식되지 않았던 것처럼 말이다. 그 시대의 사람들은 귀족나리를 위해 땅을 경작하고 그들에게 복종할 의무가 지워진 사람들의 처지를 당연하고 불가피한 경제적 삶의 조건이라고 여겼으며, 이러한 형편을 노예제라고 부르지 않았다.

지금 우리들 사이에서도 마찬가지다. 우리 시대의 사람들은 노동자들의 처지를 당연하고 불가피한 경제적 조건으로 여기며 이러한 형편을 노예제라고 부르지 않는다.

18세기 말경 유럽인들은 조금씩 깨닫기 시작했다. 이전에는 당연하고 불가피한 경제생활의 한 형태로 여겨졌던 상태, 즉 농민들이 영주에게 전적으로 종속되어 있는 것은 좋지 못하고 부당하며 부도덕하고 변화가 요구되었다. 지금 우리 시대 사람들 역시 예전에는 완전히 합법적이고 정상적으로 여겨졌던 고용노동자, 전반적으로 노동자들이 처한 상황은 당연히 그런 것이 아니며 변화가 요구된다는 사실을 깨닫고 있다.

우리 시대 노예제도의 국면은 18세기 말 유럽의 농노제, 19세기 초중반 미국의 노예제가 처했던 것과 지금 정확히 같은 단계에 와 있다.

　노동자들을 대상으로 한 우리 시대의 노예제도는 우리 사회의 선구적인 사람들에 의해 이제 막 의식되기 시작했을 따름이다. 대다수는 여전히 우리 시대에 노예제도 따위는 없다고 아예 확신한다.

　이러한 상태에 대한 우리 시대 사람들의 몰이해는 러시아와 미국에서 노예제가 폐지된 지 얼마 되지 않은 정황과 무관치 않다. 실제로 농노제와 노예제의 폐지는 낡고 불필요해진 형태를 폐지한 것에 불과하고, 이전보다 더 다수의 노예를 장악하는 더 견고한 형태의 노예제로 교체되었을 뿐이다. 농노제와 노예제의 폐지는 크림 타타르족이 포로들에게 저지른 행위와 비슷했다. 그들은 포로의 발바닥을 자르고 거기다 잘게 썬 뻣뻣한 털을 뿌리는 짓을 고안했으며, 그런 짓을 한 후에야 포로의 차꼬와 족쇄를 풀어주었다. 러시아에서의 농노제와 미국에서의 노예제 폐지는 이전 형태의 노예제가 사라지게는 했지만, 그 본질 자체를 무너뜨리지는 못했다. 오히려 그 해체는 뻣뻣한 털 때문에 발바닥이 곪아서 족쇄나 차꼬가 없어도 포로들이 도망치지 못하고 일을 할 것이라 확신하게 되었을 때 완성되었다. (미국의 북부 주민들이 낡은 노예제의 폐지를 과감하게 요구할 수 있었던 것은, 새로운 노예제도인 금전적 노예제도가 이미 사람들을 확실히 사로잡고 있었기 때문이었다. 남부 주민들은 새로운 노예제의 명확한 징후를 보지 못했기 때문에 낡은 노예제 폐지에 찬성하지 않은 것이다.)

우리 러시아에서는 토지가 모두 강점된 후에야 농노제가
폐지되었다. 농민에게 토지가 분여되면, 토지 노예제를 대
체한 조세가 부과되었다. 인민을 노예 상태에 가둬두던 조
세가 유럽에서 폐지되기 시작한 것은 인민이 토지를 빼앗겨
농사일을 놔버리고 도시적인 욕망에 감염되어 자본가들에
게 전적으로 의존하게 되었을 때였다. 그때 막 영국에서는
곡물 관세[즉 곡물법]가 폐지되었다. 현재 독일과 그 밖의 나
라에서는 노동자에게서 거두는 조세를 폐지하고 그 조세를
부자에게 이전하기 시작했다. 이미 인민 대다수가 자본가들
의 손아귀에 들어갔기 때문이다. 하나의 노예화 수단이 폐
지되는 것은 다른 수단이 그것을 대체했을 때뿐이다. 노예
화 수단들은 여러 가지다. 어느 하나가 아니면 다른 어떤 것,
때로는 여러 수단을 아울러 사용하여 인민을 노예 상태로
속박한다. 다시 말해, 소수의 사람들이 대다수 사람들의 노
동과 인생을 완전히 틀어쥐는 국면이 조성되는 것이다. 이
처럼 소수가 다수 인민을 노예화한 것이 인민이 곤경에 처
한 주된 원인이다.

따라서 노동자들의 처지를 개선하는 수단은 다음과 같아
야 한다. 첫째, 노예제도가 우리들 가운데 존재한다는 것을
인정해야 한다. 어떤 비유적이고 은유적인 의미에서가 아니
라 가장 단순하고 직접적인 의미에서 어떤 사람들 다수를
어떤 다른 소수가 쥐락펴락하는 노예제도 말이다. 둘째, 이

와 같은 상태를 인정하고서 어떤 사람들이 다른 어떤 사람들을 노예화하는 원인을 찾아야 한다. 셋째, 이러한 원인을 발견함으로써 이를 제거해야 한다.

IX. 노예제도의 원인

우리 시대의 노예제도란 무엇인가? 어떠한 힘들이 누군가를 다른 누군가의 노예로 만드는가? 러시아는 물론, 유럽과 미국의 공장들, 도시와 농촌에서 다양한 고용노동을 하는 노동자들에게 무엇이 그들에게 그런 선택을 하게 했는지를 묻는다면, 모두들 이 지경이 된 이유를 말할 것이다. 어떤 이들(러시아의 모든 노동자들과 아주 많은 유럽 노동자들)은 토지가 없어서 밭일을 해서 먹고살려고 해도 그럴 수가 없기 때문이라 할 것이다. 혹자는 남의 일을 하지 않고서는 납부 요구를 받는 직간접 조세를 낼 수가 없어서라고 말할 수도 있다. 이미 몸에 배어 노동과 자유를 팔아야만 충족시킬 수 있는 더 사치스런 습관의 유혹이 그들을 공장에 붙잡아 맨다고 말하는 사람들도 있을 것이다.

앞의 두 가지 조건 즉 토지 부족과 조세가 사람을 예속적인 환경으로 몰아넣는 듯하고, 세 번째 조건 즉 충족되지 않고 커진 욕구가 예속적인 환경으로 사람을 유인하여 그곳에 붙들어 놓는다.

그렇다면 토지가 사적 소유권에서 해방되는 것은 헨리 조지[13]의 기획에 따라 상상해볼 수 있다. 그로써 사람들을 노예 상태로 몰아넣는 첫 번째 원인인 토지 부족 문제를 없앨수 있을 것이다. 또한 지금 일부 국가에서 행해지는 것처럼 조세를 폐지하여 부자들에게 이전하는 것을 상상할 수도 있다. 그러나 현재의 경제구조로는 부자들 사이에 점점 더 사치스럽고 종종 해로운 생활 습관이 자리 잡지 않을 만한 상황은 상상조차 할 수가 없다. 더 나아가 그러한 습관이 마른 땅의 물처럼 불가피하고 걷잡을 수 없이, 부자들과 접촉하는 노동자 계급으로 전이되지 않고, 노동자 계급의 욕구가 되지도 않는 상황은 말이다. 그렇기만 하다면 노동자들이 허황된 욕구를 충족시킬 기회를 찾아 스스로의 자유를 팔고자 하지는 않을 테니까.

따라서 세 번째 조건은 그 자의성에도 불구하고 노예제도의 아주 견고하고 제거할 수 없는 원인이다. 무릇 인간이 유혹에 굴복하지 않을 수 있어 보임에도 불구하고, 학문은 이를 노동자들의 곤경의 원인으로 전혀 인정하지 않음에도 불구하고 말이다.

부자들 주변에서 생활하는 노동자들은 항상 새로운 욕구에 감염되고, 아주 긴장된 노동을 수행해내는 정도로만 그

---

13 헨리 조지Henry George(1839~1897)는 미국의 정치경제학자로 토지단일세를 주창한《진보와 빈곤》(1879)이 그의 대표 저작이다.

욕구를 충족시킬 기회를 얻는다. 그러니 영국과 미국의 노동자들은 가끔씩 생계 유지에 필요한 임금의 10배를 더 많이 받으면서도, 이전처럼 노예 생활을 지속하는 것이다.

노동자들 스스로가 설명하는 대로 저 세 가지가 지금 그들이 처한 노예제도를 만든 원인이다. 노동자들의 노예화 역사와 그들이 처한 현실은 그러한 설명의 정당성을 뒷받침한다. 노동자들은 모두 그 세 가지 원인 때문에 현재의 처지에 이르렀고 그 처지에 붙들려 있는 것이다.

이런 원인들이 다양한 측면에서 사람들에게 작용하여 그 누구도 노예화에서 놓여날 수 없는 지경이다. 토지가 아예 없거나 충분하지 못한 농부가 땅을 일궈 생계를 유지하려면, 토지를 소유한 사람에게 항시적이거나 일시적인 노예로 자신을 내맡길 수밖에 없을 것이다. 만약 농부가 스스로의 노동으로 먹고살 만큼의 토지를 어떻게든 취득한다고 해도, 그에게는 직간접적인 방식으로 많은 조세가 부과될 것이다. 그러면 그 조세를 내기 위해 농부는 다시 노예 상태에 몸을 맡겨야만 한다. 토지의 노예 상태에서 놓여나기 위해 농부가 토지 경작을 중단하고 남의 땅에 살면서 수공업에 종사하고 자신의 생산품을 필요한 물건과 교환한다고 해보자. 그러면 한편으로는 조세, 다른 한편으로는 더 향상된 도구로 그가 만드는 것과 동일한 물건들을 생산하는 자본가들과의 경쟁에 의해 그는 항시적이거나 일시적으로 자본가의 노예 상태로 전락하게 될 것이다. 농부가 자본가의 일을 하면서도 스스로의 자유를 내맡길 필요가 없는 자유로운 관계를 맺을 수 있다고 해보자. 설령 그렇더라도 농부가 불가피하게 몸에 익혀 습관화된 새로운 욕구로 인해 그는 노예 상태로 전락하게 될 것이다.

그러니 어떤 식이든 노동자는 조세를 관장하고 토지며 자신의 욕구를 충족시키는 데 필요한 상품을 소유한 자들에게 늘 속박되어 있을 것이다.

X. 조세, 토지, 소유의 합법화와 그 정당화

독일 사회주의자들은 노동자들을 자본가들에게 예속시키는 일련의 조건을 노동임금의 철칙이라 불렀는데, 여기서 '철'이라는 단어는 그 법칙이 불변의 어떤 것임을 암시한다. 그러나 이러한 조건들 속에 불변하는 것이란 아무것도 없다. 이러한 조건들은 조세, 토지, 가장 중요하게는 욕구 충족의 대상 즉 소유를 인간이 합법화한 결과일 뿐이다. 법은 사람들에 의해 제정되고 폐지된다. 따라서 모종의 사회학적 철칙이 아닌 합법화가 사람들의 노예제를 만드는 것이다. 이 경우 우리 시대의 노예제도는 어떠한 강철 같은 자연법칙에 의해서가 아니라 인간이 토지, 조세 및 소유를 합법화함으로써 일정하게 생겨난 것이다. 어떤 양의 토지든 개인의 소유물이 될 수 있으며, 상속, 유증, 매매를 통해 개인 간에 넘길 수 있다는 법령이 존재한다. 부과된 조세는 누구든 무조건 납부해야 한다는 또 다른 법령도 있다. 거기다 어떤 방식으로든 획득한 물건은 그 양이 얼마가 되든지 그것을 소유한 사람의 양도할 수 없는 재산이라는 법령 역시 존재한다. 그리고 이러한 합법화의 결과로 노예제도가 존재한다.

이러한 법령은 우리에게 너무 익숙해서 그 필연성과 공정성에 의심의 여지가 없는 인간 생활의 당연한 조건으로 여겨진다. 옛적에 그랬던 것이 농노제와 노예제에 관한 법령인데, 우리는 거기서 잘못된 것을 보지 못했다. 하지만 시간이 흘러 사람들이 농노제의 치명적인 후과를 목격하고 농노제를 승인한 법령의 공정성과 필연성을 의심하기에 이르렀다. 마찬가지로 현 경제구조의 치명적 후과가 명백해진 지금, 그러한 결과를 양산한 토지, 조세 및 소유에 관한 법령의 공정성과 필연성이 뜻하지 않게 의심을 받게 되었다.

과거에는 어떤 사람들이 다른 사람들에게 속한 것이 되어 제 것을 갖지 못하게 하고, 제 노동의 산물을 죄다 자신을 소유한 자들에게 바쳐야 하는 것이 공정한가를 질문했다. 마찬가지로 지금 우리는 이렇게 자문해야 한다. 누군가 다른 사람의 소유로 간주되는 토지를 사람들이 사용할 수 없게 하는 것이 정당한가? 사람들이 자신의 노동에서 요구받는 일부를 다른 사람들에게 조세의 형태로 바치는 것은 정당한가? 다른 사람의 소유로 간주되는 물건을 사용할 수 없게 하는 것은 정당한가?

정말로 토지를 경작하지 않는 사람들의 소유로 간주되는 토지를 사람들이 이용해서는 안 되는가?

흔히들 이렇게 말하곤 한다. 이런 법령이 제정된 이유는 토지 소유가 농업 번영의 필수조건이기 때문이라는 것이다. 만약 상속되는 사적 소유가 존재하지 않았다면, 사람들은 차지한 땅에서 서로를 몰아내고 아무도 일할 사람이 없어 발 딛고 선 땅을 개간하지도 못했을 것이다. 정말로 그럴까?

이에 대한 답변은 역사와 동시대의 현실이 들려준다. 역사는 말한다. 토지 소유제는 토지 소유를 보장하려는 의도에서가 아니라, 정복자들이 공동의 땅을 점유하고 그 땅을 정복자들을 섬기는 자들에게 분배한 데서 유래한 것이다. 따라서 토지 소유제의 확립은 농사를 장려하기 위한 목적을 갖는 게 아니었다. 현실은 토지 소유제가 농사꾼에게 자신들이 경작하는 토지를 빼앗기지 않을 것이라는 확신을 심어준다는 주장의 타당성 없음을 보여준다. 실제로는 어디서나 그 반대의 일이 벌어져왔다. 주로 대지주들이 행사해온 토지 소유권이 모든 또는 거의 모든, 다시 말해 대부분의 농사꾼들을 현재 남의 땅을 경작하는 처지에 놓이게 만든 것이다. 농사꾼들은 경작하지 않는 사람들의 자의에 의해 언제 그 땅에서 쫓겨날지 모르는 지경이다. 따라서 기존의 토지 소유권은 농사꾼이 토지에 투입한 노동의 산물을 누릴 그의 권리를 보호하는 게 아니다. 그것은 오히려 농사꾼이 일구는 토지를 빼앗아 그 땅을 일하지 않는 사람에게 넘겨주는 수단이다. 그러므로 토지 소유권은 농사를 장려하는 수단이 아니라 오히려 악화시키는 수단이다.

조세는 당연히 납부해야 한다는 생각이 견고하다. 조세라는 것은 비록 암묵적이긴 해도 공동의 동의로 정해진 것이고 모두의 이익을 위해 사회적 목적에 사용되기 때문이다.

정말로 그러한가?

이에 대한 답변은 역사나 현실이 공히 들려준다. 역사는 말한다. 조세는 결코 공동의 합의로 정해진 게 아니다. 오히려 어떤 사람들이 정복이나 다른 수단으로 다른 어떤 사람들에 대한 권력을 장악한 후 사회적 목적이 아니라 스스로를 위해 그들에게 공물을 바치도록 한 결과일 뿐이다. 지금도 마찬가지의 일이 지속된다. 조세는 거둘 힘을 가진 자들이 가져간다. 조세나 세금으로 불리는 저 공물의 일부가 지금은 사회적 사업에 사용된다고 하더라도, 대다수 사람들에게 도움이 되기보다는 오히려 해로운 사회적 사업에 사용된다.

예를 들어, 러시아에서는 전체 소득의 3분의 1을 인민에게서 거둬간다. 하지만 총 세액의 1/50만이 아주 중요한 목적 즉 인민교육에 사용된다. 그것조차 인민에게 보탬이 되기보다는 우민화하여 인민에게 해를 끼치는 교육에 사용된다. 거기다 나머지 49/50도 인민에게 불필요하고 해로운 일에 사용된다. 군대 무장, 전략 도로, 요새, 감옥, 사제단과 궁정의 유지관리, 무관과 문관의 급여, 즉 인민에게서 돈을 거뒤흔들 수 있게 하는 사람들을 유지하는 데 쓰이는 것이다.

이와 같은 일은 페르시아, 튀르키예, 인도뿐만 아니라 모든 기독교 입헌 국가들과 민주공화국들에서도 발생한다. 돈은 대다수 인민에게서 필요한 만큼이 아니라 가능한 만큼 거두고, 과세 대상자의 찬반과는 전혀 무관하게(의회가 어떻게 구성되며, 의회가 인민의 의지를 거의 대변하지 않는다는 건 누구나 알고 있다), 그리고 공공의 이익을 위한 것이 아닌 지배계급이 자신들을 위해 필요하다고 여기는 일에 사용된다. 말하자면 쿠바와 필리핀에서의 전쟁, 트란스발 공화국[현재의 남아프리카 공화국]의 부富를 빼앗고 유지하는 등의 일에 쓰인다. 그러므로 조세는 공동의 합의로 정해져서 공공의 이익을 위해 사용되기 때문에 사람들은 마땅히 조세를 납부해야 한다는 식의 설명은 농업을 장려하기 위해 토지 소유제가 설정되었다는 것과 마찬가지로 옳지 않다.

자신의 필요를 충족시키는 데 필요한 물건이 다른 사람의 소유물이라면, 이러한 물건들은 정말로 사용해서는 안 되는 것인가?

취득한 물건의 소유권은 일하는 사람의 노동 생산물을 누구도 빼앗지 못하도록 보장하기 위해 정해진 것이라고들 한다.

정말로 그러한가?

소유권이 특히나 엄격하게 보호되는 우리네 세상에서 일어나는 일만 들여다봐도 이러한 설명이 얼마나 우리 삶의 현실과 동떨어져 있는지를 알 수 있다.

우리 사회에서는 취득한 물건에 대한 소유권의 결과로 그 권리가 사전에 예방하려 한 바로 그 일이 일어난다. 즉 노동자들에 의해 지속적으로 생산되는 물건이 있으면, 생산되는 대로 그 물건을 전부 그것을 생산한 사람에게서 앗아가는 것이다.

그러므로 소유권이 자기 노동의 산물을 이용할 기회를 그 일꾼에게 보장한다는 주장은 토지 소유권의 정당화보다 훨씬 더 부당하며 동일한 궤변에 근거한다. 먼저 노동의 산물을 부당하게 강제로 앗아간 다음, 노동자들에게서 부당하게 강제로 빼앗은 노동의 산물을 그 약탈자들의 양도할 수 없는 재산으로 인정하는 규칙들을 그 후에 합법화한 것이다.

일례로, 노동자들에 대한 일련의 속임수와 사기를 통해 취득한 공장의 소유권은 노동의 산물로 간주되어 신성한 재산으로 불린다. 그러니 공장에서 일하다 사망한 노동자들의 생명과 노동은 그들의 소유가 아니라, 마치 공장주가 소유한 것처럼 간주된다. 공장주가 노동자들의 궁핍을 이용하여 합법적으로 여겨지는 방식으로 그들을 구속했으니 말이다. 고리대금업과 일련의 갈취를 통해 농민에게서 뜯어낸 수십만 푸드의 곡물은 상인의 재산으로 간주된다. 또한 농민들이 농토에서 키운 곡식은 타인, 즉 조부나 증조부가 인민에게서 빼앗은 그 땅을 상속받은 누군가의 재산으로 간주된다.

법은 공장주와 자본가, 지주는 물론 공장 및 농촌 노동자의 재산을 하나같이 보호한다고들 한다. 자본가와 노동자의 평등은 두 검투사의 평등과 같은 것이다. 그 가운데 한 명은 손이 묶였고 다른 한 명은 손에 무기가 주어졌는데 투쟁 과정에서는 두 사람 모두에게 동등한 조건이 엄격히 준수된다.

따라서 노예제를 낳는 세 가지 법령의 공정성과 필연성에 대한 모든 설명은 예전의 농노제의 공정성과 필연성에 대한 설명이 그릇되었던 것만큼이나 그릇된 것이다. 저 세 가지 법령은 이전의 노예제를 대체한 새로운 형태의 노예제를 확립한 것과 다름없다. 예전에는 어떤 사람들은 사람들을 사고팔아 소유할 수 있고 노동을 강요할 수 있다는 법령을 제정해서 노예제도가 **존재했다**. 마찬가지로 지금은 다른 사람에게 속한 것으로 간주되는 토지를 이용해서는 안 되고, 부과되는 조세는 납부해야 하며, 다른 사람의 소유물로 간주되는 물건들을 사용해선 안 된다는 법령을 제정했다. 그러니 우리 시대의 노예제도는 **존재한다**.

XI. 합법화가 노예제도의 원인이다.

우리 시대의 노예제도는 토지, 조세, 소유 이 세 가지를 합법화한 데서 비롯한다. 따라서 노동자의 처지 개선을 염원하는 사람들의 온갖 노력은 무의식적이나마 부지중에 이 세

가지 법령을 향한다.

어떤 이들은 노동인민에게 부과되는 조세를 폐지하고 부자들에게 이전하자고 한다. 또 어떤 이들은 토지 소유권을 폐지하자고 제안한다. 이미 뉴질랜드와 미국의 어느 주에서는 이를 실현하려는 시도가 있었다(여기에 가까운 경우로는 아일랜드에서의 토지 처분권 제한도 있다). 또 다른 사람들 즉 사회주의자들은 노동수단의 사회화를 예상하며, 소득과 상속분에 대한 과세와 기업가로서의 자본가의 권리 제한을 제안한다. 노예제를 파생시킨 법률 자체가 폐지되면 그 연장선에서 노예제의 소멸을 기대할 수도 있을 것이다.

하지만 이런 법률의 폐지가 이뤄지고 예견되는 조건을 더 자세히 살펴봐야 한다. 그래야 노동자의 처지를 개선하겠다는 이론적, 실천적 기획들이 전부 노예제를 파생시키는 일부 법률을 새로운 형태의 노예제를 확립하는 다른 법률로 대체하는 시도에 불과함이 확실해진다. 일례로, 우선 직접세 관련 법률을 없앤 뒤 그 세금을 부자들에게로 이전하는 방식으로 가난한 사람들의 조세와 세금을 폐지하려는 사람들이 있다. 그래도 그들은 조세 부담이 이전되는 토지와 생산수단 및 기타 물품의 소유 관련 법률을 불가피하게 존속시켜야만 한다. 이런 방식으로 토지와 소유 관련 법률이 존속되면, 노동자들은 조세에서 해방되더라도 지주며 자본가들의 노예 신세로의 전락을 면치 못한다.

헨리 조지와 그 지지자들처럼 토지 소유 법률을 폐지하고

자 하는 이들은 '토지의무임대료'[14]라는 새로운 법안을 제안한다. 토지의무임대료는 불가피하게 새로운 형태의 노예제를 성립시킬 것이다. 지대地代나 단일세를 내야만 하는 사람은 흉작이나 불운이 닥쳤을 때 돈을 가진 사람에게 돈을 빌려야만 하고, 다시 노예 신세로 전락할 것이기 때문이다. 사회주의자들처럼 토지 및 생산수단의 소유에 관한 법률을 폐지하고자 기획하는 사람들도 조세 관련 법률은 존속시키며, 더욱이 강제 노동에 관한 법률을 기필코 도입하려고 한다. 그러니까 이들은 원시적인 형태의 노예제를 다시 확립하고자 하는 것이다.

지금까지 실천적이든 이론적이든 어떤 형태의 노예제를 생성하는 일단의 법률의 폐지는 늘 다른 형태의 노예제를 생성하는 새로운 법률로 대체되곤 한 것이다.

교도관이 자물쇠와 쇠창살을 확인해가며 죄수를 상대로 쇠사슬을 목에서 팔로, 팔에서 다리로 옮기거나 제거하는 짓을 하는 형국이다.

지금까지 있어온 노동자의 처지에 대한 개선은 전부 이와

---

14 해당 용어는 헨리 조지의 개념으로, 우리에게는 주로 '토지단일세' 또는 '단일세'로 소개되어 있다. 《진보와 빈곤》(1879)에서 헨리 조지의 단일세 주장의 간단한 요지는 이렇다. 사회의 모든 이익이 독점적 토지 소유자에게 모두 흡수되어 빈부격차가 커지고, 지대는 상승하는 데 반해 임금은 하락한다. 이에 토지 공유를 기초로 모든 지대를 세금으로 징수하여 사회복지 등에 충당해야 한다는 것이다. 그 주장의 핵심은 토지 공유제가 실현되면 토지단일세만으로 모든 재정이 충당되므로 다른 세금은 철폐하자는 데 있다.

같은 것에 불과했다.

노예에게 강제 노동을 시킬 수 있는 지주의 권리에 관한 법률은 지주가 모든 토지의 소유권을 갖는 법률로 대체되었다. 지주의 토지 소유권에 관한 법률은 조세에 관한 법률로 대체되었으며, 토지의 처분은 지주의 권한에 속한다. 조세에 관한 법률은 소비재와 노동 도구의 소유권을 보호하는 것으로 대체되었다. 토지, 소비재, 생산수단의 소유권에 관한 법률은 강제 노동의 합법화로 대체하자는 제안이 나오고 있다.

원시적 형태의 노예제는 노동에 대한 직접적인 강제였다. 토지 소유, 조세, 소비재와 생산수단의 소유와 같이 다양하게 은폐된 형태로 한 바퀴 돌고 나서 노예제는 변화된 모습이긴 하지만 원초적 형태의 직접적인 강제 노동으로 회귀한다.

따라서 분명한 것은 조세든 토지 소유권이든 소비재와 생산수단의 소유권이든 우리 시대의 노예제를 낳는 법률 가운데 하나를 폐지한다고 해서 노예제가 사라지는 것이 아니라는 사실이다. 그저 하나의 형태를 폐지하는 것에 불과하므로 그것은 사적인 노예 즉 농노제의 폐지가 그랬던 것처럼 즉시 새로운 형태로 대체될 것이다. 심지어 저 세 가지 법률을 한꺼번에 폐지하더라도 노예제를 없애지는 못하여, 아직 우리가 알지 못하는 새로운 형태의 노예제가 생겨날 것이다. 이러한 노예제는 지금 이미 노동자들의 자유를 구속하는 법률로 조금씩 모습을 드러내고 있다. 노동시간, 연령, 건강 상태의 제한, 의무적인 학업 수행 요구, 노인과 불구자들의 부양을 위한 이자 공제, 공장에 대한 온갖 시찰 조치, 협동조합 규칙 등이 그것이다. 이와 같은 것들은 아직 시도되지 않은 새로운 형태의 노예제를 준비하는 전초적인 법률에 지나지 않는다.

그렇다면 다음과 같은 사실이 분명해진다. 노예제의 본질은 현재 노예제도의 기반이 되는 세 가지 법률이나 심지어 이런저런 합법화에 있지 않다. 그 본질은 합법화가 **존재하고**, 자신에게 유리한 법률을 제정할 기회를 가진 사람들이 존재하며, 그들이 이런 기회를 갖는 동안 노예제도 또한 존속할 것이라는 데에 있다.

예전에는 직접 노예를 거느리는 것이 사람들에게 유리했다. 이에 그들은 사적인 노예에 관한 법률을 제정했다. 그 후에는 자기 토지를 갖고 조세를 거두며 취득한 재산을 보유하는 것이 이득이 되었다. 이에 사람들은 상응하는 법률을 제정했다. 지금은 기존의 노동 분배와 분업을 고수하는 것이 유리하다. 이에 기존의 노동 분배와 분업 아래에서 일하도록 사람들을 강제하는 법률들을 제정한다. 그렇기에 노예제의 주요 원인은 합법화, 즉 법률을 제정할 기회를 가진 사람들이 존재한다는 것이다.

대체 합법화란 무엇이며, 사람들에게 법률을 제정할 기회를 부여하는 것은 무엇인가?

XII. 합법화의 본질은 어디에 있는가?
정부의[15] 조직화된 폭력에 있다.

정치경제학보다 더 오래되고 더 기만적이며 모호한 통일체로서의 학문이 존재한다. 그 연구자들은 수 세기 동안 합법화의 문제에 답하기 위해 수백만 권의 (대개는 서로 모순되는) 책을 써왔다. 그러나 이 학문의 목적은 정치경제학의 그것과 마찬가지로 무엇이 있고 있어야 하는가를 해명하는 게 아니라 있는 것은 있어야 한다는 것을 증명하는 데 있기 때문에 여기에는 법, 객체와 주체, 국가의 이념 등의 대상에 관한 숱한 추론이 들어 있다. 이걸 배우는 사람뿐만 아니라 가르치는 사람도 이해하지 못하는 대상들이다. 그런데 합법화가 무엇인가라는 질문에 대해서는 어떤 뚜렷한 답변도 없다.

학문에서 언급하는 대로라면 합법화는 모든 인민의 의지의 표현이다. 하지만 법률을 위반하는 사람이나 법률을 위반하고 싶지만 위반에 따르는 처벌이 두려워서 법률을 위반하지 않는 사람이 법을 준수하려는 사람들보다 항상 더 많다. 그렇다면 어떤 경우에도 법률은 전 인민의 의지 표현으로 이해될 수 없음이 분명하다.

예를 들어 보자. 전신주를 훼손하지 못하게 하는 법률, 저명인에게 존경의 표시를 하라는 법률, 모두 병역의무를 지거

---

15   (원주) 이 단어는 원래 삭제된 상태였다.

나 배심원이 되게 하는 법률, 어떤 물건을 어떤 경계 너머로 옮겨가지 못하게 하는 법률, 남의 소유로 간주되는 땅을 이용하지 못하게 하고 화폐를 만들지 못하게 하며 남의 소유로 여겨지는 물건을 사용하지 못하게 하는 법률이 존재한다.

이와 같은 법률들은 그야말로 다양하고 또 다양한 취지를 갖겠지만 그 가운데 어느 것 하나도 모든 국민의 의지를 표현하지는 않는다. 이러한 법률들의 하나의 공통된 특징은 다음과 같다. 누구든지 법률을 준수하지 않으면, 법률을 제정한 이들이 무장한 자들을 보낼 것이며. 무장한 자들은 법률을 지키지 않은 자를 구타하고 투옥하거나 심지어는 죽일 수도 있다.

만일 누군가 자신의 노동의 일부를 조세의 형태로 납부하기를 원치 않는다면, 무장한 사람들이 들이닥쳐 그에게 부과된 것을 앗아갈 것이며, 그가 저항한다면 그를 구타하고 투옥하고 때로는 죽이기도 할 것이다. 남의 소유로 간주되는 땅을 사용한 사람에게도 마찬가지의 일이 생길 것이다. 생계에 소용이 되거나 작업을 하는 데 필요한 물건이지만 남의 소유로 간주되는 물건을 사용하려는 사람에게도 똑같은 일이 일어날 것이다. 무장한 자들이 들이닥쳐 그가 챙기려 한 것을 앗아갈 것이고, 그가 저항하면 구타하고 투옥하거나 심지어 죽일 수도 있다. 또 존경을 표하라고 정해놓은 사람에게 존경의 표시를 하지 않은 사람, 군 복무의 요구를 이행하지 않거나 위조 화폐를 만드는 사람에게도 똑같은 일이 벌어질 것이다……. 정해진 법률을 이행하지 않았다는 구실로, 법률을 정한 사람들로부터 구타를 당하거나 투옥되고 심지어는 죽임을 당하는 것이다.

영국과 미국을 비롯하여 일본과 튀르키예에 이르기까지 숱하게 다양한 헌법들이 만들어졌다. 그 헌법대로라면 사람들은 자국에서 제정된 온갖 법률이 그들 자신의 의지에 따라 제정된 것이라고 믿어야 한다. 하지만 독재 국가뿐만 아니라 영국, 미국, 프랑스 같은 유사 자유 국가에서도 법률은 모두의 의지가 아니라 오직 권력을 가진 자들의 의지에 따라 제정된다는 것을 모두가 안다. 그렇기에 언제 어디서나 권력을 가진 자들에게 이로운 법률만 존재하는 일이 벌어진다. 물론 권력을 가진 자들은 많을 수도 있고 적을 수도 있으며 심지어는 단 한 사람일 수도 있다. 법률은 언제 어디서나 일부에게 다른 일부의 의지를 이행하도록 강요해온 수단 즉 구타와 투옥, 살해를 통해서만 집행된다. 이 외에 다른 방식은 있을 수 없다.

다른 방식은 있을 수가 없다. 법률이라는 것의 핵심은 일정한 규칙을 따르라는 요구이기 때문이다. 구타, 투옥과 살인이 아닌 이상 어떤 이들에게 일정한 규칙, 즉 다른 이들이 바라는 바를 이행하라고 강제하는 것은 불가능하다. 법률이 존재하는 한, 사람들에게 법률의 이행을 강제할 힘이 있어야 한다. 사람들에게 어떤 규칙들 즉 타인의 의지를 따르게 할 수 있는 강제력은 오직 하나 폭력이다. 그것은 격정의 순간에 서로 대립하는 사람들이 행사하는 단순한 폭력이 아니다. 그 폭력은 권력을 가진 자들이 자신들이 정한 규칙, 즉 자신들이 원하는 것을 다른 사람들이 따르게 하려고 의식적으로 사용하는 조직적인 폭력이다.

그렇기에 법률의 본질은 법의 주체 또는 객체에 있는 것도, 국가의 형태나 인민의 의지의 총합 등에 있는 것도, 모호하고 혼란스런 말들 속에 있는 것도 아니다. 그 본질은 조직적인 폭력을 관장하며 자신의 뜻을 따르도록 강요할 기회를 가진 자들이 존재한다는 데 있다.

따라서 법률에 대한 정확하고 모두가 이해 가능하며 논란의 여지 없는 정의는 다음과 같다.

법률은 조직적인 폭력을 관장하는 사람들이 정한 규칙이며, 이를 따르지 않은 사람은 구타와 투옥, 심지어 살해까지 당할 수 있다.

이러한 정의에는 사람들에게 법률을 제정할 기회를 주는 것은 무엇인가라는 질문에 대한 답변이 들어 있다. 법률 제정의 기회를 주는 것은 그 법의 집행을 보장하는 것, 즉 조직적인 폭력이다.

XIII. 정부란 무엇인가?

그리고 정부 없는 생존은 가능한가?

노동자들이 처한 곤경의 원인은 노예제도이다. 노예제도의 원인은 합법화이다. 합법화는 조직화된 폭력을 기반으로 한다.

그렇기에 사람들의 처지를 개선하는 것은 조직화된 폭력을 제거하는 경우에만 가능하다.

하지만 조직화된 폭력은 곧 정부이다. 그렇다면 정부 없이도 살 수가 있는가? 정부가 없다면, 카오스와 아나키가 발생하고 모든 문명의 성취는 자취를 감추고 사람들도 원시적 야만 상태로 되돌아갈 것이다. 기존 질서를 건드려 보라. 기존 질서의 혜택을 받는 사람들뿐만 아니라, 이 질서가 명백히 불리하지만 정부가 행하는 폭력 없는 삶은 상상도 못할 정도로 기존 질서에 익숙해진 사람들은 말한다. 정부의 소멸은 폭동, 약탈, 살해 같은 중차대한 재앙을 낳을 것이며, 끝내는 온갖 악랄한 자들이 통치하고 모든 선량한 사람들은 노예가 될 것이라는 말들을 한다. 하지만 폭동과 약탈, 살해, 그 막바지에는 악한 자들의 통치와 선한 자들의 노예화가 도래한다는 것과 같은 모든 일은 과거에도 존재했고 지금도 존재한다는 것은 말할 나위도 없다. 이런 것에 대해서는 말할 것도 없다. 기존 질서의 교란이 혼란과 무질서를 낳으리라는 가정은 기존 질서가 훌륭하다는 것을 증명하진 못한다.

"기존 질서를 손댄다면, 엄청난 재앙이 발생할 것이다."

몇 미터 높이로 쌓은 가느다란 기둥은 그 수천 개의 벽돌 중 하나라도 건드리면 벽돌이 다 와르르 무너져서 망가져버린다. 하지만 벽돌 한 장을 꺼내거나 충격을 주면 그러한 기둥과 벽돌은 다 무너진다는 사실이 벽돌 기둥을 부자연스럽고 불안정한 상태로 놔두는 게 합리적임을 증명하진 않는다. 오히려 그것은 벽돌을 그 기둥에 그대로 놔둘 게 아니라 벽돌을 단단히 고정해서 전체 구조물을 와해시키지 않고 사용할 수 있도록 배치해야 함을 보여주는 것이다. 현재의 국가 체계도 마찬가지다. 국가 체계는 매우 인위적이고 불안정한 구조로 조금만 충격을 가해도 허물어진다는 것은 국가 체계가 필수적임을 증명하지 못한다. 오히려 그것은 국가 구조가 언젠가는 필요한 때도 있었지만, 지금은 전혀 필요가 없기에 해롭고 위험하다는 걸 보여준다.

국가 구조는 해롭고 위험하다. 이런 구조 아래에서는 사회에 존재하는 온갖 악이 줄어들거나 시정되지 않고 강화되고 확고해지기만 하기 때문이다. 악이 강화되고 견고해지는 것은 악이 정당화되어 매력적인 형태로 치장되거나 은폐되기 때문이다.

폭력으로 통치되는데도 소위 문화 국가라고 하면 우리에게 떠오르는 민족의 번영은 단지 겉모습으로 허구에 불과하다. 굶주린 자, 병든 자, 볼품없이 타락한 자 등 겉으로 드러나는 미관을 해치는 것은 보이지 않는 곳에 고스란히 숨겨진다. 하지만 보이지 않는다고 해서 그들이 존재하지 않는 것은 아니다. 오히려 더 많이 은폐될수록 그런 사람들은 더 많아지고, 이들을 양산하는 자들은 그들에게 더 잔인해질 것이다.

사실 온갖 교란, 더욱이 정부 활동 즉 조직화된 폭력의 중단은 삶의 저 겉으로 드러나는 미관을 훼손한다. 그러나 이러한 교란은 삶의 혼란을 낳는 게 아니라 은폐된 것을 드러내 그것을 바로잡을 기회를 제공한다.

최근까지, 금세기 말까지만 해도 사람들은 정부 없이는 살아갈 수 없다고 생각하고 믿어왔다.

하지만 삶은 지속되고 삶의 조건과 사람들의 견해는 변화한다. 성질날 때 불평을 받아주는 게 한결 나아 보이는 유아적 상태에 사람들을 가둬두려는 정부의 노력에도 불구하고, 특히 노동자들, 유럽뿐만 아니라 러시아의 노동자들은 점점 더 미성숙한 치기에서 벗어나 삶의 참된 조건을 깨달아 가고 있다.

지금 민간에서는 이런 말들을 한다. "당신들이 없으면, 우린 중국이나 일본 같은 이웃한 국가에 정복당할 거라고 합니다. 우리는 신문을 읽는 터라 아무도 전쟁으로 우리를 위협하지 않는다는 걸 알고 있어요. 당신들 통치자들만이 우리로선 납득할 수 없는 어떤 목적을 위해 서로 화나게 하고, 제 민족을 방어한다는 구실로 그저 자신들의 야망을 채우고 허영을 부리는 데 필요한 군대며 함대, 군비, 전략 철도의 유지보수를 위해 조세를 걷어 우리를 거덜내며 서로 간의 전쟁을 획책합니다. 평화를 사랑하는 중국인들과 최근에 그랬던 것처럼 말이오. 우리의 이익을 위해 토지 소유제를 보호한다지만, 그 보호라는 것은 토지를 일하지 않는 패거리와 은행가, 부자들의 손아귀로 모두 넘겼거나 넘기는 짓에 불과하지요. 그러니 우리들 대다수 인민은 땅을 빼앗겨서 일하지 않는 자들의 수중에 있게 된 것이지요. 그 잘난 토지 소유에 관한 법들은 토지 재산을 보호하는 게 아니라, 일하는 사람들에게서 토지를 빼앗는 것입니다. 당신들은 각자의 노동의 산물을 보호한다 하면서도 실제로는 정반대의 일을 합니다. 귀중한 물품을 생산하는 사람들 모두가 당신들의 거짓된 보호 때문에 노동의 대가를 받을 수 없을 뿐만 아니라, 그들의 삶 전부가 일하지 않는 자들에게 전적인 의존 상태에 놓여 휘둘리게 된 겁니다."

지금 우리의 19세기 말 사람들이 이를 깨닫고 말하기 시작했다. 정부에 의해 빠져들었던 최면 상태로부터의 이러한 각성은 급속히 커지는 진보 속에서 이뤄지고 있다. 최근 5~6년간 인민의 여론은 도시뿐 아니라 농촌, 유럽뿐만 아니라 우리 러시아에서도 놀라울 정도로 바뀌었다.

흔히들 정부가 없다면, 모든 사람에게 필요한 계몽, 교육, 공적 임무를 수행하는 기관들이 없어질 것이라고 말한다.

하지만 왜 그런 가정을 할까? 어째서 정부에 속하지 않는 사람들неправительственные люди은 저희의 삶을 직접 훌륭히 조직할 수 없으리라 생각하는가? 정부에 속한 사람들правительственные люди이 스스로가 아닌 다른 사람들을 위해서 사회를 조직하듯이 말이다.

우리는 알고 있다. 오히려 우리 시대의 다양한 사례에서 보듯 사람들은 직접 자신의 삶을 잘 꾸려나가지 않는가. 게다가 그들은 저희를 통치하는 사람들이 조직하는 것과는 비교할 나위 없을 만큼 잘 꾸린다. 정부의 개입 없이, 아니 정부의 잦은 개입에도 불구하고, 사람들은 노동자 연합과 협동조합, 철도회사, 동업조합, 신디케이트 같은 온갖 사회적 조직체를 꾸리고 있다. 공공사업을 위한 모금이 필요하다면, 자유로운 사람들이 어째서 폭력 없이는 자금을 자발적으로 모을 수 없을 것으로 생각하는가? 또한 어째서 조세를 거둬 설립하는 기관 역시 이들은 설립할 수 없을 것으로 생각하는가? 그 기관이 모두에게 유용하다면 말이다. 어째서 폭력 없이는 재판이 있을 수 없다고 생각하는가? 소송 당사자가 신뢰하는 사람들이 행하는 재판은 항상 폭력이 필요 없었고, 앞으로도 그럴 것이다. 우리는 오랜 노예제 때문에 아주 뒤틀린 나머지, 폭력 없는 거버넌스를 상상조차 하지 못한다. 하지만 사실이 아니다. 러시아의 공동체들은 정부가 개입하지 못하는 외딴 변방으로 이주하여 스스로 자체 부과금과 자체 행정, 자체 법원, 자체 경찰 등을 조직했다. 그들의 행정에 정부의 폭력이 개입하지 않는 한 그들은 무탈하게 번영을 누린다. 이와 마찬가지로 공동의 동의로 서로가 사용할 땅을 분배할 수 없다고 가정할 이유는 없다.

나는 토지 소유권을 인정하지 않고 살던 우랄 카자크들[16]을 알고 있다. 토지 재산이 폭력에 의해서 보호되는 사회에서는 볼 수 없는 번영과 질서가 그 사회 전반에 존재했다. 지금도 개인의 토지 소유권을 인정하지 않고 사는 공동체들을 안다. 내가 기억하는 한 러시아 인민 집단은 모두가 토지 소유권을 인정하지 않았다. 정부 폭력이 동원되는 토지 소유권 보호는 토지 재산을 위한 투쟁을 없애지 못하고, 오히려 그 투쟁을 심화시키며 대부분 투쟁을 양산한다. 토지 소유권 보호나 이로 인한 토지 가격 상승이 없었다면, 사람들은 한곳에서 밀치락달치락하지 않고 지구상에 아직 널려 있는 자유의 땅으로 이주했을 것이다. 지금은 토지 재산을 위한 투쟁이 그치지 않는다. 토지 소유에 관한 법률로 정부가 제공하는 수단들을 동원한 투쟁이다. 이러한 투쟁에서 승리하는 쪽은 항상 토지에서 일하는 사람들이 아니라, 정부의 폭력에 가담하는 자들이다.

노동으로 생산된 물품들 역시 마찬가지다. 실제로 인간의 노동으로 생산되는 물품과 생필품들은 관습과 사회 여론, 정의감과 상호의식으로 보호되고 있어서 폭력에 의한 보호

---

16 카자크들은 러시아 농노제 하의 갖가지 수탈을 피해 변경 지역으로 가서 특히 강을 중심으로 그 지역 유목민의 관습을 받아들이고 러시아의 정교 전통을 고수하며 살던 여러 '자유민' 집단을 포괄적으로 일컫는다.

는 필요가 없다.

수만 데샤티나[1데샤티나는 1.092헥타르]가 어떤 사람의 소유인데, 그 주변의 수천 명이 땔감을 갖고 있지 못하면 폭력의 울타리가 필요하다. 그와 마찬가지로 공장이나 제작소에서 노동자들이 여러 세대에 걸쳐 약탈당하고 있다면 울타리가 필요하다. 어떤 사람이 기근이 닥칠 때를 기다렸다가 굶주린 백성에게 세 배쯤 비싸게 팔려고 쌓아놓은 수십만 푸드의 곡식은 더더욱 울타리가 절실하다. 하지만 부자나 정부 관료를 제외하면 아무리 타락한 자라고 해도 직접 농사지어 살림을 꾸리는 농사꾼이 직접 키워 수확한 농작물은 빼앗지 않는다. 손수 키워 아이들에게 먹일 우유를 짜는 암소나 손수 제작해 사용하는 쟁기와 낫, 가래도 빼앗지 않는다. 가령 다른 사람이 직접 생산한 생필품을 빼앗는 자가 있다면, 그런 사람은 같은 처지에 있는 사람들의 분노를 살 것이다. 그런 행동이 자신에게 이롭다고 여기기는 어려울 것이다. 너무 부도덕해서 아무 상관 없이 그런 짓을 한다면, 그런 자는 폭력으로 재산을 아무리 엄격하게 보호한다고 해도 똑같은 짓을 할 것이다.

흔히들 토지와 노동 생산물의 소유권을 없앤다면, 자신이 만들어내는 것을 빼앗기지 않는다는 확신이 없기에 아무도 노동하려 들지 않을 것이라 말한다. 실은 정반대로 말해야 한다. 현재 실행되는 것처럼, 정당하지 않은 소유권을 폭력으로 보호하는 실태는 물건의 사용과 관련된 사람들의 선천적인 정의 의식, 즉 자연스레 타고난 소유권 의식을 완전히 없애지는 않았다 해도 현저히 약화시켰다. 인류의 삶은 소유권 없이는 불가능했을지 모르며, 소유권은 늘 사회에 존재해왔다.

그렇기에 사람들이 조직화된 폭력 없이는 스스로 삶을 조직할 수 없을 것이라는 가정은 아무런 근거가 없다.

말이나 소는 이성적인 존재 즉 사람들의 폭력 없이는 살아갈 수 없다고 말할 수 있을지도 모른다. 하지만 어째서 사람들이 어떤 더 고결한 존재도 아닌 자신과 똑같은 존재로부터 폭력을 당하지 않고 살 수 없다는 것인가? 어째서 사람들은 해당 시기 권력을 쥔 자들의 폭력에 복종해야 하는가? 그 사람들이 폭력의 대상이 되는 사람들보다 더 이성적인 사람임을 무엇이 증명하는가?

그들이 사람들에 대한 폭력 행사를 스스로에게 허용하는 것은 그들에게 복종하는 사람들보다 더 합리적이지 않을 뿐만 아니라 덜 합리적이라는 것을 보여준다. 중국의 고위 관료 선발 시험은, 우리가 잘 알고 있듯이 굉장히 합리적인 최고 인재가 권력을 잡는다는 보장을 주지 않는다. 마찬가지로 유럽의 국가들에서의 세습과 승진제도 또는 선출 장치역시 이를 보장하지 않는다. 거꾸로 권력은 언제나 덜 양심적이고 도덕성이 더 부족한 사람들이 잡곤 했다.

흔히 이렇게들 말한다. 사람들이 정부 없이, 즉 폭력 없이 어떻게 살 수 있을까? 반대로 말해야 한다. 이성적인 존재인 인간이 어떻게 합리적인 동의가 아닌 폭력을 삶의 내적 유대감으로 인식하며 살 수 있을까?

둘 가운데 하나일 것이다. 인간은 이성적인 존재거나 비이성적인 존재거나. 비이성적인 존재라면, 모두가 그런 존재여서 그들 사이의 모든 것은 폭력으로 결정된다. 어떤 누군가에게는 폭력의 권리가 있고 다른 누군가에게는 그 권리가 없을 이유가 없다. 그리고 정부의 폭력에는 정당성이 없다. 만약 인간이 이성적인 존재라면, 마땅히 그 관계는 우연히 권력을 장악한 자들의 폭력이 아니라 이성에 기반을 둬야 한다. 그러므로 정부의 폭력 역시 정당성을 갖지 않는다.

XIV. 정부는 어떻게 없애야 하는가?

사람들의 노예화는 합법화에서 비롯한다. 합법화는 정부에 의해 확립되므로 노예제에서 사람들을 해방하려면 정부를 제거해야만 가능하다.

그렇다면 정부를 어떻게 없앨 수 있을까?

지금까지 폭력으로 정부를 없애고자 한 온갖 시도는 언제 어디서나 전복된 정부를 대신해 새로운 정부, 대개는 이전 정부보다 더 잔혹한 정부가 들어서는 결과로 이어졌을 뿐이다.

폭력으로 정부를 없애고자 한 이전의 시도들은 말할 것도 없다. 사회주의자들의 이론에 따르면 현재 임박한, 자본가들

의 폭력의 해체, 즉 생산수단의 사회화와 새로운 경제체제
역시 그 이론대로라면 조직적인 새로운 폭력을 통해서 완
수되어 그 폭력으로 보존되어야 한다. 폭력을 동원한 지금
까지의 시도가 사람들을 폭력으로부터, 결과적으로 노예제
로부터 해방하지 못했던 것처럼 미래에도 그렇게 귀결될 게
분명하다. 그렇지 않을 수 없다. 폭력은 (복수나 악의의 분출
을 제외하면) 오로지 어떤 사람들이 자신들의 욕망에 반하여
다른 사람들의 의지를 따르도록 강요하기 위해서 행사된다.
스스로의 욕망에 반하여 다른 사람들의 의지를 따라야만 하
는 것이 노예제이다. 따라서 어떤 형태로든 어떤 사람들에
게 다른 사람들의 뜻을 따르도록 강요하는 폭력이 존재하는
한 노예제 역시 존재할 것이다.

  폭력으로 노예제를 없애려는 온갖 시도는 불로 불을 끄거
나 물로 물을 막거나 옆에 있는 다른 구덩이에서 파낸 흙으
로 구덩이를 메우는 것과 유사하다.

  그렇기에 노예제도에서 해방되는 수단은(만약 그 수단이
존재한다면) 새로운 폭력의 확립이 아니라 정부가 행하는 폭
력의 가능성을 차단하는 것이어야 한다. 소수가 다수에게
저지르는 폭력에서처럼 정부에게 주어진 폭력의 기회는 언
제나 소수가 무장하고 다수는 비무장이거나 소수가 다수보
다 더 잘 무장하는 상황을 낳아왔다.

  온갖 정복 과정에서 벌어진 일이다. 그리스인과 로마인,
기사단과 [신대륙 정복자] 코르테스 같은 자들이 그렇게 여

러 민족을 정복했으며, 지금도 아프리카와 아시아의 사람들을 정복한다. 또한 그런 방식으로 모든 정부는 평화기에 신민을 복종시킨다.

예나 지금이나 어떤 사람들이 다른 사람들 위에 군림하는 이유는 다만 누구는 무장을 하고 다른 누구는 무장하고 있지 않기 때문이다.

옛적에 무사들은 우두머리를 따라나서 무방비의 주민들을 공격하여 그들을 복종시키고 약탈했으며, 참여와 용맹성, 잔혹성의 정도에 따라 전리품을 나눴다. 개별 무사는 자신이 저지르는 폭력이 자신에게 이익이 된다는 것을 분명히 알았다. 지금은 주로 노동자 중에서 징집된 무장한 사람들이 무방비 상태의 파업자와 봉기 참여자 또는 다른 나라 주민들을 공격하여 굴복시키고 강탈(즉 노동력 제공을 강제)한다. 게다가 그들이 이렇게 하는 것은 자신을 위한 게 아니라 정복에 참여하지도 않는 자들을 위한 것이다.

정복자와 정부의 차이는 다음에 불과하다. 정복자들은 휘하의 무사들을 데리고 무방비의 주민들을 공격하고, 복종하지 않을 경우 고문과 살해 위협을 가했다. 반면 정부는 복종하지 않을 경우 직접 비무장 주민들을 고문하고 살해하지는 않는다. 폭력의 대상인 인민 중에서 징집되어 기만당하고 특히 야수화한 사람들을 동원한다. 그런즉 과거의 폭력은 정복자 자신의 용맹과 잔혹, 교활 같은 개인적 노력의 산물이었으나, 현재의 폭력은 속임수의 산물이다.

그렇기에 과거 무장한 자들의 폭력에서 벗어나기 위해서는 직접 무장을 하고 무장 폭력에 맞서야 했다. 지금 인민은 직접적 폭력이 아닌 속임수에 굴복한다. 폭력을 없애기 위해서는 소수가 다수에게 폭력을 행사할 수 있게 하는 속임수를 드러내야 한다.

그 속임수의 실체는 이렇다. 정복자들에 의해 확립된 권력을 전임자들로부터 물려받은 소수의 지배자들이 다수에게 말한다. "너희는 다수지만 어리석고 배우지 못했다. 자기를 관리하지도 못하고 자체의 공무를 처리하지도 못한다. 그렇기에 우리가 이러한 과업을 떠맡는다. 외부의 적들로부터 너희를 보호하고 내부 질서를 세우고 유지하며, 법원을 만들고 너희를 위해 학교와 교통로, 우체국 같은 공공시설을 설립하여 유지하는 등 너희의 안녕을 살필 것이다. 이를 위해 우리는 너희에게 요구한다. 너희의 안전과 이익을 위해 우리가 공포할 법령에 복종하고, 일정한 나이가 되면 군대에 입대하거나 군대를 운용할 조세를 납부하라."

사람들이 이러한 조건에 동의하는 것은 자기 입장에 서서 이해득실을 따져봤기(이런 일을 할 만한 처지가 못 된다) 때문이 아니다. 태어날 때부터 그러한 조건을 맞닥뜨려 그 속에서 양육되기 때문이다. 주로는 정부, 즉 소수의 사기꾼들이 그게 속임수라는 것을 알면서도 온갖 수단(그 수단은 아주 많다)을 동원하여 사람들에게 정부와 군대 없이는 살아갈 수 없다는 신념을 심어주기 때문이다. 그들을 통치하고 군대의 우두머리인 자들은 대단한 존경과 충성심, 심지어 숭배받을 자격이 있다는 신념 또한 심어준다.

사람들은 여기에 굴복한다. 병사들은 징집되거나 고용되어 무장하면 규율이라 불리는 특수 훈련을 받는다. 이는 무사들이 직접 전리품 분배에 참여하는 게 중단된 후인 근대에 도입된 것이다. 수 세기에 걸쳐 개발된 복잡하고 교묘한 기법이 동원되는 이러한 훈련에 돌입하여 어느 정도의 시간이 지나면 사람들은 인간적인 주요 특성으로서의 이성적 자유를 완전히 박탈당하고, 조직화된 위계적인 지휘부의 수중에 든 순종적인 기계 같은 살인 도구로 전락한다. 이런 방식으로 기강 잡힌 군대에 근대의 정부들이 그 인민 위에 군림하는 걸 가능케 하는 속임수의 본질이 들어 있다.

그렇기에 정부를 없애는 유일한 수단은 저 속임수를 드러내는 것이지 폭력이 아니다. 사람들은 깨달아야 한다. 첫째, 기독교 세계에서는 민족들이 서로를 방어할 필요가 어디에도 없으며, 민족 간의 적대시는 모두 정부들이 직접 촉발한 것에 불과하다. 또한 군대는 오직 소수의 권력자들을 위한 것이며, 민족들에게는 필요 없을 뿐만 아니라 사람들을 노예화하는 도구로 복무한다는 점에서 극도로 유해하다. 둘째, 모든 정부가 그토록 높이 평가하는 기강 잡기는 인간이 저지를 수 있는 가장 큰 범죄이며, 정부가 목적하는 것의 범죄성을 드러내는 명백한 증거임을 깨달아야 한다. 기강 잡기는 인간의 이성과 자유를 파괴하는 것이며, 정상적인 상태의 사람으로서는 저지를 수 없는 잔학 행위를 저지르게 준비시키는 것 외에 다른 목적이 있을 수 없다. 최근 보어전쟁이 증명했듯 설령 민족 방어전이더라도 필요가 없다. 전쟁은 주로 빌헬름 2세가 정의했던 쓰임새, 즉 형제 살해와 친부 살해라는 거대 범죄를 저지르는 데 필요한 것이다.

온갖 왕과 황제, 심지어 공화정부들조차 기강 잡힌 군대를 그토록 소중히 여기는 데는 다 이유가 있다. 기강 잡힌 군대는 저들이 타인의 손으로 엄청난 만행을 저지르는 걸 가능케 하는 수단이며, 각국 인민은 그런 가능성 때문에 저들에게 복종하는 것이다.

인민이 불행한 원인은 노예제 때문이다. 노예제는 합법화에 근거해서 유지된다. 합법화는 정부에 의해 확립된다. 그렇기에 우리 시대 사람들의 처지를 개선하기 위해서는 모든 정부의 폭력을 없애야 한다. 정부의 폭력을 없애기 위해서는 정부의 쓸모없음과 정부가 인민을 노예화하는 수단의 범죄성을 인식해야 한다.

부다페스트에서 《오네 슈타트》지를 발행하던 독일 작가 오이겐 슈미트[1851~1916]는 표현의 측면뿐만 아니라 사상의 측면에서도 매우 진실하고 용기 있는 기사를 실었다. 그는 기사에서 정부가 신민에게 특정 종류의 안전을 보장한다는 것은 [이탈리아의] 칼라브리아 도적떼들이 도로를 안전하게 여행하길 원하는 모든 이들에게 통행세를 부과했던 것과 똑같은 방식의 행위임을 증명했다.

슈미트는 이 기사로 재판에 넘겨졌으나, 배심원단은 그의 생각이 의심할 수 없는 진실임을 인정할 수밖에 없었기에 그에게 엄숙히 무죄를 선고했다.

사실상 국가란 무엇인가? 약탈 기관과 마찬가지 아닌가. 국가기관은 칼라브리아 도적떼 조직보다 그 구성이 복잡할 뿐, 더 비도덕적이고 잔혹하기까지 하다. 도적떼에게 조세를 낸 사람들은 모두가 똑같이 안전을 보장받는다. 국가에서는 조직화된 속임수에 더 많이 참여할수록 더 많은 안전을 보장받을 뿐만 아니라 보상까지 받는다. 황제와 왕, 대통령이 누구보다 안전을 보장받으며(그 뒤에는 항상 경호가 있다), 조세가 부과된 신민에게서 거둬들인 돈을 가장 많이 쓴다. 그리고 정부의 범죄에 참여하는 크고 작은 정도에 따라 총사령관, 장관, 경찰서장, 도지사 등으로 이어져 순사에까지 이른다. 최소의 보호를 받으며 가장 봉급을 적게 받는 자가 이들이다. 정부의 범죄에 전혀 가담하지 않더라도 군 복무와 조세, 재판을 거부하는 사람은 도적떼한테 당하는 것처럼 폭력을 당한다.

이러한 재난과 노예제에서 벗어나기 위해서는 깨달아야 한다. 사람들에게 끊임없이 주입되듯 정부는 순종과 경외심을 갖고서 대해야 하는 없어서는 안 될 어떤 신성한 기관이 아니라는 사실을 말이다. 정부에 대해선 교회에 대해서와 마찬가지로 경외심 아니면 혐오감 외엔 다른 태도가 불가능하다. 정부가 자기 위치 고수를 위해 활용하는 온갖 최면 걸기에도 불구하고 정부를 경외하는 시대는 점차 지나가고 있다. 정부는 무용지물일 뿐만 아니라 유해하고 고도의 비도덕적인 기관이라는 사실을 깨달아야 할 때가 되었다. 정직하게 자신을 존중하는 사람이라면 정부에 참여할 수 없고 참여하지 말아야 하며, 그 혜택을 누릴 수 없고 누려서도 안된다.

이런 사실을 분명히 이해하는 순간, 사람들은 자연스레 그러한 일에 참여하는 것, 즉 정부에 군인과 돈을 바치는 일을 그만둘 것이다. 대다수가 이런 일을 그만둔다면, 사람들을 노예화하는 속임수는 저절로 소멸할 것이다.

이것이 사람들이 노예제에서 해방될 수 있는 유일한 방법이다.

XV. 그러면 각자 무엇을 해야 하는가?

"하지만 그것은 일반적 추론이고, 정당하든 부당하든 실생활에 적용될 수가 없어요." 이러한 반론이 들려오곤 한다. 이런 반론은 자신이 처한 상황에 익숙해져서 그 상황을 변화시키는 게 불가능하다고 여기거나 변화를 바라지 않는 사람들의 몫이다.

"말씀해보시오. 무엇을 해야 하는가, 어떻게 사회를 조직해야 하는가?" 부유층 사람들이 흔히 하는 말이다.

부유층 사람들은 노예 소유주 역할에 굉장히 익숙해져 있다. 노동자의 처지를 개선하는 문제가 제기되면, 그들은 스스로가 지주의 위치에 있다고 느끼기 때문에 그 즉시 노예를 재배치하기 위한 온갖 계획을 고안하기 시작한다. 하지만 그들은 다른 사람들의 주인 노릇을 할 권리가 자신들에게 없다는 생각은 해본 적이 없다. 만약 그들이 진정으로 사람들에게 좋은 일이 일어나기를 바란다면, 그들이 할 수 있고 해야 하는 한 가지는 지금 행하는 나쁜 짓을 그만두는 것이다. 그들이 행하는 나쁜 짓이 무엇인지는 아주 확실하고 분명하다. 그들은 노예들의 강제 노동을 이용하고 이를 관두려 하지 않을 뿐 아니라, 직접 그 강제 노동을 설정하고 유지하는 데 관여한다. 이것이 그들이 그만둬야 하는 일이다.

노동하는 사람들 역시 장기간에 걸친 노예 생활로 심히 타락하여, 그들 대다수는 자신들의 처지가 형편없는 데에 대한 잘못은 소유주들에게 있다고 여긴다. 소유주들이 생산 수단을 소유하고 있으면서 너무 적게 임금을 준다는 것이다. 그들은 형편없는 처지가 오직 그들 자신에게 달려 있다는 생각조차 하지 않는다. 만약 각자 자신의 이익만을 생각하는 게 아니라 확실히 자신과 형제들의 처지가 개선되기를 바란다면, 그들이 행해야 하는 것 역시 스스로 나쁜 짓을 그만두는 것이다. 그들이 행하는 나쁜 짓은 그들 자신을 노예로 전락시킨 그 수단으로 자신의 물질적 상태를 개선하길 바라는 것이다. 노동자들은 이미 물들어 버린 습관을 만족시킬 기회를 위해 인간의 존엄과 자유를 희생해가며 굴욕적이고 부도덕한 직무를 맡거나 불필요하고 해로운 물건들을 생산한다. 정부를 지원하고, 조세와 직접적인 복무로 정부에 참여함으로써 스스로를 노예화한다.

인민의 처지가 개선되려면 부유층과 노동자들 모두가 깨달아야 한다. 자신의 이익을 지키고자 해서는 인민의 처지를 결코 개선할 수 없으며, 희생이 없이는 인민에게 복무하지 못한다. 그렇기에 저 혼자의 처지가 아닌 형제들의 처지가 개선되기를 진실로 바란다면, 익숙해진 삶의 모든 방식을 변화시키고 그간 누려온 이익을 포기하고 정부가 아닌 자신과 가족을 상대로 긴장된 투쟁의 태세를 갖춰야 한다. 또한 정부 요구를 이행하지 않은 데 따른 박해를 감당할 준비 역시 갖춰야 한다.

그런즉 '무엇을 할 것인가?'라는 질문에 대한 답변은 매우 단순하다. 이는 명확할 뿐만 아니라 언제나 최고의 수준에서 모두가 쉽게 적용하고 이행할 수 있다. 물론 그것은 부유층이나 노동자층에 속하는 사람들이 기대하는 바와는 다르다. 부유층 사람들은 자신을 바로잡는 게 아니라(본인들은 있는 그대로 훌륭하다) 다른 사람들을 가르치고 보살필 소명이 있다고 굳게 확신한다. 또한 노동자층은 자신의 형편없는 처지에 대한 책임이 스스로에게 있지 않고 오로지 자본가들에게 있으며, 자본가들이 누리는 것을 빼앗음으로써만 이러한 상태를 바로잡을 수 있고, 현재 자본가들만이 누리는 삶의 즐거움을 모두가 누릴 수 있도록 해야 한다고 확신한다. 반면 저 질문에 대한 답변은 아주 명확하고 실생활에 쉽게 적용할 수 있으며 실행 가능하다. 왜냐하면 각자가 실질적이고 정당하며 의심의 여지가 없는 권한을 지닌 단독자единственное лицо가 자기 자신을 행동에 나서라고 촉구하기 때문이다. 다시 말해, 그 답변은 노예든 노예주든 상관없이 누구라도 자기만의 처지가 아닌 인민의 처지를 개선하고자 한다면, 그나 그의 형제들을 노예화하는 어리석은 짓을 삼가야 한다는 데 있다.

자신은 물론 형제들에게 곤경을 초래하는 어리석은 짓을 저지르지 않기 위해서 각자가 해야 할 일은 다음과 같다. 첫째, 자발적으로든 강제로든 정부 활동에 참여하지 말아야 한다. 따라서 병사는 물론 육군 원수, 장관, 세금 징수원, 입회인, 촌장, 배심원, 주지사, 국회의원 등 폭력에 관련된 어떠한 직무도 받아들이지 말아야 한다. 이게 첫 번째다. 둘째, 그러한 사람은 정부에 직접세든 간접세든 조세를 자발적으로 납부하지 말아야 한다. 이와 마찬가지로 조세로 거두어들인 돈은 그게 봉급이든 연금이든 포상금이든 그 어떤 형태로든 사용하지 말아야 하고, 폭력적으로 국민에게서 거둬들인 조세로 운영되는 정부 시설들 역시 이용하지 말아야 한다. 이게 두 번째다. 셋째, 자기 한 사람의 이익이 아니라 인민의 처지를 개선하기를 바라는 사람이라면, 토지나 여타 물건들의 소유권을 확보하기 위해서든 자신은 물론 가까운 사람들의 안전을 도모하기 위해서든 정부의 폭력에 기대려고 해서는 안 된다. 토지 소유 및 타인이나 자신의 노동 생산물에 대한 소유는 그 대상물에 대한 타인들의 권리 청구가 제기되지 않는 범위에서라야 한다.

여기에 대해 이렇게들 말할 것이다. "하지만 그런 실천은 불가능해요. 정부 업무에 참여를 다 거부하는 것은 삶을 포기한다는 의미니까요." 군 복무를 거부하는 자는 감옥에 갇히고, 조세를 납부하지 않는 자는 처벌을 받으며 조세 명목으로 그의 재산이 몰수될 것이다. 정부의 직무를 거부한 자는 다른 생계 수단이 없다면 가족과 함께 굶어 죽고, 자기 재산과 인신에 대한 정부의 보호를 사절하는 사람도 마찬가지일 것이다. 조세가 부과된 물건들과 정부 시설들을 이용하지 않는 것 역시 아예 불가능하다. 생필품에는 줄곧 조세가 부과되고, 우체국과 도로 등과 같은 정부의 시설 없이는 살기가 불가능하기 때문이다.

우리 시대는 정부 폭력에 가담을 전적으로 거부하기가 어려운 게 사실이다. 모두가 어느 정도라도 정부 폭력의 가담자가 되지 않게끔 자기 삶을 조정할 수 있는 것도 아니다. 그러나 그것이 점차 정부 폭력에서 해방될 가능성이 없음을 보여주는 것은 아니다. 모두가 병역을 거부할 힘을 가진 것은 아니다(그러나 그런 사람은 존재하며 앞으로도 있을 것이다). 하지만 누구나 자기 뜻에 따라 군대, 경찰서, 법원이나 세무서에서 근무하지 않을 수는 있으며, 이익이 더 큰 정부 업무보다는 보수가 적은 민간의 업무를 선호할 수 있다. 누구나 토지 소유권을 포기할 수 있는 것은 아니지만(그런 사람들이 있기는 하다), 그러한 소유제의 범죄성을 깨닫는다면 누구나 그 한도를 줄일 수는 있다. 누구나 자본의 소유를 거부하거나 폭력의 보호를 받는 대상의 사용을 거부할 수는 없지만(그런 사람들이 있기는 하다), 누구나 자기 욕구를 줄여서 타인들의 선망을 불러일으키는 물품들에 대한 수요를 줄일 수는 있다. 누구나 정부의 급여를 거부할 수 있는 건 아니지만(부정직한 정부 활동보다 궁핍을 선호하는 사람들도 있기는 하다), 누구나 폭력과 연관이 적은 직책을 맡을 수만 있다면 더 적은 급여를 선호할 수 있다. 누구나 관립 학교의 이용을 거부할 수는 없지만(그런 사람들이 있기는 하다), 누구나 관립보다 민간 학교를 선호할 수는 있다. 누구든지 세금이 부과된 물품들과 정부 시설의 사용을 점차 줄여나갈 수는 있다.

무자비한 폭력에 기반한 현존 질서, 그리고 이성적 합의를 바탕으로 관습에 의해 받아들여지는 사람들의 의사소통이라는 삶의 이상 사이에는 인류가 끊임없이 걸어온 무수한 단계들이 놓여 있다. 이러한 이상에 다가가는 것은 오로지 폭력 가담, 폭력 이용, 폭력 습관에서 얼마나 자유로워지느냐에 달렸다.

점진적인 정부의 약화와 정부로부터 인민의 해방이 어떤 방식으로 이뤄질지에 대해서는 알지 못하고 예측할 수가 없다. 더욱이 사이비 과학자들처럼 어떤 방안을 제시할 수도 없다. 또한 정부 폭력에서 점차로 해방되는 정도에 따라 인류의 삶이 어떤 형태를 취할 것인가 역시 알지 못한다. 그러나 우리는 의심할 나위 없이 잘 알고 있다. 온갖 정부가 벌이는 활동의 범죄성과 흉악성을 깨달아 정부를 이용하지 않고 거기에 참여하지 않고자 노력한다면, 지금과는 전혀 다르고 정당하고 우리의 양심에 더 부합하는 삶이 펼쳐질 것임을 말이다. 지금으로서는 사람들이 직접 정부 폭력에 가담하여 정부를 이용하면서도 정부와 투쟁하는 모양새를 취함으로써 낡은 폭력을 새로운 폭력으로 없애려 할 뿐이다.

요점은 현재의 삶의 구조가 형편없다는 데에는 모두가 동의한다는 것이다. 이렇듯 열악한 형편의 원인은 정부 폭력이 낳은 노예제다. 정부 차원의 폭력을 없애는 데는 단 하나의 수단, 폭력에 가담하는 것을 자제하는 수단이 있을 뿐이다. 따라서 정부 폭력에 가담하는 것을 자제하는 게 어려운지 아닌지, 그러한 자제의 훌륭한 결과가 신속히 나타날지 아닐지는 불필요한 질문이다. 그것이 사람들을 노예제에서 벗어나게 하는 단 한 가지 수단이기 때문이다. 다른 수단은 없다.

개별 사회와 전 세계에서 합리적이고 자유로운 합의가 관습으로 받아들여지는 방식을 통한 폭력의 대체가 어떤 수준에서 언제 실현될 것인가는 사람들의 의식의 선명도와 그 의식을 내면화한 개인의 수에 따라 달라질 것이다. 우리 각자가 개인으로서 어느 정도 분명한 의식과 선한 목적을 가지고 인류의 일반적 운동의 참여자가 될 수 있으며, 그 운동의 반대자가 될 수도 있다. 각자 선택을 앞두고 있다. 하느님의 뜻을 거스르고 속절없는 거짓된 인생으로 모래 위에 무너져 내리는 집을 지을 것인지, 아니면 하느님의 뜻에 따라 진실한 인생으로 영원불멸하는 운동에 동참할 것인지를 말이다.

그러나 어쩌면 내가 틀렸을 수도 있다. 인류의 역사에서 전혀 다른 결과가 도출되어야 하고, 인류는 폭력으로부터의 해방으로 향하고 있지 않을지도 모른다. 어쩌면 폭력이 진보의 필수적 요인이라는 걸 입증할 수 있지 않을까? 또한 폭력을 과시하는 국가가 필수적인 삶의 형태이며, 정부가 해체되고 재산과 안전의 보호망이 없어지는 게 사람들에게는 더 나쁘다는 것을 입증할 수 있을지도 모른다.

설령 이게 사실이고 앞선 추론이 모두 잘못되었다고 쳐보자. 그러나 인류의 삶에 대한 전반적인 고려 외에도 각자는 자신의 개인적 삶에 관한 문제를 갖고 있으며, 삶의 보편 법칙에 대해 어떤 판단을 내리든 스스로가 해롭고 나쁘다고 인식하는 걸 할 수는 없잖은가.

우리 시대의 정직하고 성실한 이라면 누구나 이렇게 대답할 것이다. "국가는 개인의 발전에 필수적인 형태이고, 국가 폭력이 사회 복리에 필수적이라는 추론이 있을 수 있겠지요. 이와 같은 결과가 역사로부터 도출될 수 있고 이와 같은 추론들이 옳다고 할 수도 있을 겁니다. 하지만 살인은 악입니다. 이를 나는 어떤 추론보다 더 정확하게 알지요. 국가는 내게 군대 입대 또는 군인을 고용하여 무장시키거나 대포를 사들이고 전함을 건조하기 위한 돈을 요구함으로써 나를 살인의 가담자로 만들고자 합니다. 나는 그렇게 하고 싶지 않을 뿐 아니라 할 수도 없어요. 마찬가지로 살해 위협으로 배고픈 자들에게서 거둬들인 돈은 사용하고 싶지 않을 뿐만 아니라 사용할 수도 없지요. 당신들이 보호하는 토지나 자본 역시 이용하고 싶지 않아요. 살해를 통해서 보호되는 것이기 때문이지요.

이런 일의 범죄성을 깨닫기 전까지는 이 모든 일을 할 수 있었소. 하지만 그걸 알게 된 이상 외면할 수가 없고 더 이상 이런 일에 가담할 수가 없어요.

우리 모두 폭력에 질기게 얽매여 있어서 폭력에서 완전히 벗어나기 어렵다는 건 알지요. 그래도 폭력에 가담하지 않기 위해 최선을 다할 거요. 그 공범자가 되지 않고 살인을 통해 얻고 보호받는 것들을 이용하지 않으려 애쓸 겁니다.

내게 인생은 하나요. 어쩌자고 내가 이 짧은 인생에서 양심의 목소리에 반하는 행동을 하고 당신네 그 더러운 일의 참여자가 되겠소? 그러고 싶지도 않고 그러지도 않을 거요.

어떻게 될지는 모르오. 다만 나쁜 결과는 없을 거요. 양심이 시키는 대로 행동하는 거니."

우리 시대의 정직하고 성실한 사람이라면, 정부 및 폭력의 필연성에 대한 논거 그리고 폭력에 가담하라는 요구나 초대에 모름지기 이런 방식으로 대응해야 한다.

일반적 추론들이 어떤 결과로 이어질지는 반박할 수 없는 최고의 심판자, 즉 각자 양심의 목소리가 판가름할 것이다.

맺음말

"다시금 똑같은 설교군요. 한편으로는 기존 질서를 다른 질서로 대체하지 말고 무너뜨리자는 것이고, 다른 한편으로는 아무것도 하지 말라는 오래된 설교네요." 많은 이들이 앞의 내용을 읽고 이렇게 말할 것이다. "정부 활동은 좋지 못하고, 지주며 기업가의 활동도 좋지 못하다. 마찬가지로 사회주의자와 혁명적 아나키스트의 활동 역시 좋지 못하다. 그러니까 현실의 실천적 활동은 죄다 좋지 않다는 것이군. 좋은 것은 모종의 도덕적이고 영적이며 모든 걸 전적인 혼돈과 아무것도 하지 않는 것으로 귀착시키는 불확실한 활동이네." 수많은 진중하고 진실한 사람들이 그렇게 생각하고 말하리라는 것을 안다.

사람들에게 무엇보다 황당하게 비치는 점은, 폭력이 사라지면 재산을 보호하는 장치가 없어져서 모두가 처벌받지 않고 다른 사람에게서 필요하거나 그냥 원하는 것을 빼앗을 기회가 주어진다는 것이다. 사람들은 재산과 인신을 폭력으로 보호하는 데 길들여져 있어서, 이러한 보호가 없으면 끊임없는 무질서와 만인에 대한 만인의 끊임없는 투쟁이 있을 거라 여긴다.

다른 자리에서, 재산을 폭력으로 보호하는 것은 무질서를 줄이는 게 아니라 증가시킨다고 했던 말을 반복하진 않겠다. 보호장치가 없으면 무질서가 벌어질 수 있다고 가정해 보자. 사람들은 자신들이 겪는 불행의 원인을 깨닫고 어떻게 해야 하는가?

몸이 아픈 게 과음 때문이라는 것을 알았을 때, 계속 술을 마시면서도 적당히 마시거나 근시안적인 의사가 처방한 약을 먹는다고 해서 상태의 호전을 바랄 수는 없다.

사회의 질병도 마찬가지다. 어떤 이들이 다른 이들에게 폭력을 행사하기 때문에 우리가 아프다는 걸 알았다면, 기존의 정부 폭력을 계속 떠받치거나 새로운 폭력, 즉 혁명적이고 사회주의적인 폭력을 도입함으로써 사회 상황을 개선하기는 불가능하다. 곤경의 근본 원인이 명확히 드러나지 않는 한 해볼 수 있는 일이다. 그러나 일부가 다른 일부에게 가하는 폭력으로 인해 사람들이 고통받는다는 게 의심의 여지 없이 분명해지면, 더 이상 오래된 폭력을 지속하거나 새로운 폭력을 끌어들임으로써 인민의 처지를 개선할 수가 없다. 병든 알코올 중독자의 구제 수단은 오직 하나, 질병의 원인인 술을 자제하는 것이듯, 사람들이 열악한 사회구조에서 벗어나는 수단 역시 오직 하나, 곤경의 원인인 폭력—개인적인 폭력, 폭력의 설교, 폭력의 온갖 정당화—을 자제하는 것이다.

이것이 인민을 곤경에서 벗어나게 하는 유일한 수단이다. 나아가 이러한 수단의 사용이 필수적인 까닭은 그것이 우리 시대 각 개인의 도덕 법칙에 부합하기 때문이다. 우리 시대의 누구든 폭력에 의한 재산과 인신 보호가 오직 살해 위협과 살해에 의해서만 달성된다는 것을 알게 되었다면, 살해나 살해 위협을 통해 얻은 것을 더 이상 고요한 양심을 갖고는 이용할 수 없다. 그럼으로써 살해나 살해 위협에 가담하지 않으려 할 것이다. 사람들을 곤경에서 구출하는 데 요구되는 것은 각 개인의 도덕 감정을 만족시키는 데도 필요하다. 그렇기에 각 개인은 공공선을 위해서도 자기 삶의 법칙을 실현하기 위해서도 폭력에 가담해서는 안 되며, 폭력을 정당화하거나 사용해서도 안 된다는 데 의심의 여지가 있을 수 없다.

노동인민에게

진리를 알지니, 진리가 너희를 자유롭게 하리라(요한복음 8:32).

나로서는 살날이 얼마 남지 않았습니다. 죽음을 앞두고 노동자 여러분에게 여러분이 처한 억압적 상황과 그 상황에서 벗어날 수단들에 대해 생각해온 것을 말씀드리고 싶습니다.

내가 생각했던 것(이에 관해 숱한 생각을 했지요) 가운데 뭔가는 여러분에게 쓸모가 있을 것입니다.

내가 더불어 살아서 타국 노동자들보다 더 잘 아는 러시아 노동자들에게 호소합니다. 사유의 일부나마 타국 노동자들에게도 무용하지 않기를 바랍니다.

I

노동자 여러분, 여러분은 가난 속에서 힘겹고 정작 자신에게는 필요치 않은 노동으로 평생을 살아야만 합니다. 반면 아무 일도 하지 않는 다른 사람들은 여러분이 만드는 모든 것을 누리고, 여러분은 이런 사람들의 노예입니다. 이런 일이 있어서는 안 됩니다. 눈과 심장이 있는 모두가 알고 있습니다.

하지만 이런 일이 벌어지지 않게 하려면 어떻게 해야 할까요?

예로부터 으뜸가는 단순하고 자연스러운 수단으로 여겨져 온 것은 여러분의 노동에 기대어 사는 자들로부터 그들이 부당하게 사용하는 것을 강제로 빼앗는 것이었지요. 아주 옛적부터 로마의 노예들, 중세의 독일과 프랑스 농민들이 그렇게 행동했습니다. 러시아에서도 스텐카 라진과 푸가초프 시절에 숱하게 그랬고요. 지금 러시아 노동자들 역시 이따금 그런 행동에 나서곤 합니다.

성난 노동자들은 이러한 수단을 무엇보다 먼저 떠올리지만, 이런 식으로는 결코 그 목적을 달성하지 못할뿐더러, 노동자의 운명을 개선하기보다 오히려 악화시킬 뿐입니다. 정부의 권력이 지금처럼 강하지 않았던 옛날에는 이러한 폭동의 성공을 기대할 수 있었습니다. 그러나 지금은 일하지 않는 자들의 편인 정부의 수중에 거액의 돈과 철도, 전신은 물론 경찰과 헌병, 군대까지 있는 상황입니다. 예전과 같은 시도들은 최근 폴타바주와 하리코프주에서 일어난 폭동의 결과처럼 폭동 참여자들이 고문당하고 처형당하는 것으로 막을 내리곤 합니다. 게다가 노동자들에 대한 노동하지 않는 자들의 권력은 더욱더 공고해지기만 합니다.

폭력에 폭력으로 맞서 싸우고자 할 때, 여러분은 밧줄에 묶인 자가 하는 것과 같은 일을 하는 셈입니다. 자유로워지기 위해서 자신을 옭아맨 밧줄을 잡아당기는 것 말입니다. 그렇게 해서는 붙들린 밧줄의 매듭이 더 단단하게 조여질 뿐이지요. 교활한 방법으로 빼앗아 폭력으로 보전되는 것을 폭력으로 빼앗으려는 시도들도 마찬가지입니다.

II

폭동이라는 수단으로는 목적을 달성하지 못하고, 노동자들의 처지를 개선하는 게 아니라 오히려 악화시킨다는 사실이 분명해졌지요. 그런 이유로 최근에는 노동인민이 잘살기를 바라거나, 적어도 그렇게 말하는 사람들이 노동자들의 해방을 위한 새로운 수단을 고안해냈어요. 이러한 새로운 수단은 다음의 학설에 기초하고 있지요. 노동자들 모두가 예전에 소유했던 토지를 빼앗기고 난 후 공장에 고용된 노동자가 되고(이 학설대로면 일정한 시간에 해가 뜨는 것처럼 필연적이죠), 그들이 조합과 결사체, 시위를 조직하거나 그 옹호자를 의회에 보냄으로써 지속적으로 처지를 개선합니다. 결국에는 모든 공장과 작업장, 토지를 포함한 노동수단을 모두 장악하게 되어 완전히 자유롭고 평안하게 되리라는 거지요. 이러한 수단을 제안하는 학설은 모호함, 자의적인 명제들과 모순, 그리고 그저 난센스로 가득 차 있음에도 불구하고 최근 들어 점점 더 널리 퍼지고 있습니다.

이런 학설은 대다수 인구가 이미 몇 세대에 걸쳐 농업노동을 그만둔 나라에서뿐만 아니라, 노동자들 대다수가 토지를 떠날 생각조차 하지 않는 나라에서도 받아들여지고 있습니다.

시골 노동자가 다채로운 농업노동의 친숙하며 건전하고 유쾌한 환경에서 벗어나 단조롭고 답답한 공장노동의 불건전하고 음산하며 파괴적인 환경으로 이동하기를 요구하는 학설로 여겨집니다. 시골 노동자가 자신의 노동으로 거의 모든 필요를 충족시킬 때 느끼는 독자성에서 벗어나 공장노동자로서 자기 주인에게 전적으로 노예적으로 의존하도록 요구합니다. 이런 학설은 노동하는 사람들이 여전히 농업노동으로 살아가는 나라에서는 아무런 성공을 기대할 수 없을 것으로 여겨집니다. 하지만 소위 사회주의라고 불리는 이 최신 유행의 학설은 노동인구의 98퍼센트가 농업노동으로 살아가는 러시아와 같은 나라에서조차 농업노동을 그만뒀거나 그만두는 2퍼센트의 노동자들에 의해 적극적으로 받아들여지고 있습니다.

이런 일은 토지에서의 노동을 떠나 노동자가 공장과 도시 생활에 관련된 유혹에 무의식적으로 굴복하기에 발생합니다. 이러한 유혹은 욕구의 증가를 인간 완성의 징후로 간주하는 사회주의 학설에 의해서만 정당화됩니다.

그런 노동자들은 사회주의 학설의 몇 구절을 대충 집어삼켜 자기 동료들에게 특별한 열정을 가지고 설파합니다. 더불어 그러한 설파와 그간 체득한 새로운 욕구의 결과로 자신을 거친 농부에 불과한 시골 노동자와 비교할 수 없을 정도로 우위에 있는 선진적인 사람들로 여깁니다. 다행히 러시아에는 아직 이런 노동자들이 아주 소수입니다. 다시 말해서, 러시아 노동자들 대다수 즉 농부들은 사회주의 학설에 대해 들어본 적이 없습니다. 혹시 이런 소리를 들어봤다고 해도, 그런 학설을 그들과는 아예 동떨어진 어떤 것이거나 그들이 진정으로 필요로 하는 것과는 상관이 없다고 받아들이죠.

공장의 노동자들이 자신들의 노예적 처지를 완화하기 위한 노력의 일환인 결사, 집회 그리고 그 지지자들을 선출하여 의회로 보내는 등의 온갖 사회주의적 방식은 시골의 자유로운 노동자들의 관심을 끌지 못합니다.

시골 노동자들에게 필요한 것이 있다면, 그것은 임금 인상도 노동시간의 단축도 공동 금고도 아닙니다. 그것은 오직 하나, 토지입니다. 어디나 시골 노동자가 가족과 함께 생계를 유지하기에는 토지가 태부족인 실정이니까요. 이처럼 시골 노동자들에게 유독 필요한 문제에 관해 사회주의 학설은 아무것도 말해주지 않습니다.

III

토지, 자유로운 토지가 자신의 처지를 개선하고 자신을 노예 상태에서 벗어나게 할 유일한 수단임을 러시아의 현명한 노동자들은 잘 알고 있습니다.

러시아의 슈툰디스트 종파에 속한 어느 농민이 지인에게 쓴 글을 소개합니다. "혁명을 도모하는데 토지가 사적 소유로 남는다면, 당연히 혁명을 도모할 가치가 없겠지요. 저 국경 넘어 루마니아에 우리 형제들이 사는데, 거기에는 헌법도 있고 의회도 있지만, 토지는 거의 다 지주들의 수중에 있다고 합니다. 이런 의회가 인민에게 무슨 소용이 있냐는 거지요. 의회에서는 적대하는 정당들이 투쟁만 벌이고, 인민은 끔찍하게 노예화되어 지주들에게 얽매여 있답니다. 지주들은 자신의 땅에 농장 즉 농가들을 여럿 거느리고 있고요. 보통은 땅을 그 절반만 농부에게 내주고 1년만 빌려줘요. 어떤 농부가 땅을 잘 경작하면, 이듬해 그 농부에게 씨앗은 그 땅에 뿌리게 하고, 정작 다른 곳의 땅을 내줍니다. 이런 빈농들은 한 지주 밑에서 몇 년을 살아도 지주한테 갚아야 할 빚은 여전해요. 정부는 조세로 다 거둬갑니다. 빈농은 말이며 소, 마차, 쟁기, 옷, 침구, 그릇 등 모든 것을 헐값으로 팔게 되고 요. 그러면 빈농은 굶주린 가족을 데리고 선량해 보이는 다른 지주한테로 가지요. 그 지주가 빈농에게 황소와 쟁기, 씨앗 같은 것을 내줘요. 하지만 얼마간 살다가 보면, 여기서도 똑같은 일이 되풀이되곤 하지요. 또다시 이전의 지주한테로 가는 식입니다. 거기다 파종을 직접 하는 지주들의 경우, 수확기면 일할 사람들을 고용하지만 수확이 끝나고 대가를 지불하는 규칙이 있어요. 아주 극소수 지주들만 일한 사람들한테 임금을 지불하고, 전부는 아니어도 대다수가 임금의 절반을 떼먹어요.

그런데 어떤 처벌도 없어요! 헌법이고 의회고가 무슨 소용이겠소! 토지는 인민이 쟁취해야 할 으뜸인 필수조건이에요! 공장이나 제작소는 절로 노동자들에게 돌아갈 테죠. 농민들이 토지를 얻어내면, 토지에서 일하며 그 노동 덕에 자유롭게 살게 될 겁니다. 그러면 많은 사람들이 공장들에서 일하기를 거부할 테니 노동자들의 경쟁은 더 줄어들겠지요. 그리고 임금이 상승하면 노동자들은 동아리나 공동 금고 같은 걸 만들 수 있는 형편이 될 테고, 직접 고용주들과 경쟁할 수 있어요. 고용주들로서는 공장을 소유하는 게 타산에 맞지 않아 노동자들과 계약을 체결할 겁니다. 토지야말로 투쟁의 주요 대상이지요! 이런 사실을 노동자들한테 설명해야 합니다. 노동자들이 임금 인상을 달성한다 해도, 민심이

가라앉을 동안 일시적일 거예요. 하지만 다시 생활 조건이 바뀌고, 불만을 품은 한 사람을 대신해 열 사람이 그 자리를 노릴 것으로 예상되면, 어떻게 임금 인상을 요구할 수 있을까요?"

이 편지에서의 루마니아 사회 질서에 관한 정보가 다 옳지는 않더라도, 그리고 다른 나라들에서는 그러한 억압이 없다 하더라도, 노동자의 처지를 개선하기 위한 첫 번째 조건은 자유로운 토지라는 문제의 본질이 이 편지에 특히나 분명하게 표현되어 있습니다.

IV

"토지야말로 투쟁의 주요 대상이지요!" 배우지 못한 농민이 그렇게 썼습니다. 박식한 사회주의자들은 투쟁의 주요 대상은 공장과 제작소이고, 그다음이 토지라고 말합니다. 사회주의자들의 가르침대로 토지를 획득하려면, 노동자들은 우선 공장 소유 문제로 자본가들과 싸워야 하며, 공장을 장악해야만 토지도 갖게 됩니다. 농민에게는 토지가 필요하고, 토지 획득을 위해서는 우선 토지를 버려야 하고, 그다음 사회주의 예언가들이 예고한 복잡한 과정을 통해 다시금 그들에게는 하등 필요치 않은 공장과 함께 토지를 획득해야 한다고들 말합니다. 농부가 필요로 하는 토지 확보를 위해 하등 필요 없는 공장을 획득해야 한다는 이러한 요구는 일부 고리대금업자들이 사용하던 수법을 상기시킵니다. 예를 들어, 고리대금업자한테 천 루블의 돈을 빌려달라고 한다고 칩시다. 필요한 것은 오직 돈뿐인데, 고리대금업자는 이렇게 말합니다. "천 루블만 빌려줄 수는 없소. 오천을 빌리려면, 그중에서 사천은 (필요 없는 물건이더라도) 수백 푸드 비누하고 여러 필의 비단 천 같은 형태로 가져가라고. 그러면 필요한 천 루블은 돈으로 빌려줄 수 있소."

사회주의자들은 토지가 공장과 같은 노동의 도구라고 아주 잘못된 판단을 내립니다. 그들은 토지 부족으로 고통받는 노동자들에게 토지는 놔두고, 대포, 총, 향수, 비누, 거울, 리본 같은 온갖 사치품을 생산하는 공장을 소유하라고 제안하죠. 이 노동자들이 거울이나 리본을 빠르게 잘 만드는 법을 익히지만, 토지에서 일하는 능력을 잃게 되어야 토지마저 획득하라고 제안하는 셈이지요.

V

어떤 노동자가 탁 트인 들판과 초원 사이에 있는 농촌에서의 생활을 포기했는데, 수십 년 때로는 몇 세대가 지나서 오염된 공기 속이나마 10여 개의 오이와 해바라기 두 그루 정도 심을 수 있는 3사젠[대략 6제곱미터]의 텃밭이 딸린 조그만 집을 그 주인에게 넘겨받아 기뻐한다고 칩시다. 그 모습이 이상하게 보일지는 몰라도 그 기쁨은 이해가 됩니다.

농토에서 살 수 있고 땅에서의 자기 노동으로 먹고살 기회가 있다는 건 행복하고 독립적인 인간 삶의 주요 조건 가운데 하나였고 앞으로도 그럴 겁니다. 모두가 다 알고 있는 사실이죠. 그렇기에 사람들은 물을 찾고자 애쓰는 물고기처럼 농토가 있는 조건과 유사한 삶을 지향했고 지금은 물론 앞으로도 그럴 겁니다.

사회주의 학설은 사람들의 행복을 위해 필요한 것은 공기마저 오염된 산업 중심지에서의 삶이라고 말합니다. 동식물과 함께하며 농사일로 거의 모든 필수 욕구를 충족시킬 기회가 있는 삶이 아닙니다. 공장 생활에서는 오로지 무의미한 노동을 통해야 충족되는 욕구만 점점 더 커져만 갑니다. 공장 생활의 유혹에 걸려든 노동자들은 그런 말을 믿고, 노동시간과 몇 푼의 임금 인상을 위해 자본가들과의 별 볼 일 없는 투쟁에 전력을 쏟습니다. 그들은 그럼으로써 아주 중요한 일을 하고 있다고 상상합니다. 그런데 토지를 빼앗긴 노동자들이 온 힘을 쏟아야 할 유일하게 중요한 일은 자연 속에서의 삶으로 농업노동으로 돌아갈 수단을 찾는 것입니다. 사회주의자들은 말합니다. 설령 자연 속의 삶이 공장에서의 삶보다 낫다는 말이 옳다 해도, 벌써 공장노동자들이 아주 많아졌고 이미 오래전에 농사일에서 벗어났기 때문에, 그들이 토지에서의 생활로 돌아가는 것은 이미 불가능하다고 하지요. 그러한 이주가 나라의 부를 구성하는 제조업 생산량을 불필요하게 감소시킬 것이기 때문이라는 거죠. 게다가 그게 아니더라도, 공장노동자들 모두가 정착하여 먹고사는 데 필요한 자유로운 토지가 부족하다고 합니다.

공장노동자들이 농촌으로 이주하면 국민의 부가 감소한다는 말은 옳지 않습니다. 왜냐하면 농촌에서의 생활이 자투리 시간을 활용해 가내 제작소나 공장 일에 참여할 기회를 배제하는 건 아니기 때문이지요. 그러한 이주의 결과 현재 대규모 공장에서 굉장한 속도로 제작되는 무익하고 해로운 물건의 생산이 줄어들고, 지금 흔한 필수품 과잉 생산이 중단되고, 곡물, 채소, 과실, 가축의 수가 증가하면, 국민의 부를 줄이는 것이 아니라 그 부를 증대시키는 것이죠.

공장노동자들 모두를 정착시키고 먹고살게 할 토지가 부족하다는 논거 역시 옳지 않습니다. 왜냐하면 러시아는 물론 대다수 국가에서 대지주들이 움켜쥔 토지만 해도 러시아와 전 유럽의 공장노동자들에게 충분하고, 영국과 벨기에 같은 나라들에서도 대지주가 소유한 토지로 모든 공장노동자들이 먹고살기에 충분하니까요. 그러한 토지 경작법이 지금의 기술 발전으로 달성할 수 있는 완벽함에 도달하거나 중국에서 이미 수천 년 전에 도달한 완벽함의 수준에라도 이른다면 말입니다.

이러한 문제에 관심 있는 분들은 크로포트킨의 《빵과 자유La conquête du pain》, 《들판, 공장과 작업장Fields, Factories and

Workshops》 그리고 '중재자'에서 출판한 포포프의 아주 훌륭한 저서《곡물 텃밭》을 읽어보면 좋을 것입니다. 뛰어난 경작법으로 농업 생산성을 몇 배 더 높일 수 있는지, 지금보다 몇 배 더 많은 이들이 동일한 면적의 토지에서 먹고살 수 있는지를 확인하게 되겠지요. 개량된 토지 경작법은 소규모 토지 소유자에 의해 도입될 수밖에 없어요. 만약 그들이 지금처럼 저희의 수익을 대지주에게 넘겨줄 필요가 없게 된다면 말이지요. 대지주들은 토지를 빌려줬을 뿐 자신들이 직접 토지를 돌보지 않아도 큰 소득을 가져다주는 토지의 생산성을 굳이 개선할 필요는 없을 테니까요.

노동자 모두에게 충분한 자유로운 토지가 부족할 것이기에 지주들이 점유한 토지를 노동자들이 차지하려 한다고 걱정할 필요는 없다고 말합니다.

이러한 판단은 북풍한설 속에 비어 있는 집의 문 앞에 서서 그 집을 피난처로 쓰게 해달라고 요청하는 한 무리의 사람들을 집주인이 대하는 태도와 유사합니다. "저 사람들을 집 안으로 들여보낼 수가 없어요. 저 사람들 다 들어갈 자리가 없을 것이기 때문이오." 요청받은 사람들을 들어가게 해봅시다. 그러면 어떻게들 자리 잡는지, 다들 들어갈지 일부만 들어갈지 드러나겠지요. 설령 다 들어가지는 못한다 해도, 어째서 들여보낼 수 있는 사람들을 들이지 말아야 할까요?

토지에 대해서도 마찬가지입니다. 노동자에게서 앗아간 토지를 그것을 요구하는 사람들에게 제공해봅시다. 그러면 토지가 충분한지 부족한지를 알게 될 테지요.

게다가 지금 공장에서 일하고 있는 노동자들에게 제공할 토지가 부족하다는 주장은 논거가 부족합니다. 현재 공장 사람들이 빵을 사서 먹고사는 형편이라면, 다른 사람이 생산한 빵을 사는 대신 곡식이 생산되는 토지를 직접 일구지 못할 아무런 이유가 없습니다. 그 땅이 어디든, 인도, 아르헨티나, 호주 또는 시베리아든 말입니다.

그렇기에 공장노동자들이 토지가 있는 곳으로 이주해서는 안 된다는 식의 온갖 논거들은 아무런 근거도 없습니다. 오히려 분명한 것은, 그런 식의 이주가 공공복리에 해롭기는 커녕 복리를 확장하고, 인도, 러시아 및 여타의 나라에서는 만성적인 굶주림을 확실히 없앨 것입니다. 그 굶주림은 현재의 토지 분배가 온당치 않음을 무엇보다 분명하게 보여주고 있지요.

사실 영국과 벨기에, 미국의 일부 주와 같이 공장 산업이 특히 발달한 곳에서는 노동자들의 삶이 왜곡되어, 땅이 있는 곳으로 돌아가는 것이 아주 어렵게 여겨집니다. 하지만 노동자들이 농업 생활로 귀환하는 데서의 어려움이 그러한 이주의 실현 가능성을 배제하지는 않습니다. 이러한 이주가 실현되기 위해서는 우선 노동자들이 자신들의 행복을 위해 이주가 필요하다는 걸 깨달아야 합니다. 그다음 이주를 실현할 수단을 모색해야 하고, 현재 사회주의 학설이 가르치듯 공장에서의 노예 생활을 완화될 수는 있어도 소멸하진 않는 영원불변의 조건으로 받아들여서는 안 됩니다.

따라서 이미 토지를 떠나 공장에서의 노동으로 살아가는 노동자들에게는 동맹이나 조합, 파업, 5월 1일 노동절 깃발을 든 치기 어린 행진이 필요한 게 아닙니다. 꼭 필요한 단 하나는 공장의 노예 생활에서 해방되는 수단을 모색하여 토지에 정착하는 것입니다. 그러한 정착의 주요 장애물은 토지에서 일하지 않는 소유주들에 의해 토지가 점유된 상태라는 것입니다. 노동자들이 자국 정부에 요청하고 요구해야하는 게 이겁니다. 그리고 이를 요구할 때, 그들은 자신의 것이 아닌 낯선 무언가를 요구하는 게 아니라, 모든 동물에게 내재한 의심할 수 없고 양도할 수 없는 권리의 회복을 요구할 것입니다. 다른 사람들의 허락을 구하지 않고 흙에서 살고 거기서 먹고살 권리를 돌려달라고 하는 것이죠. 이를 위해 노동자 대표들은 의회에서 싸워야 하고, 노동자들 편에 서 있는 언론은 이를 전파해야 하며, 공장노동자들 스스로가 준비되어 있어야 합니다.

토지를 떠나온 노동자들을 위한 일입니다. 여전히 98퍼센트가 흙에서 농사짓는 대다수 러시아 노동자 같은 이들에게 문제는 어떻게 하면 토지를 떠나지 않고 공장 생활의 유혹에 빠지지 않은 채 자기 처지를 개선할 수 있느냐입니다.

이를 위해 필요한 한 가지는 지금 대규모 땅 소유주가 장악한 토지를 노동자들에게 돌려주는 것입니다.

러시아에서 처음 만나는 농민, 도시의 노동자에게 왜 살기가 어려운지 물어보세요. 다들 한결같이 땅이 없어서 일거리가 없다고 답할 겁니다. 그런데 토지가 부족하다는 인민의 신음이 끊이지 않는 우리 러시아에서, 인민을 섬긴다고 생각하는 사람들은 빼앗긴 땅을 되찾는 방법이 아니라 공장에서 자본가들에게 맞서 투쟁하는 방법을 그들에게 설교합니다.

"정말로 모두가 다 농촌에서 살아야 하고 농사를 지어야 하는 것인가?" 지금과 같은 부자연스러운 생활에 아주 익숙해져서 농사를 짓는 삶이 뭔가 이상하고 불가능하다고 여기는 사람들이라면 저렇게 말할 테지요. 그러나 어째서 사람들이 농촌에 살지 말아야 하고 농사를 짓지 말아야 합니까? 설령 농촌 생활보다 공장에서의 노예 생활을 더 선호하는 이상한 취향을 가진 사람들이 있다 해도, 무엇도 그들을 막을 수는 없습니다. 모두가 인간다운 삶을 살 수 있는 **기회를 갖는** 게 중요합니다. 각자 가족을 가질 수 있어야 바람직하다고 말할 때, 우리는 모두 결혼하고 아이를 가져야 한다는 게 아니라, 무릇 인간으로서 이러한 기회를 갖지 못하는 사회구조가 나쁘다고 말하는 거지요.

VI

농노제 시대에도 농민들은 지주들에게 말하곤 했습니다.

"우리는 주인님 것이어도, 땅은 우리네 것입죠." 인간에 의한 다른 인간의 소유가 아무리 적법하지 않고 잔인하다고 해도, 토지에서 일하지 않는 사람이 토지 소유권을 갖는다는 건 더더욱 적법하지 않고 잔혹하다는 인식입니다. 사실 최근에 러시아 농민들 일부가 지주를 모방하여 토지를 구매하고 거래하기 시작했어요. 토지를 빼앗길 것을 두려워하지 않고 토지 소유가 적법하다고 생각하는 거지요. 하지만 경박하고 사리사욕에 눈먼 소수의 행동입니다. 대다수 러시아의 진짜 농부들은 다들 굳게 믿습니다. 땅은 거기서 일하지 않는 사람들의 재산이 될 수도 없고 되게 해서도 안 된다고 말이죠. 당장은 일하지 않는 사람들이 일하는 사람들에게서 토지를 빼앗더라도, 지금의 토지 소유자들의 토지는 몰수되어 공동 자산이 될 날이 오리라고 말입니다. 그리고 그것도 아주 이른 시기에 그렇게 되리라 믿는다는 점에서 러시아 농민들은 절대적으로 옳습니다.

토지에서 일하지 않는 사람이 땅을 소유하는 것의 부당성과 불합리, 잔혹성이 명백해진 시기가 왔습니다. 50년 전 농노를 소유하는 것의 부당성과 불합리, 잔혹성이 명백해졌던 것처럼 말입니다. 다른 억압 수단들이 사라졌기 때문인지, 더 계몽되었기 때문인지는 몰라도 (토지를 소유하든 토지가 없든) 모두가 이전에는 보지 못했던 것을 지금은 분명하게 보고 있습니다. 평생 일만 해온 농민에게는 곡식을 파종할 데가 없어서 곡식이 부족하고, 목초지가 없어서 아이와 노인에게 줄 우유가 없고, 썩어가는 오두막을 고쳐서 따뜻하게 만들 나뭇단조차 없는 실정입니다. 그런데 이웃의 일하지 않는 지주는 거대한 저택에 살며 강아지들에게 우유를 주고 판유리를 덧댄 정자와 마구간을 짓고 수만 데샤티나의 땅에 양들을 키우고 숲과 정원을 가꾸며 이웃한 굶주리는 농촌 마을이 1년은 먹을 양을 일주일 만에 먹어 치우며 삽니다.

그렇다면 이러한 삶의 구조가 존재해서는 안 됩니다. 지금은 이 같은 상황의 부당성과 불합리, 잔혹성이 눈에 확 띕니다. 예전에 농노제가 지닌 부당성과 불합리, 잔혹성이 그랬던 것처럼 말이에요. 어떤 구조의 부당성과 불합리, 잔혹성이 사람들에게 분명해지면, 그 구조는 어떤 식으로든 필연적으로 끝이 납니다. 그렇게 농노제가 막을 내렸고, 토지 소유제 역시 머지않아 끝장나겠지요.

VII

토지 소유제는 폐지가 불가피합니다. 이 제도의 부당성, 불합리와 잔혹성이 너무나 분명해졌기 때문입니다. 문제는 오로지 이 제도가 어떻게 소멸할 것인가입니다. 러시아뿐만 아니라 모든 나라에서 농노제와 노예제는 정부의 조치로 없어졌지요. 그러한 조치로 토지 소유제 역시 폐지될 수 있을 것으로 여겨집니다. 하지만 정부가 그런 조치를 할 리는 만무합니다.

모든 정부는 타인의 노동으로 살아가는 사람들로 구성됩니다. 토지 소유제는 다른 어떤 것보다 그런 삶의 가능성을 더 크게 부여합니다. 응당 위정자들과 숱한 토지 소유자들은 토지 소유제의 폐지를 허용치 않겠지요. 거기다 정부나 토지 소유에 관여하지 않는 사람들, 즉 공무원, 예술가, 학자, 상인, 부잣집 머슴들은 본능적으로 자신들의 유리한 처지가 토지 소유와 연관된다고 느끼며, 토지 소유제를 옹호하거나 그보다 덜 중요한 것은 공격하더라도 토지 소유의 문제는 결코 다루지 않습니다.

부유층 사람들의 그와 같은 태도를 보여주는 놀라운 실례는 저명한 허버트 스펜서의 토지 소유에 관한 견해 변화에서 볼 수 있습니다. 허버트 스펜서가 부자나 위정자들과 연줄이 없는 야심 찬 젊은이였던 시절, 그는 토지 소유 문제를 어떤 선입견에도 얽매이지 않는 사람이면 누구나 취할 수밖에 없는 태도로 대했어요. 토지 소유권을 아주 급진적으로 부정하며 그 부당성을 증명했지요. 하지만 수십 년이 흘러 무명의 젊은이였던 허버트 스펜서는 위정자 및 토지 소유자 다수와 인맥을 쌓은 저명한 학자가 되었고, 토지 소유제에 대한 견해를 정반대로 바꿨어요. 토지 소유제가 비합법적이라는 정당한 견해를 강하게 피력했던 이전의 출판물을 모두 없애려고 노력할 지경이었으니까요.

대다수의 부유한 사람들은 자신들의 유리한 위치가 토지 소유제로 지탱되고 있음을 의식적으로는 아니더라도 본능적으로 직감합니다. 이것이 짐짓 인민의 복지를 추구한다는 의회가 인민의 처지를 개선하는 다양한 조치를 제안하고 논의하고 채택하면서도, 정작 인민의 처지를 개선하고 그들이 필요로 하는 단 하나, 토지 소유제를 폐지하는 조치는 취하지 않는 이유입니다.

따라서 토지 소유제 문제를 해결하기 위해서는 이 문제와 관련해 형성된 암묵적인 합의를 무엇보다 먼저 깨뜨려야 합니다. 권력의 일부가 의회에 있는 나라에서도 마찬가집니다. 모든 권력이 차르의 수중에 있는 러시아에서는 토지 소유제를 폐지하는 조치가 내려질 가능성은 거의 없지요. 러시아에서는 권력이 명목상 차르의 수중에 있지만, 실제로 권력은 수백 명 차르의 친인척과 측근들 같은 임의의 인물들에게 있어서 이들이 원하는 것은 무엇이든 차르가 행하도록 합니다. 이런 사람들이 다들 엄청난 양의 토지를 소유하는 까닭에, 설령 차르가 원하더라도 지주의 수중으로부터 토지 해방을 결코 허용하지 않겠지요. 농노를 해방한 차르가 측근들에게 농노제를 포기하게 하는 것이 얼마나 어려웠든, 차르가 그 일을 해낼 수 있었던 것은 측근들이 토지를 갖고 있었기 때문입니다. 토지를 포기하게 된다면, 차르의 측근과 친인척들은 전과 같이 익숙해진 방식으로 살 수 있는 마지막 기회를 상실한다는 것을 알았으니까요.

그러니까 대체로 정부로부터, 러시아에서는 차르로부터 토지의 해방을 기대하는 것은 전적으로 불가능합니다.

지주들이 갖고 있는 토지를 강제로 몰수하는 것은 무력이 항상 권력을 장악한 자들의 편에 있었고 앞으로도 그럴 것이기 때문에 불가능하지요. 토지 해방이 사회주의자들이 제안하는 방법으로 실현되기를 기다리는 것은 전혀 의미가 없습니다. 그것은 하늘에 학의 출현을 기대하며 좋은 삶의 조건을 최악의 조건으로 맞바꾸려는 자세와 마찬가지입니다.

합리적인 사람이라면 알고 있지요. 그런 방법으로는 노동자들의 해방은커녕 그들을 점점 더 고용주의 노예로 만들고, 훗날에는 노동자들을 새로운 체제를 이끌 관리자들의 노예가 되도록 준비시키는 길이라는 것을 말입니다. 대의제 정부 또는 제2차 차르 통치 기간에 러시아 농민들이 기대하듯 차르가 토지 소유제를 폐지하리라 기대하는 것은 더더욱 의미가 없어요. 차르 측근들은 물론 차르 자신도 막대한 토지를 소유하고 있기 때문입니다. 그들은 짐짓 농민의 복지를 염려하는 척은 하지만, 농민들에게 필요한 단 하나, 토지만은 결코 넘겨주지 않을 겁니다. 토지를 소유하지 않고서는 인민의 노동을 이용하는 무위도식자로서의 유리한 지위를 상실한다는 사실을 잘 알고 있으니까요.

그렇다면 지금과 같은 억압으로부터 벗어나기 위해 노동자들은 무엇을 해야 할까요?

VIII

얼핏 할 수 있는 게 아무것도 없고 노동자들이 너무 얽매여 있어서 아무런 해방의 가능성이 없어 보입니다. 그러나 그렇게 보이는 것뿐이지요. 노동자들이 자신들이 노예화된 원인을 심사숙고해본다면, 폭동이나 사회주의말고, 정부에 대한, 러시아에서는 차르에 대한 헛된 희망을 제외하고 해방의 수단이 있음을 알게 될 거예요. 그 누구도 그 무엇도 막을 수 없는 그 해방의 수단은 과거에도 지금도 노동자들의 수중에 있습니다.

사실상 노동자들의 비참한 처지의 원인은 단 하나, 노동자들이 필요로 하는 땅을 지주들이 소유하고 있기 때문입니다. 하지만 무엇이 지주들에게 땅을 소유할 기회를 갖게 했을까요?

첫째, 땅을 노동자들이 사용하려고 하면, 군대가 파견되어 땅을 점유한 노동자들을 쫓아내거나 구타 또는 살해하고 땅을 지주에게 돌려줍니다. 그 군대의 구성원은 여러분, 노동자들입니다. 노동자들이 직접 병사가 되어 군 지휘부에 복종함으로써 모두의 소유여야 할 토지를 지주들이 소유할 수 있도록 한 것이지요. (기독교인은 군인이 되어 자신과 닮은 사람들을 죽이겠다는 약속을 할 수 없으며, 무기 사용을 거부해야만 한다는 글을 나는 여러 번 썼어요. 게다가 소책자《병사의 수칙》에서는 어째서 모든 기독교인이 그래야만 하는지를 복음서를 통해 보여주고자 했지요.)

하지만 여러분은 군대에 참여함으로써 지주들에게 모두의 것인 땅, 따라서 여러분에게 속한 땅을 점유할 기회를 주고, 게다가 지주의 땅에서 일하거나 소작을 함으로써 이러한 기회를 줍니다. 노동자 여러분, 이런 일을 그만둬야 합니다. 그러면 토지 소유는 지주에게 쓸모없는 것일 뿐만 아니라 불가능하게 되고, 그들의 토지는 공동 재산이 되겠지요. 지주들이 노동자를 기계로 대체하고 경작 대신 목축업을 하거나 숲을 조성하려 애쓴다 하더라도, 노동자 없이는 아무것도 해결할 수 없으며 지주들은 하나둘씩 좋든 싫든 토지 소유를 그만두게 될 것입니다.

따라서 노동자 여러분이 노예 상태에서 벗어나는 방법은 이렇습니다. 토지 소유가 범죄라는 사실을 깨닫고, 일하는 사람에게서 토지를 빼앗는 병사가 되든지 지주의 땅에서 일을 하든지 소작을 부치든지 하여 토지 소유를 돕는 일에 가담하지 않은 것이지요.

IX

이렇게 답할 수도 있겠지요. "하지만 군대에 입대하고 지주네 토지에서 일하거나 소작에 참여하지 않는 방법이 실질적일 수는 있을 테지요. 전 세계 노동자들이 파업해서 군대도 가지 않고 지주의 토지에서 일하거나 소작도 하지 않는 경우라면 말입니다. 하지만 이런 일은 일어나지도 않고 일어날 수도 없어요. 만일 일부 노동자가 군 입대, 지주네 토지에서의 노동이나 소작을 자제하는 데 동의한다 해도, 나머지 노동자들, 때로는 타 국적 노동자들이 그러한 자제를 필요치 않은 것으로 여긴다면, 지주들에 의한 토지 소유를 막을 수가 없을 테지요. 그러면 토지 소유를 거부하는 노동자들은 모두의 처지 개선은커녕 헛되이 자기 이익만 잃게 되겠지요." 이러한 반박은 파업이 문제라면, 전적으로 타당합니다.

내가 제안하는 것은 파업이 아닙니다. 파업을 제안하는 게 아니라, 노동자들이 자기 형제들에게 폭력을 가하는 군대에 가거나 지주의 땅에서 노동하고 소작을 하는 것에 대한 거부를 제안하는 것이죠. 노동자들에게 이익이 되지 않고 그들을 노예화시키기 때문은 아닙니다. 이러한 참여는 모두가 자제해야 하는 그릇된 일이기 때문입니다. 모두가 살인과 절도, 강탈 자체가 아니더라도 이런 일에 가담하는 것도 삼가야 하는 것처럼 말이지요. 토지 소유라는 무법 행위 беззаконие에 가담하고 이를 옹호하는 것이 나쁜 일임에는 의심의 여지가 없습니다. 노동자들이 일하지 않는 자들의 토지 소유에 스스로 가담하는 것의 모든 의미를 깊이 헤아려본다면 말이죠. 지주의 토지 소유를 뒷받침하는 것은 수많은 인민의 곤궁과 고통의 원인이 될 수 있다는 뜻입니다.

이들은 영양결핍 상태에 있거나 강제 노역을 하는 사람들, 때 아닌 죽음을 맞이하는 노인과 아이들인데, 지주들이 차지해버린 땅을 받지 못했기 때문입니다.

지주들의 토지 소유에 따른 여파가 그러하고 그게 모두에게 분명하다면, 지주의 토지 소유에 가담하고 그것을 옹호하는 것은 모두가 자제해야 하는 그릇된 일이라는 점도 분명하겠지요. 수억의 사람들은 파업이 아니어도 고리대금업과 방탕, 약자에 대한 폭력, 절도, 살인 등을 그릇된 일로 생각하며 이런 행위를 삼갑니다. 일하는 사람들은 마찬가지로 토지 소유를 대할 것입니다. 그들은 직접 토지 소유의 패악을 몸소 느끼기에 토지 소유를 추악하고 잔인한 일로 생각하지요. 그런데 어쩐 일로 그들은 거기에 가담할 뿐만 아니라 그것을 뒷받침하기까지 할까요?

X

파업이 아니라 토지 소유에 대한 동조의 범죄성과 죄악을 분명히 의식하고 그러한 의식을 가지고 그와 같은 가담을 그만두기를 제안합니다. 실제로 이러한 자제가 파업처럼 이해 당사자들 전부를 한꺼번에 하나의 해결책으로 결합시키지 못하며, 그렇기에 파업이 성공적이었을 때와 같은 앞날에 확실한 결과를 가져오지는 못합니다. 그 대신 이러한 자제는 파업이 촉발하는 것보다 더 공고하고 지속적인 단결을 가져오지요. 파업 시기의 인위적인 사람들의 단결은 파업의 목적이 달성되는 순간 곧바로 중지됩니다. 한결같은 활동을 벌일 때의 단결이나 동일한 의식의 결과에 따른 자제는 결코 멈추지 않을 뿐만 아니라, 부단히 더욱 확고해지면서 점점 더 많은 수의 사람들을 끌어들이지요. 이런 일은 파업의 결과가 아닌 그러한 가담이 죄라는 의식의 결과 노동자들이 토지 소유에 가담하는 것을 자제할 때 비로소 가능하고 그럴 때 이뤄집니다. 응당 노동자들이 지주의 토지 소유에 동조하는 것이 무법 행위임을 깨닫는다면, 그들 전부가 아닌 소수라도 지주의 토지에서 일하거나 소작을 부치는 것을 틀림없이 자제하게 되겠지요. 하지만 그들의 이러한 자제는 국지적이고 일시적인 의미의 설득이 아니라, 언제나 그리고 모든 사람들에게 똑같이 당연한 의무인 것과 그렇지 않은 것을 의식한 결과일 것이기 때문에 토지 소유제의 무법적 성격 자체는 물론 그 무법적 성격에서 비롯하는 여파들을 말과 본보기를 통해 일깨우는 노동자 수의 지속적인 증가는 당연할 것입니다.

노동자들이 토지 소유에 가담하는 것은 어리석은 일이라고 의식하는 것이 사회체제에 어떠한 변화를 야기할 것인지는 예견할 수 없지만, 틀림없이 그 변화는 이러한 의식이 널리 확산될수록 더욱더 의미심장해지겠지요. 이러한 변화는 비록 노동자들 일부가 지주네 일과 소작을 그만두게 되더라도, 토지 소유주들은 토지 소유로 인한 이득을 볼 수 없어서 노동자들에게 유리한 거래를 체결하게 되거나 아니면 아예 토지 소유를 그만두게 되리라는 데 있어요. 군대에 입대한 노동자들이 토지 소유의 무법적 성격을 깨닫고 자기 형제인 농촌노동자들에 대한 폭력을 거부하는 일이 늘어난다면, 정부로서는 지주의 토지 소유에 대한 비호를 중단할 수밖에 없게 되겠지요. 그러면 지주가 차지한 토지는 자유롭게 될지도 모릅니다. 아마도, 결국에 정부는 토지 해방의 불가피성을 깨닫고 노동자들의 승리를 막고자 자체 질서를 부여하는 모양새를 취하며 법률로 토지 소유제를 폐지하게 되겠지요.

토지 소유에 가담하는 것의 무법적 성격을 노동자들이 의식한 결과 토지 소유 문제에서 일어날 수 있고 일어날 수밖에 없는 변화는 아주 다양할 수 있습니다. 이러한 변화가 어떤 것이 될지 예측하기는 어려우나, 이러한 과업에 하느님의 뜻 또는 양심에 따라 행동하는 진솔한 노력은 그게 어떤 것이더라도 헛되이 사라지지 않는다는 한 가지는 분명합니다.

"모두를 상대로 나 혼자서 뭘 할 수 있을까요?" 다수의 찬동이 없는 행위에 직면하면, 흔히들 이렇게 말합니다. 이런 사람들은 어떤 일이 성공하기 위해서는 모두 또는 적어도 많은 사람들이 필요하다고 여기지만, 많은 사람이 필요한 경우는 못된 짓을 하려 할 때뿐입니다. 좋은 일을 하는 데는 한 사람이면 충분합니다. 하느님은 언제나 좋을 일을 하는 사람과 함께하니까요. 하느님이 함께하는 사람에게는 늦든 빠르든 모든 사람이 함께할 것입니다.

어떤 경우든 노동자들이 처한 환경의 개선은 전적으로 그들 스스로가 하느님의 뜻에 따라, 더 양심에 따라 행동할 때, 다시 말해 이전보다 더 도덕적으로 행동할 때에만 이뤄질 수 있습니다.

XI

노동자들은 폭력과 폭동을 통하여 해방의 노력을 기울였으나 그 목적을 달성하지 못했어요. 조합, 파업, 시위, 의회 선거 같은 사회주의적 방법으로 해방되기 위한 노력도 기울였지요. 이와 같은 노력은 기껏해야 강제적인 노예 노동을 일시적으로 완화할 뿐, 그들을 해방하지 못할 뿐만 아니라 노예 상태만을 공고하게 할 것입니다.

노동자들은 스스로가 규탄하면서도 무법적인 토지 소유제를 지원하는 방식으로 각자 개별적으로 해방되려고 시도해 왔지요. 하지만 그 같은 잘못된 일에 가담함으로써 일부의 처지가 (항상 그런 것도 오래간 것도 아니지만) 개선되었을지는 몰라도, 모두의 처지는 이로 인해 악화되었을 뿐입니다. 사람들(한 사람이 아닌 전체 사회)의 처지를 견고하게 개선하는 것은, '남에게 대접받고자 하는 대로 너희도 남을 대접하라'라는 규칙에 부합하는 공정한 활동말고는 없기 때문이지요. 아무튼 노동자들이 지금까지 사용해온 세 가지 수단은 불공정했으며, 너를 대하기를 바라는 대로 다른 사람을 대하라는 규칙에 부합하지도 않았어요.

폭동, 즉 유산으로 물려받거나 저축한 돈으로 사들인 땅을 자신의 소유로 생각하는 사람들을 상대로 폭력을 사용하는 방법은 네게 행하기를 바라는 대로 다른 사람에게 행하라는 규칙에 부합하지 않아요. 폭동에 참여하는 사람들 가운데 누구도 자기 소유라고 생각하는 것을 빼앗기기를 바라지 않으며, 더욱이 그러한 빼앗기는 통상 아주 잔혹한 폭력을 동반하기 때문이지요.

온갖 사회주의적인 활동 역시 네게 행하기를 바라는 대로 다른 사람에게 행하라는 규칙에 부합하지 않기는 마찬가지입니다. 우선은 계급투쟁을 기본으로 삼음으로써 노동자들에게 고용주 및 비노동자들 전반에 대한 적대감을 불러일으키기 때문입니다. 고용주 입장에서의 이러한 적대감은 노동자들에게 바람직한 것일 수가 없지요. 사회주의 활동이 이 규칙에 부합하지 않는 이유가 또 있습니다. 파업 중에 자신들의 자리를 대신하고자 하는 자국 또는 타국 노동자를 상대로 노동자들이 그 과업을 성취하기 위해 폭력을 행사하는 경우가 잦기 때문입니다.

마찬가지로, 모든 노동수단 즉 공장과 제작소 등을 노동자들의 완전한 소유로 이전을 약속하는 [사회주의] 학설은 네게 행하기를 바라는 대로 다른 사람에게 행하라는 규칙에 부합하지 않을 뿐만 아니라 참으로 부도덕합니다. 온갖 형태의 공장은 숱한 노동자들이 행한 노동의 산물이지요. 그것은 공장을 세우며 자재를 마련하고 공장을 건설하는 동안 사람들을 먹여 살린 동시대의 노동자들뿐만 아니라, 이전 세대 무수한 노동자들의 지적이고 육체적인 노동의 산물입니다. 그들의 노동이 없었다면 어떤 공장도 존재할 수가 없었을 테지요. 공장 설립에 모두의 참여를 고려하는 것은 불가능합니다. 그런 까닭에 사회주의자들의 학설에 따르면, 모든 공장은 토지와 마찬가지로 인민 모두의 공동 자산이며, 차이점이라고는 오직 토지 소유제는 모든 노동수단의 공유화를 기다릴 필요 없이 즉각 소멸할 수 있다는 것입니다. 공장이 인민 모두의 합법적인 자산이 될 수 있는 경우는 사회주의자들의 실현 불가능한 환상, 즉 모든 것, 말 그대로 모든 노동수단의 공유화가 이뤄질 때뿐입니다. 사회주의 노동자들 다수가 예상하듯, 고용주로부터 공장을 탈취해 공장을 독차지할 때가 아닌 거지요. 고용주는 공장을 소유할 아무런 권리가 없습니다. 마찬가지로 노동자들 역시 모든 노동수단을 공유화하는 환상이 실현되기 전에는 그게 어떤 공장이든 소유할 권리가 없습니다.

그런 까닭에 이런 말을 하는 거지요. 흔히 예상하는 것처럼 모든 노동수단이 공유화되기 전에 노동자들이 몸소 일하는 공장을 소유할 수 있다고 노동자들에게 약속하는 학설은, 남이 네게 해주기를 바라는 대로 남에게 행하라는 황금률에 어긋날 뿐만 아니라 참으로 부도덕하다고 말입니다.

마찬가지로 남이 네게 해주기를 바라는 대로 남에게 행하라는 규칙에 부합하지 않는 것이 있지요. 노동자들이 군인이나 일꾼 또는 소작인으로서 폭력을 동원하여 토지 소유제를 지원하는 것 말입니다. 토지 소유제에 대한 그러한 지원이 황금률에 부합하지 않는 이유는, 그와 같은 행위가 그 행위를 저지르는 사람들의 처지를 일시적으로 개선할 수 있을지는 몰라도 그런 행위들이 다른 노동자들의 처지를 악화시키기 때문입니다.

따라서 지금까지 노동자들이 자기 해방을 위해 사용한 수단들, 즉 직접적인 폭력에서부터 사회주의적인 활동 그리고 자신의 이익을 위해 무법적인 토지 소유제를 지원하는 개인들의 행위에 이르기까지의 수단들은 그 목적을 달성하지 못했습니다. 그 모든 것이 다른 사람이 네게 해주기를 바라는 대로 다른 사람에게 행하라는 기본적인 도덕 법칙에 부합하지 않았기 때문이지요.

노동자들을 노예 상태에서 해방하는 것은 어떠한 활동이 아니라, 죄짓는 일을 삼가는 것입니다. 그 이유는 그러한 자제가 공정하고 도덕적이어서 하느님의 뜻에 따르는 것이기 때문입니다.

XII

그러면 이렇게 답하겠지요. "하지만 빈곤은 어쩌죠. 토지 소유제의 무법적 성격을 확신한다 하더라도 병사로서 어디든 파견되어 가지 않거나 지주를 위해 일하지 않기는 어려워요. 굶주린 자식들에게 우유를 줄 수 있는 일이니 말입니다. 아니면 [농노제 폐지 후] 가족 한 사람당 반半데샤티나의 토지를 가진 농민이 그 토지로는 가족이 먹고살아갈 수 없음을 알고 있는데, 그 농민이 지주네 토지 소작을 어찌 그만두겠소?" 사실 이것이나 저것이나 아주 어렵지만, 나쁜 일을 삼가는 데에서의 동일한 어려움입니다. 그래도 사람들은 대개 나쁜 일을 자제하지요. 여기서는 자제가 대부분의 나쁜 일을 저지르는 경우보다 어려움이 덜합니다. 토지 점유에 가담하는 그릇된 일의 해악은 사람들이 삼가는 숱한 그릇된 일에서의 그것보다 더 명확합니다. 이는 농민을 상대로 군대가 파견될 때 거기에 동참을 거부하라는 말이 아닙니다. 사실 그 같은 거부를 위해서는 특별한 용기와 자기 희생을 치를 각오가 필요하고, 그래서 누구나가 이런 일을 할 수 있는 것은 아니지요. 대신에 이러한 거부를 실천하는 경우를 드물게나마 만날 수는 있어요.

하지만 지주네 토지에서 일하거나 소작하지 않으려는 편이 훨씬 노력이나 희생을 덜 치릅니다. 노동자들 모두 지주 집에서의 노동과 그 토지를 소작하는 게 그릇된 일임을 전적으로 깨닫는다면, 지주네 토지에서 일하거나 소작하는 사람들은 점차 줄어들겠지요. 지주의 토지 없이도 가내수공업을 하거나 집에서 먼 곳에서 아주 다양한 계절노동에 종사하며 사는 수백만의 사람이 있습니다. 그리고 지주의 토지를 필요로 하지 않는 수십, 수백만의 농민들이 또 있습니다. 이들은 온갖 어려움에도 불구하고 오래 살던 곳을 떠나 충분한 토지가 확보되는 새로운 곳으로 갑니다. 그곳에서 대부분은 더 이상 가난하지 않고 부유해져서 곧 그들을 내몰았던 가난 따위는 잊어버립니다. 지주네 노동과 소작 없이 살아가는 농민들이 또 있습니다. 이 뛰어난 자작농들은 작은 토지를 이용하고 절제된 삶으로 그 땅을 잘 일구며 삽니다. 또 수천의 사람들이 있지요. 지주네 땅에서의 일이나 그 땅의 소작을 필요로 하지 않는 이들은 러시아의 많은 기독교 공동체가 그렇듯 기독교적인 생활, 즉 각자 자신을 위해 사는 게 아니라 서로 도우며 살아갑니다. 나는 그중에 특히 두호보르파를 잘 알고 있습니다.

빈곤은 서로 싸우는 동물적인 법칙대로 사는 사람들의 사회에서나 있을 법합니다. 기독교 사회에는 빈곤이 있을 수 없어요. 가진 것을 서로 나누기만 해도, 늘 필요한 모든 것은 충분하고 또 많은 것이 남습니다. 한번은 그리스도의 설교를 듣던 사람들이 심한 허기를 느꼈지요. 그리스도께서는 일부에게 예비 식량이 있다는 것을 아시고 둘러앉아 먹으라며 여분의 식량을 가진 이들에게 한쪽 옆의 이웃에게 내주라고 하셨지요. 사람들이 배고픔을 달래고 남은 음식을 계속 전달하도록 한 것이었어요. 그렇게 한 바퀴 돌자 다들 배불리 먹고도 여분의 식량이 많이 남았지요.

사람들이 그렇게 행동하는 사회에서는 빈곤이 있을 수 없으며, 그런 이들에게는 지주네 땅에서의 노동이나 소작이 필요치 않습니다. 따라서 빈곤은 사람들이 자기 형제들에게 악행을 저지르는 충분한 이유가 될 수 있는 게 아닙니다.

노동하는 사람들이 지금처럼 지주들에게 일거리를 찾아가거나 토지를 소작하는 것은, 그와 같은 행위가 죄악이며 자기 형제들과 자기 자신에게 저지르는 악행임을 모두가 깨닫지는 못하는 상태이기 때문이지요. 이러한 이들이 점점 늘어나고 이들이 토지 소유제에 가담하는 것의 의미를 점점 분명하게 깨달아 갈수록, 점차 일하는 사람들에 대한 일하지 않는 사람들의 지배력은 절로 사라질 것입니다.

XIII

노동자의 처지를 개선하는 유일하고 올바르며 의심의 여지가 없는 수단임과 동시에 하느님의 뜻에 일치하는 그 수단은 토지를 지주들의 점유에서 벗어나게 하는 것입니다. 토지 해방은, 군대가 노동인민을 탄압하러 나설 경우 거기에 동참을 거부하는 것 외에도 지주네 땅에서의 노동과 그 소작을 삼가는 것으로 성취되지요. 그런데 노동자 여러분이 스스로의 행복을 위해 지주가 점유한 토지를 해방해야 하고, 그러한 해방은 자기 형제에 대한 폭력, 지주네 땅에서의 노동과 소작을 자제하는 것으로 성취된다는 것을 아는 것만으로는 부족합니다. 여러분은 또한 앞으로 토지가 지주들의 손에서 해방될 때 토지를 어떻게 처리할 것인지, 노동하는 사람들 사이에서 토지를 어떻게 분배할 것인지를 알고 있어야 합니다.

여러분 다수는 흔히들 토지를 일하지 않는 사람들로부터 몰수하기만 하면, 모든 것이 순조로우리라 여깁니다. 하지만 실제로는 그렇지가 않습니다. 일하지 않는 사람들로부터 토지를 몰수해서 일하는 사람들에게 넘기면 된다고 손쉽게 말하곤 하지요. 하지만 공정성을 무너뜨리지 않으면서 부유한 자들이 다시 거대한 땅을 사들이는 방식으로 일하는 사람들 위에 군림할 여지를 주지 않으려면, 어떻게 해야 할까요? 여러분 일부가 생각하듯이, 예로부터 카자크 사회에서 행해져 온 것처럼 누구든 원하는 곳에서 풀을 베고 땅을 일굴 권리를 개별 노동자 또는 공동체에 맡기는 것은 사람들 수가 적고 땅은 많으며 그 땅의 질이 동일한 곳에서만 가능하겠지요. 땅이 먹여 살릴 수 있는 것보다 더 많은 사람들이 살고 땅의 질이 다른 곳에서는 그 땅을 이용하는 다른 수단을 강구해야겠지요.

가족 수대로 토지를 분배해야 할까요? 하지만 가족 수대로 토지를 분배한다면, 그 땅에서 일하려 하지 않는 사람들의 수중에 토지가 들어갈 것이고, 이런 이들은 그 토지를 남에게 빌려주거나 땅을 사재기하는 부유한 자들에게 팔아넘기게 되겠지요. 그러면 다시금 큰 땅을 소유하고도 거기서 일하지 않는 사람들이 나타납니다. 일하지 않는 자에게 땅을 팔거나 소작으로 빌려주는 것을 금지해야 할까요? 그러면 토지에서 일하려 하지 않거나 일할 수 없는 사람에게 속한 토지는 쓸모없이 방치될 테지요. 게다가 가족 수대로 토지를 분배한다면, 토지의 질은 어떻게 균등화할 수 있을까요? 비옥한 흑토도 있고, 모래에 덮이거나 늪지의 척박한 땅도 있으며, 1데샤티나에서 1000루블 이상의 소득을 올리는 도시의 땅도 있어요. 또 아무런 수입도 가져오지 않는 궁벽한 곳의 땅도 있습니다. 땅에서 일하지 않는 사람들이 토지를 소유하는 일이 다시는 발생하지 않게 하고 원한을 품는 사람들이 없게 하며 토지로 인한 논쟁과 다툼과 내분이 발생하지 않게 하려면, 토지를 어떻게 분배해야 할까요? 오래전부터 이러한 문제를 논의하고 해결해 오고들 있지요. 노동하는 사람들 사이에 정당하게 토지를 분배하기 위한 기획들이 많이 고안되어 있어요.

땅을 공동 자산으로 여겨 다 함께 경작하는, 이른바 공산주의적 사회체제의 기획들은 물론 다음과 같은 기획들도 있습니다.

18세기에 살았던 영국인 윌리엄 오길비William Ogilvie의 기획이 있습니다. 오길비의 말에 따르면, 각자는 땅에서 나서 그 결과 그 위에 존재하고 그 산물로 생계를 꾸릴 의심의 여지가 없는 권리를 갖고 있기 때문에, 이러한 권리는 소수의 사람들이 대규모의 토지를 자기 소유로 여기는 것의 제약을 받을 수는 없습니다. 그런 이유로 각자는 자기 몫의 토지를 소유할 당연한 권리를 갖는 것이지요. 누군가가 자신의 지분 요구를 내세우지 않은 토지를 사용하여 자기 몫보다 더 대량의 토지를 소유한다면, 그 소유자는 이와 같은 소유에 대해 국가에 조세를 지불해야 하겠지요.

또 다른 영국인 토머스 스펜스Thomas Spence는 그로부터 몇년 후 모든 토지를 교구 공동체 소유로 인정하는 것으로 토지 문제를 해결했어요. 교구 공동체들은 자체에서 원하는 대로 토지를 관리할 수 있다는 것이지요. 이로써 개인의 사적 소유가 완전히 사라지는 셈이에요.

토지 소유제에 대한 스펜스의 견해를 잘 보여주는 사례는 1788년 골든브릿지에서 그에게 일어난 사건에 관한 이야기입니다. 그 사건을 그는 '숲에서의 농담'이라 불렀지요.

한번은 숲에서 도토리를 줍고 있었다. 덤불 속에서 어떤 사람이 비죽이 나타나서 여기서 뭘 하는지를 물었다.

내가 대답했다. "도토리 줍고 있어요."

"도토리를 줍는다고요? 어떻게 그런 말씀을 하시죠?"

"무슨 소리요?" 내가 물었다. "원숭이나 청설모들이 도토리를 따먹을 권리를 의심하는 거요? 내가 이런 존재들보다 못났고 그놈들과 같은 권리를 갖지 못하기라도 합니까? 댁은 누구시오? 무슨 권리로 내 일에 간섭하는 거요?" 내가 말했다.

"누군지는 직접 보여드리지요. 남의 권리를 침해한 혐의로 댁을 체포할 테니."

"세상에나!" 내가 말했다. "누구도 무얼 심거나 일구지 않은 곳에서 어떻게 남의 권리를 침해한다는 거요? 도토리는 생명 유지를 위해 이용하려는 사람에게나 동물에게 자연이 직접 주는 선물이고, 그러니까 모두의 것이외다."

"내 말은, 이 숲이 공유지가 아니라 포틀랜드 공작님 소유라는 거요."

"아, 그렇군요! 공작님께 내가 경의를 표한다고 전해주시오. 하지만 자연은 공작님이고 나고 알지 못하고, 그 보물 창고에는 맨 처음 온 자가 먼저 받는다는 규칙 하나가 있소. 공작님께 전하시오, 도토리를 갖고자 한다면 서두르시라고."

이야기 말미에서 스펜스는 이렇게 덧붙였어요. 도토리를 딸 권리조차 없는 나라를 지키도록 강요한다면, 총을 내던지고 이렇게 말하겠다고요. "땅을 자기 것이라 여기는 포틀랜드 공작님이 그 땅을 위해 싸우게 해주시오."

저명한 저술가 토머스 페인Thomas Paine 역시 《이성의 세기Age of Reason》와 《인간의 권리Rights of Man》에서 그 문제를 마찬가지로 다뤘습니다. 그의 해결책의 특징은 토지를 공동의 자산으로 인정하는 것이죠. 그는 토지의 사적 소유권을 폐지하자고 제안했어요. 토지 소유권이 유산으로 상속되지 않게 하고 사적 소유였던 토지가 그 소유자의 사망과 더불어 공유 자산이 되게 하자는 것이죠.

토머스 페인 이후, 우리 시대에 들어서 패트릭 에드워드 도브Patrick Edward Dove가 이런 주제에 대해 생각하는 글을 썼어요. 도브의 이론에 따르면, 토지의 가치는 두 가지 원천, 즉 토지 자체의 특성과 토지에 투입된 노동에서 발생합니다. 토지에 투입된 노동에서 비롯한 토지의 가치는 개인의 자산이 될 수 있으며, 토지 자체의 특성에서 비롯한 토지의 가치는 전 인민의 자산입니다. 따라서 토지는 결코 개인이 소유할 수 없고, 전 인민의 공동 소유가 되어야 한다는 것이지요.[17]

노동자들에게 토지를 반환하자는 일본의 사회단체 '토지회복협회The Land reclaiming Society'의 기획 또한 그러합니다. 이 기획의 핵심은 이렇습니다. 토지에 대한 일정한 조세를 완납할 경우 누구나 자기 몫의 토지를 소유할 권리를 갖게 되고, 각자의 몫보다 더 큰 잉여의 땅을 소유한 자에게 자기 몫의 땅을 양보해줄 것을 요구할 수 있지요(이 기획은 부록으로 첨

---

17 (원주) 이러한 정보는 동시대 영국의 작가 모리슨 데이비슨의 훌륭한 저서 《핸리 조지의 선구자들Precursors of Henry George》에서 얻었다.

부했습니다). 내가 보기에, 아주 공정하며 적용 가능한 최고의 것은 '토지단일세'라 불리는 헨리 조지의 기획입니다.

XIV

개인적으로 헨리 조지의 기획이 가장 공정하고 유익하며, 내가 아는 모든 기획 중에서 가장 적용이 용이한 것이라 생각합니다. 이러한 기획은 다음과 같이 작은 규모로 상상해 볼 수 있습니다. 가령, 어떤 지역에 모든 땅이 두 사람의 지주에게 속해 있다고 칩시다. 한 사람은 아주 부유하며 외지에 살고, 또 다른 부유하지 않은 사람은 그곳에서 농사일을 하며 삽니다. 그리고 약간의 땅뙈기를 가진 100명의 농민이 있어요. 거기다 이 지역에는 땅을 갖고 있지 않은 수공업자와 장사치, 관리들 수십 명이 제 역할을 하며 자기 거처에서 생활합니다. 그 지역 주민들이 모든 땅은 공동의 자산이라는 신념에 도달하여 그러한 신념에 맞게 토지를 관리하기로 결정했다고 가정해봅시다.

어떻게 행동해야 할까요?

땅을 소유한 사람에게서 땅을 몰수해서 각자 마음에 드는 땅을 이용할 수 있게 하는 것은 불가능해요. 일부 사람이 동일한 땅을 갖고자 함으로써 끝없는 다툼이 있을 수 있기 때문이지요. 모두가 하나의 협동조합을 꾸려서 다 함께 땅을 일구고 풀을 베고 수확한 다음 나눠 갖는 일은 수월치가 않아요. 누군가에게는 쟁기와 말, 달구지가 있지만, 다른 누군가에게는 그런 것이 없을 수 있어요. 게다가 일부의 주민들은 땅을 일굴 줄 모르거나 일굴 능력이 없을 수 있기 때문입니다. 모든 땅을 질적으로 동일한 구역으로 나눠서 머릿수에 맞게 분배하기는 매우 어려워요. 이를 위해 모든 땅을 서로 질이 다른 작은 구역으로 나눠서 각자에게 상, 중, 하, 그리고 경작지, 초지, 삼림지로 골고루 분여지가 돌아가도록 하는 것이죠. 그러려면 지나치게 많은 자잘한 구역들이 생기겠지요.

게다가 그러한 분배는 위험한 면이 있어요. 경작을 원치 않는 사람들이나 심각한 빈곤을 겪는 사람들이 돈을 받고 자기 땅을 부자들에게 넘김으로써 다시금 대규모 토지 소유자들이 생겨날 수 있기 때문이지요. 그러므로 지역민들은, 땅은 소유한 사람들에게 그대로 남겨두고 평가된 토지 가치(토지에 투입된 노동력이 아니라, 토지 자체의 품질과 위치)에 따라서 토지 소유자가 얻는 수익에 해당하는 돈을 공동 금고에 지불하도록 의무화하고, 그 돈을 서로 평등하게 나누기로 결정합니다. 하지만 모든 토지 소유자들로부터 돈을 모아서 주민 모두에게 균등하게 돈을 분배하기란 쉽지가 않지요. 거기다 학교, 교회, 소방 장치, 목동, 도로 수리 같은 공동의 수요에 필요한 돈은 주민들 모두가 지불합니다. 그래도 공공의 필요에 쓸 돈은 항상 부족해요. 그러면 지역민들은 토지 수익에 대한 돈을 거둬서 모두에게 분배하고 그 일부를 다시 세금으로 거두는 대신, 땅에서 발생하는 모든 수익을 거둬들여 공동의 필요에 사용하기로 합니다. 그런 식으로 해서 지역민들은 지주에게 소유하고 있는 토지에 대한 지불금을 요구하고, 작은 땅뙈기를 소유한 농민들에게도 지불금을 요구하지요. 아무 땅도 소유하지 않은 수십 명의 사람들은 아무런 지불도 요구받지 않고, 땅에서 나온 수익으로 지어진 모든 것을 자유롭게 사용합니다.

그러한 제도는 농촌에 살지 않고 자기 땅에서 생산하는 게 거의 없는 지주 중 한 사람이 토지세 아래에서 자기 땅을 계속 보유하는 것은 손해라고 간주하여 그 땅을 포기하는 상황을 만듭니다. 또 다른 지주는 선량한 땅주인으로서 일부의 땅은 포기하고, 자신이 사용하는 토지에 대해 요구받는 세금보다 더 많이 생산할 수 있는 일부만을 보유합니다.

작은 땅뙈기를 소유한 농부들, 일꾼은 많아도 땅이 충분치 않은 농민들 가운데 일부는 땅에서 일해서 생계를 유지하려는 땅 없는 사람들이 그러듯이 지주들이 내버린 땅을 차지합니다. 이렇게 해결되면 이 지역민 모두에게는 땅을 일구어 생계를 유지할 기회가 생기고, 모든 토지는 농사 짓기를 좋아하고 땅에서 많은 것을 생산할 줄 아는 사람들의 수중으로 넘어가거나 그들 수중에 남겠지요. 지역민들의 공공시설은 개선됩니다. 그 이유는 공동의 수요에 쓸 돈이 이전보다 많이 들어오기 때문이지요. 핵심은 토지 소유의 이러한 이전이 모두 아무런 논쟁이나 다툼, 혼란, 폭력 없이 실현되고, 땅에서 알차게 일할 줄 모르는 사람들은 자발적으로 토지를 포기하게 된다는 것이죠.

이러한 헨리 조지의 기획은 개별 국가나 인류 전체에 적용될 수 있어요. 공정하고 이용후생적인 기획입니다. 핵심은 이 기획은 어떤 토지 소유 질서를 갖고 있는 어떤 사회에서라도 적용이 용이하다는 겁니다.

그런 까닭에 나는 개인적으로 이 기획이 기존의 온갖 기획들 가운데 가장 훌륭하다고 생각합니다. 하지만 이는 나의 개인적인 의견이며, 잘못된 것일 수도 있겠지요. 노동자 여러분, 여러분이 토지 문제를 처리할 시대가 오면, 직접 이러저러한 기획 모두에 대해 논의하여 가장 훌륭하다고 생각되는 기획을 선택하거나, 아니면 직접 더 공정하고 적용이 간단한 기획을 고안해보십시오. 노동자 여러분이 한편으로는 토지 소유제의 불공정함을 낱낱이 깨닫고, 다른 한편으로 올바른 토지 분배의 어려움과 복잡함을 모두 파악함으로써 토지를 둘러싼 개인과 사회의 투쟁과 새로운 제도 아래에서의 토지 압류의 결과로 여러분의 처지를 지금보다 더 악화시킬 수 있는 신중치 못한 토지 처분의 오류에 빠지지 않게 하고자 위와 같은 기획들을 자세하게 살펴보았습니다.

XV

내가 전하고자 했던 말의 요체를 간단히 반복합니다. 그 조언의 핵심은 이렇습니다. 첫째, 노동자 여러분은 필요한 게 무엇인지를 분명히 파악하고 여러분에게 전혀 필요치 않은 것을 얻으려 애쓰지 마십시오. 여러분에게 필요한 것은 단 한 가지, 먹고살아갈 기반이 되는 **자유로운 토지**입니다.

둘째, 여러분에게 필요한 토지를 어떤 방법으로 획득할 수 있는지를 분명히 알아야 합니다. 폭동—거기에 말려들지 않도록 신의 가호가 있기를—이나 시위, 파업, 사회주의자들을 의회로 보내는 방법으로는 토지를 획득할 수 없습니다. 여러분 스스로가 잘못된 것이라 여기는 일에 가담하지 않는 방법밖에 없습니다. 다시 말해, 군대가 자행하는 폭력에 동원되거나, 지주네 땅에서의 노동이나 소작을 부쳐서 토지 소유라는 무법 행위에 가세하지 말아야 하겠지요.

셋째, 토지가 자유롭게 되면 그 토지를 어떻게 처리할 것인지 미리 생각해 두십시오.

올바르게 숙고해야 합니다. 지주에게서 넘어온 토지가 여러분의 소유가 된다고 생각해서는 안 됩니다. 땅이 올바르고 무탈하게 분배되어 모두가 사용하게 하려면, 누구에게도 단 한 평의 땅의 소유권을 인정해서는 안 됩니다. 태양의 온기나 공기가 그렇듯이 토지를 모두의 공동 자산으로 인정할 때만 여러분은 토지를 모두가 속상하지 않고 공정하게 분배할 수 있겠지요. 기존의 기획이나 여러분이 힘 합쳐 구성하거나 선택한 새로운 기획에 따라서 말이지요.

넷째, 가장 중요한 것입니다. 여러분이 필요로 하는 모든 것을 성취하기 위해서는, 폭동이나 혁명 또는 사회주의 활동을 통한 지배계급과의 투쟁이 아니라 자신을 위해 더 나은 삶을 사는 데 온 힘을 쏟으십시오.

사람들이 나쁜 상태가 되는 것은 스스로가 그릇되게 살기 때문입니다. 사람들의 곤경의 원인이 자기 자신이 아니라 외적인 조건에 있다고 생각하는 것보다 해로운 것은 없습니다. 한 인간이나 사회가 스스로 체험하는 악이 외부 조건 때문에 생기는 것으로 상상한다고 칩시다. 그러면 그들이 그 외부 조건을 변화시키는 데 관심과 에너지를 쏟음으로써 악은 더욱 커지기만 할 겁니다. 인간 또는 사회가 진정으로 스스로에게 관심을 가져야 하고, 자기 자신 그리고 자기 삶 속에서 자신을 괴롭히는 악의 원인을 찾는 노력을 기울여야 합니다. 그러면 그 원인은 즉시 발견되어 저절로 소멸하겠지요.

하느님의 나라와 그 진실을 구하라. 그리하면 나머지 모든 것을 너희에게 더하시리라.[마태복음, 6:33] 인간 삶의 근본 법칙입니다. 하느님의 뜻에 반하는 어리석은 삶을 산다면, 제아무리 노력해도 여러분이 찾는 유복함에 이를 수 없습니다. 하느님의 뜻에 따라 도덕적으로 좋은 삶을 잘 살아보세요. 그러면 유복함을 얻기 위해 별다른 노력을 기울이지 않아도 그것은 자연스레 실현되겠지요. 여러분이 한 번도 생각조차 못한 방식으로 말이죠.

우리가 원하는 것이 있는 곳의 문을 밀고 들어가는 것은 당연하고 간단해 보입니다. 게다가 뒤에서 한 무리의 사람들이 우리를 몰아붙여 문 쪽으로 밀어댄다면 더욱 그렇지요. 한편, 우리가 행복이라고 생각하는 게 그 안에 들어 있는 문은 더 완강하게 밀수록, 그 문을 통과할 희망은 더욱 줄어듭니다. 그 문은 오직 **자기 쪽으로** 당겨서 열게 되어 있으니까요.

그렇기에 진정한 행복을 얻기 위해서는 외적인 조건의 변화가 아니라 오직 자신을 변화시키는 데 관심을 둬야 합니다. 나쁜 일을 저질렀다면 그 일을 중단해야 하고, 좋은 일을 하지 않았다면 그 일을 시작하는 것입니다. 사람을 진정한 행복으로 이끄는 모든 문은 항상 **자기 쪽으로** 열립니다.

노동인민이 정부와 부자들에 의해 노예화되었다고들 말하곤 합니다. 그런데 정부와 부자계급에 속한 사람들은 과연 누구입니까? 한 사람이 수십, 수백의 노동인민을 무찌를 수 있는 보가트리[고대 러시아 전설 속 일당백의 장수]라도 됩니까? 아니면 그들이 다수이고 노동인민은 아주 소수입니까? 그도 아니면 통치자와 부자들만 요구되는 일을 다 하고 사람들이 사는 데 필요한 수단을 생산할 능력을 지녔습니까? 이도 저도 아닙니다. 이들은 보가트리가 아닌 나른하고 무력한 자들이며, 이들은 그 수가 많지 않을 뿐만 아니라 노동자들보다 수백 배나 적습니다. 사람들이 사는 데 필요한 모든 것은 이들이 아니라 노동자들에 의해 생산되고, 그들은 아무것도 할 줄 모르고 하려고도 하지 않으며 그저 노동자들이 만든 것을 먹어 치울 뿐입니다. 그런데도 어째서 아무 일도 할 줄 모르고 하려고도 하지 않는 저 허약하고 나태한 소수의 무리가 수백만의 노동자들을 지배하는 것일까요?

그 대답은 한 가지, 그것은 노동자들이 그 억압자들이 따르는 규칙과 법칙에 의거하여 자신의 삶을 꾸리기 때문입니다. 노동자들은 일하지 않는 통치자들과 부자들이 하는 것처럼 가난하고 힘없는 자들의 노동을 이용하지 못합니다. 노동자들이 그것을 나쁘다고 생각하기 때문이 아닙니다. 누구보다 더 영악하고 교활한 통치자와 부자들이 해내듯이 할 수 있는 힘도 능력도 없기 때문이지요. 통치자와 부자들이 노동자들 위에 군림하는 이유는 노동자들이 그들과 같은 방식으로 자기 형제들 위에 군림하고자 하기 때문입니다.

그런 이유 즉 삶에 대한 동일한 이해 때문에 노동자들은 억압자들에게 실질적인 반란을 일으킬 수가 없는 것이지요. 노동자가 통치자와 부자들로부터 당하는 억압이 아무리 힘들어도, 그 자신이 소규모 형태로 자기 형제들을 똑같이 대했거나 어쩌면 그렇게 대하고 있다는 걸 속으로는 알고 있어요. 노동자들이 서로를 노예화시키려는 욕망으로 스스로를 옭아매어 왔던 까닭에 이미 힘과 권력을 쥔 교활한 자들이 그들을 손쉽게 노예화하는 것이죠.

만약에 노동하는 사람들이 통치자와 부자들처럼 어떻게 하면 이웃의 빈곤을 이용하여 오직 자신의 부를 축적할지를 고심하는 압제자들과 같은 방식이 아니라, 서로를 기억하고 도우며 형제애로 살았다면 아무도 그들을 노예화하지 못했을 테니까요. 그런 까닭에 노동자들을 옥죄는 통치자와 부자들의 억압에서 해방되기 위해 노동자들에게는 오직 하나의 수단이 있을 뿐입니다. 노동자들이 제 삶의 지침으로 삼아 온 토대를 거부하는 것, 즉 맘몬[재물의 신]을 섬기는 것을 멈추고 하느님을 섬기기 시작하는 것입니다.

인민을 위한다는 가짜 친구들이 여러분에게 말하곤 합니다. 여러분 자신, 적어도 여러분 중의 일부도 그런 말을 합니다. 지금의 체제를 모조리 변화시켜야 한다고 말입니다. 노동수단과 토지를 점유하고 지금의 정부를 전복시켜서 새로운 정부를 수립하는 것이지요. 여러분은 이를 믿고 이러한 목적 달성을 희망하고 이를 위해 노력합니다. 하지만 가령, 여러분들이 원하는 것을 성취한다고 해봅시다. 현 정부를 무너뜨리고 새로운 정부를 세우고, 공장들과 토지 모두를 몰수합니다. 여러분은 어째서 새 정부를 구성할 사람들이 지금의 정부와는 다른 새로운 원칙을 따르게 될 것이라고 생각하는 것일까요. 그들이 동일한 원칙에 의거한다면 지금과 똑같을 테고, 그들은 그 권력을 유지하고 강화하려 할 뿐만 아니라, 제 권력을 써서 자기 이익을 위해 해낼 수 있는 무엇이든 뽑아낼 것입니다. 어째서 여러분은 공장과 토지 관리를 담당할 사람들이 (모두가 온갖 시설들을 통제할 수는 없으니까요) 지금과 마찬가지의 견해를 가진 사람들임에도 제 몫을 과도하게 챙길 수단을 찾아내지 않으리라 생각하십니까. 몽매하고 순종적인 사람들에게 그저 필수품만 남겨둘 테지요.

그러면 이렇게 답할 수 있어요. "그런 일이 불가능하도록 갖춰져야 하겠지요." 이미 하느님 또는 자연에 의해 땅은 거기서 태어나서 사는 모두에게 속한 것으로 더할 나위 없이 잘 배치되어 있는데, 사람들이 꾀를 내서 이러한 신적인 질서를 무너뜨린 것입니다. 인간적인 체제를 왜곡시키는 방법은 수천 가지가 있을 수 있습니다. 오직 자신의 개인적인 부귀에 대한 관심으로만 살아가는 사람들에게는 말입니다. 그어떤 외적인 제도 변화도 사람들의 처지를 개선하지 못할 것이고 개선할 수도 없지요. 그런 까닭에 딴 사람들, 여러분의 억압자들을 단죄하지 말고 여러분 스스로를 돌아보시고 내적인 삶을 변화시키라는 것이 나의 가장 중요한 네 번째 조언입니다.

여러분에게서 빼앗아 폭력을 써서 지탱되는 것을 강제로 탈취하여 전유하는 게 적법하고 유용하다고 생각하실 건가요. 아니면 망상에 빠진 사람들의 학설을 따르며 계급투쟁에 참여하고 다른 사람이 마련한 노동수단을 전유하는 것이 합법적이고 유용하다고 생각하실 건가요. 병사로 복무하며 여러분의 형제에게 폭력을 쓰고 죽이라고 명령하는 상관에게 복종할 의무를 지녀야 한다고, 이런 일을 하지 말라고 하신 하느님의 뜻은 저버리고 그렇게 생각할 건가요. 아니면 무법적인 토지 소유제를 지주의 토지에서의 노동과 그 소작을 통해 지원하며 아무 나쁜 짓도 하지 않지만, 여러분의 처지는 점점 더 악화되어 영원히 노예 상태로 남게 되리라 생각하실 건가요.

하지만 깨닫게 될 테지요. 여러분의 진정한 행복을 위해서는 다른 사람이 나를 대하기를 바라는 대로 다른 사람을 대하라는 하느님의 율법대로 형제애의 삶을 살아야 한다는 것을 말입니다. 여러분이 이를 알게 된 만큼 깨달은 자로서 실행한다면, 여러분이 바라는 행복은 실현되고, 또 여러분은 노예 상태를 벗어나겠지요. "진리를 알지니 진리가 너희를 자유롭게 하리라."[요한복음 8:32]

야스나야 폴랴나, 1902년 9월

부록

I. 일본 사회단체의 기획[18]

토지를 노동자들에게 반환하자는 일본의 사회단체의 기획, 즉 '전 인류를 향한 토지의 자유 회복 호소'라는 이 단체의 입장문 내용은 다음과 같다.

"일하는 자는 부자가 되고 일하지 않는 자는 가난을 면치 못한다는 것이 자연법임을 우리는 알고 있다.

지금 우리의 사회구조는 이러하다. 가난한 사람들 대다수가 일을 많이 하지만 가난을 면치 못하고, 반면에 부자들은

---

18 부록에 실린 '일본 사회단체의 기획'과 '헨리 조지의 기획'은 톨스토이가 해당 내용을 읽고 축약하여 의역했다고 한다.

한가하고 사치스레 살면서도 자신의 부를 증가시킨다. 그이유는 중요하고 기본적인 정의의 법칙이 지켜지지 않기 때문이다. 그 법칙에 따르면 인간의 노동으로 생산된 물건은 그것을 생산한 사람들의 것이어야만 하고, 자연의 힘으로 생산된 것들, 우리가 살아가는 지구와 그 위와 그 속의 모든 것은 하나같이 모두의 것이어야 한다.

기본적인 정의의 법칙이 그러하다. 우리의 여러 사회에서 토지에 관한 법률들은 일부의 사람들에게 시간과 공간의 제약 없이 토지를 사용할 특권을 부여함으로써 다른 사람들에게서는 그 사용권을 앗아간다. 현재 일부의 사람들은 받지 말아야 할 것을 받고 있고, 어떤 사람들은 받아야 할 것을 받지 못하고 있다.

우리가 사회제도의 변화를 바라는 것은 부자계급의 재산을 빼앗기 위함이 아니다. 우리는 오직 창조주가 우리에게 주신 토지에 대한 자연권의 회복을 바랄 뿐이다. 우리는 사람들이 만들어낸 물건은 그것을 만든 사람들의 것이 되고, 자연력에 의해 생산된 것들은 동등하게 모든 사람들이 사용할 수 있게 되길 바랄 뿐이다.

우리의 제안서의 실제 적용 방식은 다음과 같다.

모든 유용한 토지는 그 가치가 정해지고, 토지에 대한 각자의 몫은 정부에 의해 인구 기준으로 정해진다. 토지가 없거나 정해진 자기 지분에 미치지 못하는 토지를 소유한 모든 사람은 법정 토지 가격을 지불하는 조건으로 초과 토지를 소유한 사람에게 자기 귀속 지분을 요구할 권리를 가져야 한다. 위에서 언급된 것 외의 다른 모든 경우, 사람들은 땅을 자유롭게 소유하고 서로 토지 소유권을 양도할 수 있다.

참조 1. 토지의 가치 평가는 토지의 수익성을 높이기 위해 소유자들이 들인 개인적 노력에 따른 가치가 자연 또는 사회적 조건에서 비롯한 토지 가치와는 분리하는 방식으로 이뤄져야 한다. 개인의 노력으로 생산된 것은 모두 그러한 노력을 들인 사람 개인의 소유가 되고, 자연 또는 사회적 힘으로 생산된 것은 공공의 자산이 되도록 구분이 이뤄져야 한다.

참조 2. 각자의 토지 지분의 크기는 두 가지 토지 이용 방법에 의해 규정되어야 한다. 주거 장소인가 또는 토지 수익을 얻기 위한 수단인가에 따른다. 주거 장소로서의 토지는 모든 성인들에게 동등한 구획으로 나눠져야 한다. 수익을 내기 위한 토지는 그 수익성의 정도에 따라 크고 작은 구획으로 나눠져야 한다.

이러한 계획이 실현된다면, 모든 사람들은 하나같이 지상에 굳건하게 서 있게 될 것이다. 모두가 주거지와 생계를 꾸리기 위한 토지를 소유하게 될 것이다. 이 과정에서 일자리를 찾는 사람, 토지를 빌리려는 임차인의 수는 줄어들고, 노동자와 임차인에 대한 수요는 증가하며, 노임은 상승하고 임차료는 낮아진다. 동시에 자본가와 토지 소유자들의 비합법적인 수익은 줄어든다. 왜냐하면 이전에는 자본가들의 노예가 될 수밖에 없다고 여겼던 사람들이 노동에 대한 완전

한 보상을 하는 자연스런 주인 즉 하느님의 권능 아래 자신
들이 있다고 느낄 것이기 때문이다.

우리는 이러한 체계가 정의에 부합하고 지금의 부당한 사
회제도에서 발생하는 모든 악을 바로잡을 것이라고 믿는다.

하지만 만약 누군가 정의에 더 잘 부합하고 실질적으로
악을 바로잡을 다른 체계를 제시한다면, 우리는 그 체계를
받아들이기를 망설이지 않을 것이다.

토지가 모든 사람의 것이라는 위대한 진리를 인정하는 모
든 이들이, 비록 서로의 체계가 일치하지 않더라도 토지에
대한 천부적이고 합법적인 권리 회복을 위해 힘을 합쳐 노
력하는 데 동참하기를 희망한다.

아직은 이런 기획을 제안하기에는 이르다고들 말한다. 오
히려 우리는 사람들의 토지에 대한 권리 회복이 이토록 지
체되었음을 애석해한다. 사람들이 공동생활을 시작한 이래
지금까지 5000년 동안 숱한 사람들이 자신의 권리를 알지
못한 채 세상을 절망과 비애의 장소로 여겨—토지에 대한
천부의 권리를 상실한 탓에—세상을 등졌기 때문이다.

그런 까닭에 간곡히 요청한다. 지금 세상을 지배하는 폭력
이 싫고 정의가 세상을 지배하기를 바란다면, 토지에 대한
천부의 권리 회복에 온 힘을 기울이시라. 지상의 노예제도
를 완전히 없애고 전 인류의 자유를 바란다면, 그러한 권리
회복에 온 힘을 기울이시라. 동물처럼 사는 사람들과 약자
를 억압하는 강자의 모습을 보고 싶지 않다면, 그러한 권리

회복에 온 힘을 기울이시라. 저 부당한 환경에서 평생을 고통 속에 살아가는 지상의 대대수 사람들에 공감한다면, 또 이러한 끔찍한 환경을 물려받는 불행한 아이들이 가엾다면, 이러한 권리 회복에 온 힘을 기울이시라.

우리는 이 지상이 모두를 위한 약속의 땅임을 믿는다. 그러므로 이러한 약속의 땅을 되찾을 때까지 우리는 '이집트의 노예 상태'에서 해방되지 못할 것이다. 실로 토지에 대한 천부권의 회복이 모든 인류의 최종적 해방이며, 따라서 우리는 이 제안의 실현이 쉽지 않다는 걸 알지만, 선량한 사람들이 모두 이러한 목표를 위해 단결한다면, 그것이 이뤄질 것임을 믿는다."

이것이 일본 사회단체의 기획이다.

II. 헨리 조지의 기획

또 다른 기획, 즉 헨리 조지의 기획을 살펴보자. 그는 자신의 글 〈단일세란 무엇이며, 어째서 우리는 단일세를 추구하는가?〉에서 이렇게 쓰고 있다.

"소유권은 인간 사회의 실정법이 아니라 자연법, 달리 말해 하느님의 율법에 근거한다. 그 권리는 명확하고 무조건적이며, 개인이든 국가든 이를 위반하는 행위는 '도둑질하지 말라'라는 계율을 위반하는 것이다. 낚시를 하고 사과나

무를 키우고 송아지를 돌보고 집이나 자동차를 만들고 옷을 꿰매고 그림을 그리는 사람은 자기 노동의 산물에 대한 독점적인 소유권, 즉 그것을 증여하거나 팔고 유산으로 물려줄 수 있는 권리를 획득한다. 하지만 누가 땅을 창조하기라도 했는가? 그 땅 또는 그 일부에 대해 예의 소유권을 내세워 그것을 증여하거나 팔거나 유산으로 물려주려고 말이다. 땅은 우리에 의해 창조된 것이 아니며, 교체되는 인간 세대의 일시적인 체류지일 뿐이고, 우리는 창조주의 동등한 허가를 받아 그 위에서 살아간다. 따라서 그 누구도 땅에 대한 아무런 배타적 소유권을 가질 수 없고, 땅에 대한 모든 사람의 권리는 평등하고 양도할 수 없는 것으로 인정되어야 한다. 이 소유권은 다른 모든 사람의 동등한 권리에 의해 제한되어야 하며, 따라서 소유주가 자신이 소유한 특정 부지를 사용함으로써 얻는 이익에 대한 일정한 대가를 공동체에 지불하는 것을 조건으로 해야 한다.

집이나 수확물, 금전, 가정용품, 자본 또는 부에 대해 세금을 부과할 때, 어떤 형태로든 사실상 사회 구성원들에게서 정당하게 그들의 재산으로 여겨지는 것을 앗아가는 것이다. 우리는 재산권을 침해하는(법의 이름으로 강도 짓을 저지르는) 셈이다. 그러나 우리가 토지 가치에 세금을 매길 때, 우리는 사회 구성원으로부터 그의 것이 아니라 사회에 속한 것을 거둬들이는 것이며, 다른 사회 구성원에게 해를 끼치지 않고는 어느 누구에게도 남겨둘 수 없는 것을 거둬들이는 것이다. 그러니까 노동이나 노동 생산물에 세금을 부과할 때, 우리는 정의의 법칙을 위반한다. 토지의 가치에 세금을 부과하지 않을 때 역시 우리는 이 법칙을 위반하는 것이다. 따라서 토지에 만들어진 다양한 종류의 개량과 건조물의 가치에 관계없이 징수되는, 토지 가치에 대한 세금을 제외하고는 모든 세금의 폐지를 제안한다.

우리가 제안하는 것은 부동산 세금이 아니다. 부동산이라고 하면 건물과 구조물까지 의미하기 때문이다. 그것은 또한 토지에 대한 세금이 아니다. 전반적으로 토지가 아니라 토지의 가치에 대해서만 세금을 부과하자는 제안이기 때문이다. 여기서 토지의 가치는 그 위에 세워진 건조물이나 거기에 행해진 각종 개량의 가치와 상관없이, 오직 자연적 조건 또는 사회적인 조건에만 의존한다.

이러한 토지단일세 신설의 결과는 다음과 같다.

1. 이렇게 세금을 매기면 우리는 현행 조세제도 아래에서 요구되는 일군의 징수원들과 여타의 공무원으로부터 벗어날 수 있다. 또한 다른 세금 부과 방식과 비교해 국민에게서 거둬들이는 것보다 훨씬 많은 세금이 국고에 전달될 것이다. 그럼으로써 정부를 간소화하고 정부의 비용을 절감하는 동시에 정직한 정부를 만드는 데에도 기여한다. 토지단일세를 통해 우리를 운명적으로 속임수, 위증, 위조, 뇌물 수수로 몰아넣는 여러 세금들에서 벗어날 수 있다. 모든 토지는 겉으로 드러나 있어 숨길 수가 없다. 그 가치는 다른 어떤 것

의 가치보다 손쉽게 결정되며, 따라서 우리가 제안하는 세금은 최소한의 비용으로 공중도덕에 끼칠 해를 최소화하면서 거둘 수 있다.

2. 이러한 세금 부과는 부의 생산성을 현저히 향상시킬 것이다. 가)현행 조세제도가 근검과 절약에 미치는 부담스런 작용을 제거하기 때문이다. 나)토지를 사용하고자 하는 사람들의 토지 접근을 더 손쉽게 할 것이다. 토지를 직접 사용하지 않고 미래의 가치 상승만을 기대하는 소유주가 값비싼 토지를 보유하는 것을 더 어렵게 만들기 때문이다. 다)한편으로 노동의 산물에 대한 과세와 다른 한편으로 토지 가치에 대한 불충분한 과세는 부의 불공정한 분배로 이어져 부가 막대한 재산의 형태로 소수의 개인에게 집중되고 대중은 더욱더 빈곤해진다. 이런 식의 부의 불공정한 분배는, 한편으로는 지나치게 부유해서 한가하고 낭비가 심한 계층을 만들고, 다른 한편으로는 지나치게 가난하여 한가하고 낭비하는 계층을 형성시켜 생산성을 엄청나게 감소시킨다. 라)부의 불공정한 분배는, 한편으로는 어마어마한 백만장자를 또 한편으론 떠돌아다니는 거지들을 만들어내 도둑, 도박꾼 등의 온갖 사회적 기생충들을 양산하고, 사회가 자체 보호를 위해 경비원, 경찰, 법원, 감옥과 같은 여러 수단에 막대한 비용과 에너지를 쏟아붓게 만든다.

이것이 바로 우리가 토지단일세의 신설을 [현 상황을 타개할] 구제책으로 여기는 이유다. 우리는 토지단일세 신설이 인간 본성을 바꿀 것이라고 생각하지는 않는다. 그것은 인간의 영역이 아니다. 하지만 토지단일세 신설이 인간 본성이 지금처럼 최악으로 치닫는 대신에 최상의 방향으로 발전할 수 있는 조건을 창조할 것이다. 또한 지금의 우리로서는 상상도 할 수 없을 정도로 부의 생산에서의 엄청난 증가가 가능해질 것이다. 분배의 정의가 보장될 것이다. 그것은 부당한 빈곤을 완전히 사라지게 만들 것이고, 이익만을 추구하는 타락한 현상을 없앨 것이다. 이를 통해 사람들이 최소한 자기가 원하는 만큼은 정직하고 진실하고 사려 깊고 고귀해질 기회를 찾을 수 있을 것이다. 그것은 예수께서 제자들에게 구하여 얻으라고 말씀하신 진실과 정의의 나라, 즉 풍요와 평화, 행복의 나라의 도래를 준비하게 할 것이다."

헨리 조지의 기획에 대한 더 자세한 내용은《진보와 빈곤》《사회적 과제》등의 저서를 참조하라.

정치인들에게

세상이 언젠가 저지른 가장 치명적인 실수는 정치학과 윤리
학의 분리였다.

셸리

노동하는 인민을 향한 호소문에서 나는 노동자들이 현재
의 억압에서 벗어나기 위해서는 더 이상 지금처럼 사사로운
이익을 위해 이웃들과 싸우며 살지 말아야 하고, 복음서의
원칙대로—다른 사람이 너희를 대하기를 바라는 대로 너희
도 다른 사람을 대하라—살아야 한다는 생각을 전했습니다.

내가 제안한 방법은 예상대로 정반대 경향의 사람들로부
터 동일한 판단, 아니 비난을 샀습니다.

"그건 유토피아고, 비현실적이오. 억압과 폭력으로 고통받

는 사람들의 해방을 위해 그들 모두가 덕을 쌓게 되기를 기다리는 것은 기존의 악을 인정하며 스스로를 무위에 빠트리는 것이죠."

나는 어째서 그 생각이 보기와는 달리 비현실적이지 않고 사회구조의 개선을 위해 학자들이 제안하는 온갖 수단들보다 주목받을 가치가 있는지에 대해 몇 마디 하고자 합니다. 그리고 그저 말만이 아니라 행동으로 진심을 다해 이웃을 섬기고자 하는 사람들에게 말씀드리고자 합니다.

I

사람들의 활동을 이끄는 사회생활의 이상들이 변화하고, 그러한 이상의 변화와 더불어 사람들의 생활양식 역시 변화합니다. 사회생활의 이상이 완전한 동물적 자유였던 때가 있었지요. 그 시기에는 힘닿는 대로 어떤 이들이 말 그대로 그리고 비유적 의미에서 다른 이들을 집어삼켰어요. 그러다가 하나의 위세가 사회적 이상인 시대가 되자 사람들은 지배자들을 신격화하여 기꺼이 그리고 열광적으로 그들에게 복종했어요. 그게 이집트와 로마입니다. "죽음을 맞이하는 자들이 당신께 경의를 표합니다*Morituri te salutant.*"[19] 그 후

---

19 고대 로마에서 검투사 대표가 아레나에 들어가기 전 황제를 향해 외치는 인

사람들이 사회 질서의 이상을 다르게 인식하는 시대가 왔어요. 권력은 그 자체를 위한 것이 아니라 사회의 질서 유지를 위한 것으로 인정되었지요. 이러한 이상을 실현하려는 시도가 한때는 전 세계적인 군주제였고, 그다음은 여러 국가들을 통합하여 그 국가들을 이끄는 보편교회였으며, 그 뒤 대의제의 이상이 등장했고 그 뒤에는 보통선거권이 있거나 없는 공화국의 이상이 등장했어요. 지금은 모든 노동수단이 더 이상 사적 소유가 아니라 전 인민의 자산이 되는 경제체제를 통해서 이러한 이상이 실현될 수 있다고 여깁니다.

이상들은 서로 달라도 그 이상을 구현하기 위해서는 언제나 권력, 다시 말해 사람들에게 정해진 법률을 지키게 만드는 강제력이 전제됩니다. 지금 역시 마찬가지입니다.

모두를 위한 최상의 행복 실현은, 일부 사람들(중국식 가르침에 따르면 덕이 높은 사람들, 유럽식 가르침에 따르면 기름 부음을 받거나 선출된 사람들)이 권력을 얻어서 노동과 자유 그리고 생명에 대한 상호 간의 침해로부터 시민의 안전을 가능한 한 최대로 보장하는 질서를 수립하고 유지해 나감으로써 달성된다고 전제됩니다. 국가 제도를 인간 생활의 필수조건으로 인식하는 사람들뿐만 아니라, 현존 국가 제도를 변화시켜야 한다고 생각하는 혁명가와 사회주의자들조차도 여전히 권력, 즉 정해진 법률을 다른 사람들에게 이행하게

사말이었다고 전해진다.

강제할 어떤 사람들의 권리와 기회를 사회적 안녕의 필수조건으로 인정합니다.

예로부터 지금까지 그렇게 이어져 오고 있어요. 특정한 질서에 강제로 편입된 사람들이 항상 그 질서를 최선이라고 생각한 것은 아니었죠. 그런 까닭에 그들은 종종 지배자들에 반란을 일으켜 전복시키고, 이전의 자리에 새로운 질서를 세우곤 했어요. 새로운 질서가 사람들의 복리를 더 크게 보장한다는 것이었지요. 하지만 권력을 쥐는 사람들은 언제나 권력 장악으로 인해 타락했고, 공익보다는 사익을 위해 권력을 행사하곤 했어요. 이렇듯 새로운 권력은 항상 이전 권력과 마찬가지였고 더 불공정한 경우도 잦았어요.

기존 권력에 맞서서 반란을 일으킨 자들이 그 권력을 타도했을 때 그랬지요. 기존 권력 진영이 승리를 했을 때면, 승리한 권력은 자기 보호를 위해 언제나 방어 수단을 강화하고 자국 내 시민의 자유를 더욱더 억압했어요.

고대에도 근대에도 언제나 그랬습니다. 우리 유럽에서도 19세기 내내 그러했다는 것이 특히 교훈적입니다. 19세기 전반기의 여러 혁명은 대부분 성공적이었어요. 낡은 권력을 대체한 새로운 권력, 즉 나폴레옹 1세와 샤를 10세, 나폴레옹 3세는 시민의 자유를 확장시키지 않았어요. 19세기 후반기, 1848년 이후 온갖 혁명의 시도들은 정부에 의해 진압당했지요. 하지만 이전의 혁명과 새로운 혁명의 시도로 인해 여러 정부는 더욱더 자기 방어에 힘쓰며 지난 세기의 기술적 발명―자연과 타인에 대한 유사 이래 존재한 적 없는 권능을 부여한 것―덕분에 권력을 강화했고, 19세기 말경에는 권력과 인민의 투쟁이 불가능할 정도에 이르게 되었어요. 정부는 국민에게서 거둔 거대한 부, 능숙하게 징집되어 규율이 잡힌 군대뿐만 아니라, 언론 장악과 종교적 방향 설정, 주로는 훈육과 같이 대중에게 영향을 미치는 정신적인 모든 수단들을 손아귀에 넣었지요. 이러한 수단들은 1848년 이래로 유럽에서 단 한 차례의 혁명 시도도 성공적이지 못했을 만큼 잘 조직되고 강력해졌어요.

II

이는 완전히 새로운 우리 시대 특유의 현상입니다. 네로 황제, 칭기즈칸, 카롤루스 대제가 아무리 강력했어도 영토 변방에서 일어나는 봉기를 진압할 수는 없었고, 더욱이 신민의 교육과 훈육 및 종교적 방향 같은 정신적 활동을 지도할 수가 없었지요. 하지만 지금은 이를 위한 모든 수단이 정부의 수중에 들어 있어요.

율석이 깔린 길을 대체하여 혁명 시기 파리에 바리케이드를 칠 수 없게 만든 쇄석포도는 하나가 아니었지요. 그러한 쇄석포도가 19세기 후반 내내 국가행정의 모든 분야에서 출현했습니다. 비밀경찰, 스파이 활동, 언론 매수, 철도, 전신,

전화, 사진, 감옥, 요새, 막대한 부, 젊은 세대의 훈육 등과 중요하게는 군대가 정부의 수중에 들어 있지요.

그리고 모든 것이 조직되어 있어서 아주 무능하고 어리석은 통치자들조차 거의 반사적으로 자기 보존의 감각으로 반란 준비조차 허용치 않을 것이며, 시대에 뒤처진 혁명가들이 어쩌다 벌이는 별 볼 일 없는 반란들은—이러한 시도들은 정부 권력을 강화해줄 뿐이지만—별다른 노력 없이도 진압하고 말 테지요.

이제 정부를 극복하는 유일한 수단은 인민으로 구성된 군대가 정부의 불공정성과 잔혹성, 해악을 깨닫고서 정부를 뒷받침하는 일을 중단하는 것입니다. 하지만 이와 관련해 정부는 그 주요한 힘의 원천이 군대임을 깨닫고 민간에서의 그 어떤 선전 활동도 정부의 수중에서 군대를 빼낼 수 없도록 충원하고 기강을 세워왔지요. 군대에 소속되어 규율이라 불리는 최면을 거는 기계적 훈련을 받았다면, 그 누구라도 어떤 정치적 신념을 지녔든 부대 내에 있는 한 명령에 복종하지 않을 수 없어요. 눈으로 향하는 일격에 눈을 깜박거리지 않을 수 없는 것처럼 말이지요. 스무 살이 되면 청년들은 군대에 징집되어 거짓된 교회 정신이나 물질적이고 애국적인 정신으로 훈육됩니다. 그들은 아이들이 학교에 보내질 때 이에 따르지 않을 수 없는 것처럼 군 복무를 거부할 수가 없지요. 군대에 입대한 후, 저 젊은이들은 어떤 신념을 지녔든지 수 세기 동안 교묘하게 조성된 규율로 인해 필경은 1년

만에 권력의 순종적인 도구로 변모하고 말지요. 군 복무를 거부하는 드문 경우가 만에 하나로 있기는 합니다. 이런 일을 하는 사람들은 이른바 분리파 교도뿐입니다. 정부의 공인을 받지 않는 종교적인 신념에 따라 행동하는 이들이지요. 그러므로 우리 시대의 유럽에서 정부가 권력을 붙잡아 두려고만 한다면(정부로서는 권력의 제거가 통치자들의 파멸을 부르기 때문에 권력을 붙들어 두려고 할 수밖에 없어요), 그 어떤 심각한 반란도 조직될 수가 없습니다. 유사한 그 무언가가 조직된다고 해도, 그것은 진압되고 말 테고, 수많은 경솔한 사람들의 파멸과 정부의 권력 강화말고는 그 어떤 결과도 없을 테지요. 이를 모를 수도 있는 사람들이 혁명가와 사회주의자인데, 이들은 케케묵은 전승에 이끌려 투쟁에 골몰하고 몇몇에게는 그것이 직업이 되기도 했지요. 하지만 역사적 사건을 자유롭게 바라보는 이들이라면 모두가 저 사실을 알 수밖에 없겠지요.

이는 완전히 새로운 현상이므로, 기존 체제를 변화시키고자 하는 사람들의 활동은 유럽의 현존 권력의 새로운 상황에 부응해야 합니다.

III

권력과 인민 사이의 수 세기 동안 진행된 투쟁은 하나의 권력이 다른 권력으로, 이어서 세 번째 권력 등으로 교체되는 방식으로 이어졌습니다. 19세기 중반부터 우리 유럽 세계의 기존 정부 권력은 우리 시대의 기술적 발전에 힘입어 자기 방어막을 쳤고 그리하여 무력으로는 권력과의 투쟁이 불가능해졌지요. 그리고 힘이 더 커져감에 따라 권력은 점점 더 그 취약성을 드러내곤 했어요. **선의의 권력과 모든 권력의 본질인 폭력이라는 개념 속에 들어 있는 내적 모순이 점점 더 분명해져온 것이지요.** 또한 선의의 권력이 되기 위해서는 최고로 나은 사람들의 손에 있어야 마땅한 권력이 최악의 사람의 수중에 들어 있었지요. 더욱이 최고로 훌륭한 사람들은 이웃에 대한 폭력의 사용을 본질로 하는 권력의 속성상 권력을 바랄 수 없었고, 이에 따라 그들은 결코 권력을 획득하지도 견제하지도 못했습니다.

이러한 모순은 너무 명확해서 다들 그것을 알고 있어야 할 것처럼 보입니다. 그런데도 권력의 엄숙한 분위기, 권력이 조성하는 공포, 대대로 전해지는 이야기의 타성이 워낙에 강력한 탓에 사람들은 그 망상을 깨닫기까지 수 세기 수천 년이 걸렸지요. 최근 들어서야 사람들은 깨닫기 시작했어요. 권력이 스스로를 치장해 보이는 엄숙함에도 불구하고, 그 본질은 재산과 자유, 생명의 상실로 사람들을 위협하고 그러한 위협을 실행하는 데 있다는 것을 말입니다. 따라서 왕이나 황제, 장관, 판사 등과 같이 자신의 유리한 지위를 고수하려는 욕망말고는 다른 어떤 동기 없이 그러한 일에 일생을 바치는 사람들은 최고로 훌륭한 자들일 수 없을뿐더러 최악인 경우이지요. 그런 까닭에 그들은 갖고 있는 권력으로 사람들의 복지에 기여할 수 없고, 오히려 인류의 사회적 재난의 주요 원인의 하나가 되어왔어요. 그렇기에 이전에는 사람들 사이에 환호와 충심을 불러일으켰던 권력이 지금은 일부의 더 많아진 훌륭한 사람들 사이에서 무관심, 더 나아가 종종 경멸과 증오까지 불러일으켜요. 이러한 개화된 사람들은 권력이 스스로를 감싸 보여주는 엄숙한 분위기는 사형집행인이 입는 붉은 루바시카와 면벨벳 바지와 다름없다는 것을 지금은 잘 파악하고 있지요. 이는 그가 가장 부도덕하고 역겨운 일, 다시 말해 사람들을 처형하는 일을 떠맡기 때문에 다른 수감자들과 구별시키고자 한 것이죠.

민간에 널리 퍼지고 있는 이와 같은 권력에 대한 태도를 의식하며 우리 시대의 권력은 더 이상 기름 부음, 인민 또는 신성한 사람들의 선출 같은 정신적인 원칙에 의거하지 않고, 그저 폭력에만 집착하고 있어요. 폭력 하나에 매달리다 보면 결과적으로 권력은 점점 더 인민의 신뢰를 잃어가요. 신뢰를 상실함으로써 권력은 인민의 삶의 온갖 발현 양상을 더욱더 장악하려 들 수밖에 없고 그러한 장악의 결과 더 큰 불만을 부르지요.

IV

권력은 무소불위의 존재가 되어 기름 부음, 선거, 대의제 같은 정신적이고 이성적인 기초가 아니라 완력 하나로 유지되고 있습니다. 더불어 인민은 더 이상 권력을 믿거나 존경하지 않으며 그저 복종할 뿐이지요. 달리 방법이 없기 때문입니다.

19세기 중엽 이후, 그러니까 권력이 무소불위의 존재가 되어 민간에서 그 정당성과 위신을 상실한 시기부터 사람들 사이에는 자유에 대한 가르침이 나타나기 시작하지요. 자유란 폭력을 지지하는 사람들이 설파하듯, 처벌에 대한 두려움에 휩싸여 다른 사람의 명령을 수행할 의무를 갖는 것이 자유롭다는 식의 환상적인 것이 아니라, 각자 자신의 판단대로 살고 행동하는 게 하나의 참된 것이라는 가르침이지요. 이에 따르면, 조세를 지불하거나 지불하지 않을 수 있고, 군대에 가거나 가지 않을 수 있고, 이웃의 민족과 친교를 맺거나 적대시할 수 있기도 합니다. 그러한 참된 자유는 누군가가 또 다른 누군가에 대한 권력을 갖는 것과 공존할 수 없는 것이기도 하지요.

이러한 가르침에 따르면, 권력은 이전에 생각했듯이 어떤 신성하고 위용 있는 것이 아니며 사회생활의 필수조건 역시 아니고, 누군가에 대한 다른 누군가의 거친 폭력의 결과일 뿐입니다. 권력이 루이 16세 또는 공안위원회

[프랑스, 1793~1795], 총재정부[1795~1799] 또는 통령정부
[1799~1804], 나폴레옹 또는 루이 18세, 술탄, 대통령, 명과
청의 황제 또는 수상의 수중에 있는지는 상관이 없어요. 누
군가가 누군가에게 부리는 권력이 있는 곳 어디에든 자유는
없을 것이고, 누군가가 다른 누군가를 억압하는 일만 있을
테지요. 이런 이유로 권력은 소멸되어야만 합니다.

하지만 권력을 어떻게 없앨 수 있을까요? 가령 권력을 없
앤다면, 어떻게 사회를 조직해야 권력이 없어도 사람들이
서로에게 거친 폭력을 저지르는 야만적인 상태로 돌아가지
않게 할 수 있을까요?

저 가르침의 전파자들인 아나키스트들은 첫 번째 질문에
대해서 하나같이 일치하여 이렇게 대답합니다. 권력의 실질
적인 제거는 완력이 아니라 권력의 무익성과 해악을 사람들
이 자각함으로써 이뤄져야 한다고 말입니다. 두 번째 질문,
즉 권력 없는 사회는 어떻게 건설되어야 하는가에 대해서
아나키스트들은 서로 다르게 답합니다.

18세기 말에서 19세기 초반에 산 영국의 고드윈과 19세기
중반에 집필 활동을 한 프랑스의 프루동은 첫 번째 질문에
권력의 소멸은 사람들의 의식 변화로 충분하다고 답했지요.
공공선(고드윈)과 공정성(프루동)이 권력에 의해 무너지고,
그 공공선과 공정성은 권력이 부재함으로써만 실현될 수 있
다는 신념이 민간에 널리 퍼진다면, 권력은 저절로 소멸되
리라는 것입니다.

두 번째 질문, 즉 권력 없이 사회의 공공복지를 어떻게 보장할 것인가에 대해 고드윈과 프루동은 이렇게 답합니다. 사람들이 **공공선**과 **공정성**의 의식을 지침으로 삼게 된다면, 가장 합리적이고 공정하며 모두에게 이로운 삶의 형태를 자연스레 찾아내게 될 것이라고 말입니다.

또 다른 바쿠닌과 크로포트킨 같은 아나키스트 역시 권력을 소멸시키는 수단은 대중이 권력의 해악과 인류의 진보와의 불일치를 지각하는 것이라고 봅니다. 하지만 그들은 혁명이 가능하고 심지어 필요한 것이라 여겨 혁명 태세를 갖추라고 권고해요. 두 번째 질문에는 이렇게 답합니다. 국가체재와 소유제가 사라지게 되면, 그 즉시 사람들은 이성적이고 자유로우며 모두에게 유익한 생활 조건으로 접어든다고 말입니다.

권력을 소멸시키는 수단들에 관한 물음에 독일의 철학자 막스 슈티르너[1806~1856]와 미국의 작가 벤저민 터커[1854~1939] 역시 다른 사람들과 거의 똑같이 답변합니다. 두 사람은 이렇게 생각해요. 개인의 사적인 이익이 인간 행동의 충분하고 정당한 지침의 역할을 하고 생활을 주도하는 이런 원칙이 제대로 발현되는 데에 권력이 그저 장애가 될 뿐임을 사람들이 깨닫는다면, 권력은 사람들의 불복종과 주로는 터커의 말대로라면 불참으로써 저절로 소멸될 것이라고 말이죠. 두 번째 물음에 대한 그들의 답변은 사람들이 미신과 권력의 필요성에서 벗어나 사적인 이익만을 추구하더라도 올바르고 모두에게 유익한 사회적인 삶의 형태로 접어들게 된다는 거지요.

이 모든 가르침은 전적으로 옳습니다. 권력이 소멸되어야 마땅하다고는 해도, 그것은 완력으로 실현될 수는 없어요. 하나의 권력을 없앤 권력은 여전히 권력으로 남기 때문이지요. 권력은 무익하고 해로워서 사람들로서는 권력에 복종하거나 동참해서는 안 된다는 의식이 명확해짐으로써만 소멸시킬 수 있어요. 사람들의 이성적인 의식에 의해서만 권력이 제거될 수 있음은 반박할 수 없는 진리입니다. 그렇다면 이러한 의식의 핵심은 무엇일까요? 아나키스트들은 이러한 의식이 공공선, 공정성, 진보 또는 사람들의 사적인 이익에 대한 판단에 토대를 둘 수 있다고 믿습니다.

하지만 이러한 토대가 상호 일치하지 않는다는 것은 말할 것도 없고, **공공선, 공정성, 진보** 또는 **사적인 이익**이라는 게 무엇을 의미하는지에 대한 규정 자체가 사뭇 다양한 방식으로 이해되고 있지요. 따라서 서로 의견이 불일치하고 권력에 저항하기 위해 제시하는 토대마저 다양하게 이해하는 사람들이 굳게 확립되어 능숙하게 스스로를 방어하는 권력을 제거할 수 있으리라 가정하는 것은 불가능해요. 공공선, 공정성 또는 진보의 법칙에 대한 판단이 권력으로부터 자유롭고 자신의 사적 이익을 공공선을 위해 희생할 아무 이유도 없는 사람들이 서로의 자유를 침해하지 않는 공정한 조건으로 함께 모일 수 있게 하는 데 충분할 수 있다고 가정하는 것은 더더욱 근거가 미약합니다. 각자의 사적인 이익의 추구가 모두에게 공정한 관계를 구축할 수 있다고 주장하는 막스 슈티르너와 벤저민 터커의 공리적 에고이즘 이론은 자의적일 뿐만 아니라 현실에서 벌어지는 일과는 완전히 상반됩니다.

다시 말해, 아나키즘은 정신적인 도구가 권력을 제거하는 유일한 수단이라고 올바르게 인정하면서도 비종교적이고 유물론적 세계관에 매달림으로써 그런 정신적인 도구를 갖추지 않고 예측과 염원에 국한되는 거지요. 이는 목적 실현을 위해 제안하는 수단이 그릇됨으로 인해 폭력의 옹호자들에게 아나키즘의 참된 토대를 부정할 여지를 주는 것이기도 합니다.

저 정신적인 도구는 오래전부터 알려진 유일한 것으로, 권력은 언제나 그러한 도구에 의해 제거되었어요. 또한 이러한 정신적인 도구는 이를 활용하는 사람들에게 언제나 전적이고 결코 양도할 수 없는 자유를 부여했어요. 그러한 도구는 오직 하나, 삶에 대한 종교적인 이해입니다. 그럴 때 인간은 지상에서의 생이 전체 생명의 부분적인 발현일 뿐이라고 여기고, 자신의 생을 무한한 생명과 연결시킵니다. 여기서 최고선은 이러한 무한한 생명의 법칙을 이행하는 데 있다는 생각으로, 이러한 법칙의 이행이 그 어떤 인간적인 법률을 이행하는 것보다 더 의무적이라 생각하는 것이지요.

이러한 종교적 세계관만이 권력에 복종하거나 참여하는

것과는 공존할 수 없는 삶에 대한 동일한 이해로 모든 이들을 통합시킴으로써 실질적으로 권력을 소멸시킵니다.

이러한 세계관만이 권력에 참여하지 않고도 사람들이 합리적이고 공정한 생활양식을 형성할 수 있게 할 것입니다.

그리고 놀라운 일이지만, 삶 자체를 통해 기존 권력은 무소불위로 오늘날에는 완력으로는 무너질 수 없다는 확신을 하고서야 사람들은 굉장히 명확한 진실을 깨닫게 되었지요. 권력은 물론 권력이 낳는 모든 악은 그저 사람들의 거친 삶의 결과일 뿐이며, 그렇기에 권력은 물론 권력이 낳는 악을 없애기 위해서는 착한 삶이 요구된다는 사실 말입니다.

사람들은 이제 갓 깨닫기 시작했어요. 착한 삶을 살리면 단 하나의 수단, 즉 대다수 사람들이 공유하고 이해할 수 있는 종교적 가르침을 따르고 이행하는 것뿐임을 깨달아야 하는 것이지요.

오직 그와 같은 종교적 가르침을 따르고 이행함으로써, 사람들은 자신의 의식 속에 생겨나서 스스로가 추구하는 이상을 성취할 수 있겠지요. 권력을 제거하고 권력 없는 착한 삶을 조직하려는 여타의 시도들은 그저 정력의 헛된 낭비이고, 그들이 추구하는 목적으로 사람들을 접근시키는 것이 아니라 거기서 멀어지게 할 뿐입니다.[20]

---

20 (원주) 종교에 관한 나의 글들을 참조하라.

V

이것이 내가 진심 어린 마음을 가진 여러분께—이기적인 삶에 만족하지 않고 형제들을 섬기는 데 전력을 다하고자 하는 분들께—드리고자 한 말씀입니다. 만일 여러분이 정부 활동에 참여하고 있거나 참여하여 인민을 섬기고자 한다면, 권력을 쥐고 있는 정부란 과연 무엇인지를 생각해보세요. 스스로에게 이러한 질문을 던져보면, 폭력과 약탈, 살인을 저지르지 않고 저지를 준비를 하지 않고 거기에 의존하지 않는 정부는 단 하나도 없다는 사실을 깨닫지 않을 수 없을 테지요.

잘 알려지지 않은 미국 작가 헨리 데이비드 소로[1817~1862]는 '어째서 정부에 복종하지 말아야 하는가'에 관한 글에서 이렇게 말했습니다. 미국 정부에 1달러의 조세를 납부하는 것조차 거부했고, 그 이유는 비록 1달러를 쓰는 것으로라도 흑인 노예제도를 허용하는 정부의 일에 참여하기를 원치 않았기 때문이라는 것입니다. 러시아인은 말할 것도 없고, 쿠바와 필리핀에 대해 실력을 행사하며 흑인을 거칠게 대하고 중국인들을 추방하는 미국 또는 아편전쟁과 보어전쟁을 일으킨 영국, 또는 끔찍한 군국주의로 무장한 프랑스 등 선진적인 정부의 시민 역시 자국의 정부에 대해 소로와 같은 마음을 품을 수 있고 품어야 하는 것 아닐까요?

따라서 국민을 섬기고자 하는 진실한 사람이라면, 정부란 과연 무엇인가를 똑똑히 파악하고 있는 사람이라면 목적이 수단을 정당화한다는 법칙에 기반을 두지 않고서는 정부에 참여할 수 없겠지요.

하지만 그런 식의 정부에서의 활동은 그 일을 맡거나 거기에 자신을 바친 사람들 모두에게 해로울 뿐이었습니다.

문제는 간단합니다. 정부에 복종하고 정부의 법률을 활용하여 더 큰 자유와 권리를 국민에게 되찾아주려는 분들이 있어요. 하지만 국민의 자유와 권리는 대개가 지배계급인 정부 권력과는 역관계에 있습니다. 국민의 자유와 권리가 커질수록 정부의 권력과 이익은 더욱 작아지는 것이지요. 정부는 이를 잘 알고 있습니다. 권력이 수중에 있는 정부는 온갖 자유주의적 허언과 사소한 자유주의적 조치까지도 기꺼이 허용합니다. 그와 동시에 통치자의 이익뿐만 아니라 그들의 존립 자체를 위협하는 자유주의적인 수작은 즉시 강제 중단시킵니다. 따라서 행정 권력이나 의회를 통해 국민을 섬기려는 온갖 노력은 다음의 결과를 낳을 뿐입니다. 그러한 활동은 지배계급의 권력을 강화시키고, 그런 분들의 진정성의 정도에 맞게 의식적이든 무의식적이든 권력에 동참하게 되는 것이지요. 현존 정부 기관을 통해 국민을 섬기고자 하는 사람들이 그러합니다.

사회주의 혁명 활동을 통해 진심으로 국민을 섬기려는 사람인 경우, 스스로가 추구하는 물질적이고 그 누구도 만족시키지 못하는 인민의 복리라는 보잘것없는 목표는 물론이고 그 목표를 달성하기 위한 수단에 대해서도 생각해보십시오. 첫째로 이런 수단들은 거짓, 기만, 폭력과 살인을 포함하는 것으로 비도덕적이며, 둘째는 중요한 것으로 이러한 수단들은 어떤 경우에도 그 목적을 달성하지 못하지요. 우리 시대 정부들이 그 존립을 위해 발휘하는 힘과 조심성은 그 어떤 계략과 속임수, 잔인함을 동원하더라도 전복시키기는커녕 동요시키지도 못할 만큼 대단합니다. 이제 혁명 시도들은 죄다 정부의 폭력을 새로이 정당화시켜주고 정부의 위력을 강화시킬 뿐이지요.

그런데 우리 시대에 혁명이 성공했다는 불가능한 가정을 해봅시다. 첫째로, [역사 속에서] 지속적으로 벌어진 것과는 반대로, 어째서 어떤 권력을 무너트린 권력이 무너진 권력보다 더 자유를 증진하고 더 선량할 거라고 생각할 수 있을까요? 두 번째로, 상식과 경험에 어긋나기는 해도 어떤 권력을 무너트린 권력이 사람들에게 더욱 유익한 삶의 조건을 건설할 자유를 준다는 가정을 해봅시다. 이러한 가정을 해도 이기적인 생활을 하는 사람들이 예전보다 더 훌륭한 삶의 조건을 서로서로 만들어갈 것이라고 생각할 만한 어떤 근거도 없어요.

[아프리카] 다호메이 왕국의 여왕이 자유주의적인 헌법을 공포하고, 심지어 사회주의자들의 견해에 따라서 모든 재난에서 사람들을 구원하는 노동 도구의 사회화를 그 권력으로 실현한다고 칩시다. 헌법이 실행되고 노동 도구가 개인들의

수중에 장악되지 않게 하려면 필연적으로 여왕과 장관과 군사령관들은 권력을 가져야 합니다. 저 다호메이인들이 특정 세계관을 갖는다고 해도, 비록 다른 형태더라도 일부 다호메이인들이 다른 다호메이인들에게 저지르는 폭력은 헌법과 노동 도구의 사회화가 없는 상태와 마찬가지일 것임은 분명합니다. 사회주의적인 체제를 구현하기에 앞서서 다호메이인들은 피 흘리는 희생자를 낳는 취향을 없애야만 하겠지요. 그것은 유럽인들도 마찬가지입니다.

사람들이 서로를 억압하지 않고 공동의 삶을 살기 위해서는 무력으로 뒷받침되는 제도가 필요한 게 아닙니다. 외적인 강요에 의해서가 아니라 내적인 확신으로 다른 사람이 자신을 대하기를 바라는 대로 다른 사람을 대하는 도덕적인 자세가 갖춰져야 합니다. 그런 사람들이 있어요. 미국과 러시아, 캐나다의 기독교 공동체에 그런 사람들이 있지요. 그런 사람들은 무력으로 뒷받침되는 법률 없이도 서로를 억압하지 않으며 실제로 공동의 삶을 살아갑니다.

그런 까닭에 우리 시대 고유의 이성적 활동은 우리 기독교계 사람들에게는 오직 한 가지뿐입니다. 그것은 지금 우리에게 알려진 최상의 종교적 가르침, 즉 기독교의 가르침을 말과 행동으로 고백하고 설교하는 것이지요. 다시 말해, 이 가르침은 기존 사회구조에 종속되어 사람들에게 외적인 예식만을 실행하게 하거나 신앙과 속죄에 의한 구원을 설교하는 데 만족하는 기독교식 가르침이 아닙니다. 그것은 정부의 활동에 참여하지 않음과 더불어 정부의 요구에 대한 불복종을 필수조건으로 하는 생명의 기독교입니다. 조세와 세관, 법원과 군대에 이르기까지 각종 정부의 요구는 저 참된 기독교에 반하는 것이기 때문이지요.

이게 사실이라면, 이웃을 섬기려는 사람들의 활동 방향은 새로운 생활양식을 수립하는 것이 아니라, 자신은 물론 다른 사람들의 품성을 변화시키고 완성해 나가야 하는 것이지요.

이에 반하여 행동하는 사람들은 생활양식 그리고 사람들의 품성 및 세계관을 동시에 완성해 나갈 수 있다고 흔히들 생각합니다. 하지만 그렇게 생각함으로써 사람들은 결과를 원인으로, 원인을 결과 또는 동반 현상으로 간주하는 흔한 실수를 범하지요.

사람들의 품성과 세계관이 바뀌면 필연적으로 사람들이 살아가는 양식의 변화가 초래됩니다. 생활양식의 변화는 사람들의 품성과 세계관 변화에 영향을 미치지 않을 뿐 아니라, 사람들의 관심과 활동을 그릇된 길로 유도함으로써 품성과 세계관 변화를 방해하지요. 먼저 생활양식을 변화시키고, 이를 통해 사람들의 품성과 세계관을 변화시키려 하는 것은 젖은 장작을 잘 배치하면 불이 타오를 것으로 보고 난로에 다양한 방식으로 젖은 장작을 채워 넣는 것과 마찬가지이지요. 불이 붙는 것은 어떻게 쌓였든 상관없이 오직 마른 장작이지요.

그와 같은 미혹은 너무 명백해서 사람들이 거기에 굴복할 리가 없겠지요. 저 속임수에 빠지게 하는 원인만 없다면 말이죠. 그 원인은 사람들의 품성 변화가 자기 자신으로부터 시작되어야 하고 여기에는 많은 투쟁과 노력이 필요한 반면, 다른 이들의 생활양식의 변화는 자기 자신에 대한 내적인 갈고닦음 없이도 쉽게 이뤄지며 아주 중요하고 뜻깊은 활동처럼 보인다는 데 있습니다.

거악의 원천인 이러한 미혹에 맞서며, 목숨을 바쳐 이웃을 진정으로 섬기고자 하는 여러분의 경계를 권합니다.

VI

"하지만 기독교를 믿고 전파하면서 주위에서 고통당하는 사람들을 놔두고 가만히 살아갈 수는 없소이다. 우리는 정력적으로 그들에게 봉사하고 싶소. 이를 위해 온갖 수고를 마다하지 않고 목숨까지 바칠 각오가 되어 있어요." 이렇게 다소 진심 어린 분노를 표출하는 사람들이 있습니다.

나라면 이렇게 답했을 테지요. 누가 여러분께 여러분이 유용하고 타당하다고 여기는 방법으로 인민을 섬길 사명을 지녔다는 말이라도 했습니까? 여러분의 말씀은 여러분이 이미 결정을 내렸음을 보여줄 뿐입니다. 기독교적인 삶으로는 인류를 섬기기가 불가능하고, 참된 섬김은 여러분을 매혹시키는 정치적인 활동으로 섬기는 것이라는 결정 말이죠.

온갖 정치인들은 그처럼 생각을 해왔고 그들 모두 서로 적대적이기에 모두가 옳은 것은 아닌 듯합니다. 각자가 좋아하는 방식대로 인민을 섬길 수 있다면 얼마나 좋을까요. 하지만 그런 것은 없어요. 인민을 섬기고 그들의 처지를 개선할 수 있는 수단은 한 가지뿐입니다. 그 유일한 수단은 자기 완성을 향한 내적 도야의 원천인 가르침을 드러내고 이행하는 것이죠. 언제나 자연스레 사람들과 더불어 살며 그들에게서 멀어지지 않는 참된 기독교인의 자기 완성은 자신과 다른 사람들 사이에 더 훌륭하고 더욱더 사랑이 넘치는 관계를 형성하는 것입니다. 사람들 간에 사랑이 넘치는 관계를 구축하는 일은 사람들의 일반적인 처지를 개선할 수밖에 없지요. 비록 그러한 개선의 형태에 대해서는 인간에게 알려지지 않았지만 말이죠.

사실 정부 활동, 의회나 혁명 활동을 해나가며 우리는 우리가 성취하길 바라는 결과를 미리 정해놓고, 그 과정에서 쾌적하고 사치스러운 생활의 온갖 이점을 누릴 수도 있으며 눈부신 지위와 사람들의 인정 그리고 커다란 명예를 획득할 수도 있겠지요. 그러한 활동에 참여함으로써 고통받게 된다면, 그러한 고통은 여하한 투쟁에서와 마찬가지로 성공 가능성으로 보상받는 것이기도 합니다. 군사 활동에서는 더 많은 고통과 심지어 죽는 일까지 일어날 수 있어도, 아주 도덕적이지 못하고 이기적인 사람들이 군사 활동을 선택하지요.

종교 활동은 첫째, 우리에게 그 활동의 결과를 보여주지 않습니다. 둘째, 이러한 활동은 외적인 성공의 포기를 요구하며 눈부신 지위와 명예를 가져다주지 않을 뿐만 아니라, 사람들을 가장 낮은 사회적 지위로 끌어내리고 경멸, 비난과 더불어 가장 잔혹한 고통과 죽음을 맞이하게도 합니다.

현재의 국민개병제 아래에서의 종교 활동은 살인 행위에 복무하라고 소집되는 개인의 경우, 정부가 병역을 거부하는 경우 가하는 처벌을 모두 그가 감당하게 만들어요. 그렇기에 종교 활동을 한다는 것은 어렵긴 해도 종교 활동만이 인간에게 진정한 자유 의식, 즉 마땅히 해야 하는 것을 한다는 확신을 심어줍니다.

그런 까닭에 이러한 종교 활동만이 진정으로 결실이 있고, 그 가장 높은 목적 외에도 지금의 사회 활동가들이 너무 인위적인 방식으로 추구하는 결과를 거기에 동반하는 아주 자연스럽고 단순한 방식으로 얻을 수 있게 합니다.

따라서 인민을 섬기는 수단은 오직 하나, 스스로 착한 삶을 살아나가는 데 있습니다. 이러한 수단은 이게 달갑지 않은 사람들의 생각처럼 몽상적이진 않아요. 대중의 지도자들이 대중을 거짓된 길로 끌어들여 유일하게 참된 길에서 벗어나게 하는 여타의 온갖 수단들이 몽상적이지요.

VII

"사실이 그렇다면, 언제쯤 그렇게 될까요?" 가능한 한 빨리 이러한 이상이 실현되기를 바라는 사람들은 말하곤 합니다.

물론 이런 일이 아주 빠르게, 지금 당장 이뤄진다면 더없이 좋겠지요.

지금 당장 숲을 키울 수 있다면 얼마나 좋을까요. 하지만 그것은 불가능하며, 씨앗이 싹을 틔우고 잎이 나고 줄기가 자라고 나무로 성장할 때까지 기다려야 하지요.

가령 나뭇가지를 꽂는다면 잠깐은 숲과 닮아 보이겠지만, 단지 겉모습이 그럴 뿐이지요. 인간 사회의 성급한 개선도 마찬가지입니다. 정부가 하듯 사회를 개선하는 시늉을 할 수는 있지요. 하지만 이런 겉모습은 실질적인 개선의 가능성을 멀어지게 할 뿐입니다. 그것은 사회적 개선이 없는 곳에 그 겉치장을 보여주어 사람들을 속이고, 이러한 겉모습의 개선조차 오직 권력에 의해 이뤄지기 때문입니다. 이렇듯 권력은 지배자와 피지배자들을 모두 타락시켜서 진정한 사회 개선을 거의 불가능하게 합니다.

그런 이유로 어떤 이상을 조속히 실현시키고자 하는 시도들은 그 실질적인 실현을 촉진하는 것이 아니라 오히려 방해합니다.

따라서 인간적이고 폭력 없는 잘 정비된 사회라는 이상이 빠르든 늦든 실현될 것인가라는 문제의 해결은 진심으로 인민에게 보탬이 되려는 대중 지도자들이 조만간 깨닫게 될 것인지에 달려 있어요. 지금 그들이 행하는 일만큼 그 이상을 실현하는 데 방해가 되는 것은 아무것도 없음을 말입니다. 다시 말해, 낡은 미신을 고수하거나 온갖 종교를 부정하고, 인민으로 하여금 정부와 혁명, 사회주의, 테러에 복무하게 하는 방향 설정을 재고해야 합니다.

진정으로 이웃을 섬기려는 사람이라면, 국정 운영자와 혁명가들이 제안하는 인민 복리를 위한 수단이 허망하다는 것을 깨달아야 할 테지요. 또한 사람들을 고통에서 벗어나게 할 유일한 수단은 그들 스스로 이기적이고 이교적인 생활을 중단하고 보편 인류적이고 기독교적인 생활을 시작하는 것임을 깨달아야 합니다. 이웃에 대해 폭력을 사용하고 사적인 목적 달성을 위해 폭력에 참여하는 게 지금 그러듯이 가능하고 적법하다고 판단하는 게 아니지요. 거꾸로, 다른 사람이 그대를 대하기를 바라는 대로 다른 사람을 대하라는 기본적인 최고의 종교적인 율법을 삶에서 따라야 합니다. 그러면 지금 우리의 비이성적이고 잔인한 삶의 형태는 조속히 무너지고 사람들의 새로운 의식에 걸맞은 새로운 형태가 조성될 테지요.

시대에 뒤떨어진 국가공동체에 복무하고 혁명에 맞서 그 공동체를 방어하는 데 얼마나 크고 아름다운 정신적 힘이 낭비되고 있는지 생각해보세요. 젊고 뜨거운 힘들이 혁명 시도, 국가와의 극심한 투쟁에 소모되고 있는지, 실현되지 않을 사회주의적 몽상을 위해서는 또 얼마나 힘이 소모되고 있나요? 이러한 것은 단지 모두가 지향하는 복리의 실현을 멀어지게 할 뿐만 아니라 불가능하게 만들려는 것이지요. 자신의 힘을 너무나 무익하게 낭비하며 종종 이웃에게 해를 끼치곤 하는 사람들 모두가 선한 사회적 삶의 가능성을 부여하는 단 하나, 즉 내적인 자기 완성에 그 모든 힘을 쏟는다면, 무슨 일이 일어날까요?

새롭고 튼튼한 자재를 쓰면 새로운 집은 얼마나 지을 수 있을까요? 만일 낡은 집을 보강하는 데 지금까지 써온 온갖 노력을 새로운 자재를 준비하고 새로운 집을 짓는 데 확고하고 정직하게 사용한다면 말이죠. 이렇게 지은 새로운 집은 애초 일부 선택된 사람들에게는 과거의 집처럼 화려하고 편안하게 보이지 않을 수 있을 테지요. 하지만 다수가 살아가는 데는 의심의 여지 없이 더 편리하고 견고할 것이며 사람들에게 필요한 온전한 완성의 기회를 제공하겠지요. 선택된 이들뿐만 아니라 모든 이들에게 말이죠.

여기서 내가 말한 것은, 사람들 사이에 선한 삶이 흐르게 하려면 사람들이 선해져야 한다는 매우 간단하고 다들 이해할 법한 반박 불가한 진리로 이어집니다.

사람들의 선한 삶에 영향을 미치는 수단은 자신의 선한 삶, 그것 하나뿐입니다. 그런 까닭에 사람들이 착하게 사는 데 힘을 보태려는 사람들의 활동은 내적인 완성, 다시 말해 "하늘에 계신 아버지의 완전하심같이 너희도 완전하게 되

라"[마태복음 5:48]라는 복음서의 말씀을 실행하는 것이어야
합니다.

거대한 죄

러시아는 막대한 여파를 초래할 수 있을 중차대한 시기를 살아간다.

다가오는 변혁의 긴박함과 필연성은 항상 그렇듯이, 그 지위 덕분에 모든 시간과 힘을 빼앗는 육체적 노동에서 벗어나 정치적인 문제에 관여할 기회를 갖는 사회계층이 특히 생생하게 느끼고 있다. 이러한 사람들은 귀족, 상인, 관리, 의사, 기술자, 교수, 교사, 예술가, 대학생, 변호사, 주로 도시민 등의 이른바 인텔리겐치아이다. 지금 이들은 러시아에서 진행 중인 움직임을 이끌며, 모든 힘을 기존의 정치체제를 변화시키고 이를 여러 정당들이 합목적적이며 러시아 인민의 자유와 이익을 보장한다고 여기는 다른 체제로의 교체에 쏟는다. 이들은 정부의 각종 억압과 폭력, 즉 정치적 유형,

투옥, 집회 금지, 서적과 신문, 파업, 연합의 금지, 다양한 민족의 권리 제약 때문에 고통스러워하면서도 러시아의 대다수 농민 대중과는 완전히 이질적인 삶을 살아간다. 그런데도 이들은 저 압제를 주요 악으로, 러시아 인민의 공동선은 이러한 악에서 벗어나는 데 있다고 여긴다.

그런 생각을 하는 사람들이 자유주의자들이다. 사회민주주의자들 역시 그렇게 생각한다. 그들은 인민의 대표를 통해 국가 권력의 도움을 받아 그들의 이론에 맞는 새로운 사회 질서의 실현을 희망한다. 혁명가들 또한 그렇게 생각한다. 그들은 기존의 정부를 새 정부로 교체하고 모든 인민의 최대한의 자유와 행복을 보장하는 법률을 제정할 수 있을 것으로 여긴다.

한편 우리 인텔리겐치아에게 깊이 뿌리박힌 생각, 즉 러시아에 닥쳐온 일은 유럽과 미국에서 시행되는 정치 형태의 도입이라는 생각에서 잠시 벗어날 필요가 있다. 그 정치 형태는 마치 전체 시민의 자유와 행복을 보장하는 것처럼 보인다. 그런데 우리 사회에서 무엇이 도덕적으로 비난받을 일인지를 생각해봐야 한다. 끊임없이 러시아 인민을 고통에 빠트리는 주요 악, 인민이 생생하게 의식하며 계속하여 세상에 알리는 악이 어떠한 정치적 개혁으로도 제거될 수 없음을 분명히 알려면 말이다. 그 악은 지금껏 어떠한 정치 개혁으로도 유럽과 미국에서도 제거되지 않았다. 러시아 인민이 유럽과 미국의 인민과 마찬가지로 고통을 당하는 원인인 그 기본적인 악은 자신이 태어난 곳의 토지 일부를 사용하는 의심할 여지 없는 자연스러운 각자의 권리를 대다수 인민에게서 빼앗은 것이다. 토지 소유자들이 부단히 저지르는 악행이 중단되지 않는 한 어떤 정치 개혁도 인민에게 자유과 행복을 주지 않는다는 사실을 알려면, 일단 이러한 문제의 범죄성과 죄악성을 깨달아야만 한다. 오히려 대다수를 토지 노예 상태로부터 해방시키는 것만이, 정치꾼들 수중에 있는 장난감이나 개인적인 목적을 이루는 수단이 아닌 인민의 의지의 실질적 표현으로서의 정치 개혁을 이룰 수 있다.

이와 같은 나의 생각을 러시아의 중대한 순간에 개인적 목적 달성이 아닌 러시아 인민의 진정한 행복에 진심으로 이바지하기를 원하는 사람들에게 전하려 한다.

I

부활절 전주 토요일 툴라의 한길을 걷고 있었다. 사람들이 짐마차를 타고 시장으로 간다. 달구지며 닭이며, 말이며 소까지(소 몇 마리는 수레에 실려 가는데 너무 야위었다) 이어져 간다. 어떤 주름살투성이 노파가 야위고 털이 벗겨진 소를 실어갔다. 내가 아는 노파여서 소를 어째서 끌고 가느냐고 물었다.

"아, 소젖을 짤 수가 있어야지요." 노파가 말했다. "이놈을

팔고 젖을 짤 수 있는 놈을 사야 해서요. 아무래도 지폐 10
루블은 보태야 할 텐데, 저에겐 기껏 5루블뿐입니다요. 어디
서 구할 수 있을는지? 겨울을 날 밀가루를 18루블 주고 샀
습니다요. 밥벌이 하는 사람이 하나여서. 며느리하고 사는데
손자가 넷이고, 아들은 대처에서 청소부 노릇을 한답니다."

"아들이 어째서 집에서 살지 않는 거요?"

"생계를 꾸릴 도리가 있어야지요. 가진 땅도 없고. 입에 풀
칠이나 겨우 하고 삽지요."

어떤 농부가 다가왔다. 바지에는 광산의 진흙투성이에 야
위고 창백한 모습이었다.

"도시에는 무슨 일로 가는가?" 내가 물었다.

"말 한 마리 사려고요. 땅을 갈 시절인데, 말이 없어서요.
말 값이 비싸다고들 합니다요."

"얼마면 사려고?"

"가진 돈만큼 입지요."

"큰돈인가?"

"15루블을 아껴뒀습니다."

"요즘 15루블로 뭘 사겠나? 가죽이나 사지." 다른 농부가
끼어들었다. "어느 광산에서 일하나?" 그 농부가 양 무르팍
이 축 늘어지고 붉은 진흙이 덕지덕지한 바지를 쳐다보며
물었다.

"코마로프 광산의 이반 마세이치 씨네서요."

"뭐 일을 별로 하지 못했나?"

"벌이의 반은 넘겨야 해서 반타작이죠."

"거기서 많이들 버는가?" 내가 나섰다.

"일주일 2루블 남짓 하거나, 아니면 그보다 적을 때도 있지요. 그래도 어쩌겠소? 크리스마스까지 먹을 빵이 모자라는데, 충분히 사둘 수가 없으니."

약간 더 앞선 곳에서 젊은 농부가 멀끔하고 살진 말을 팔고자 끌어가고 있었다.

"그 말 참 훌륭하군." 내가 말했다.

"더 나은 놈은 어디에도 없을 거요." 그가 나를 말을 살 작자로 여기고 대꾸했다. "밭갈이도 하고, 타고도 다닙지요."

"그런데 무슨 일로 팔려고?"

"딱히 쓸데가 없어서요. 뭐 땅은 두 뙈기뿐이고. (말) 한 놈으로 (땅을) 건사하는데, 겨울엔 꼬박 놔둬야 하니 못마땅하지요. 가축 먹일 풀도 모자란데, 거기다 소작료 낼 돈도 필요하고."

"땅은 어디서 소작을 냈는가?"

"마리야 이바노브나 댁에서요. 소작을 내줘서 고마운 일입지요. 안 그랬으면 우린 사경을 헤맸을 테니."

"소작료는 얼마나 내오?"

"14루블씩 떼어갑니다. 뭐 어쩌겠습니까? 그거라도 받아야죠."

어떤 여인이 모자 쓴 소년과 마차를 타고 간다. 그녀가 나를 알아보고는 마차에서 내려 소년을 심부름꾼으로 데려가

달라고 한다. 소년은 아직 꼬맹인데 똑똑하고 빠른 눈을 가졌다.

"아이가 작아 보이긴 해도, 뭐든 잘한답니다." 여인이 말한다.

"어째서 요런 꼬맹이를 내보내려 하나?"

"그 뭐, 나리, 먹을 입을 하나라도 덜어야지요. 자식이 넷에 홀몸이고, 땅은 한 뙈기뿐이니. 정말이에요, 다들 먹지도 못하고 있어요. 빵을 달라고들 난리지만, 줄 게 아무것도 없답니다."

누구와 이야기를 나누든 모두 가난을 호소하고, 다들 사정은 달라도 한결같이 하나의 원인에 이르곤 한다. 빵이 부족한데, 빵이 부족한 이유는 토지가 없기 때문이다.

하지만 이는 길에서의 우연한 만남이다. 러시아 전역, 농민 공동체가 있는 곳을 가보라. 가난의 참상과 온갖 고통을 목도하게 되리라. 그 원인은 분명하다. 농사짓는 사람들이 토지를 빼앗긴 것이다. 러시아 농민의 절반은 자신들의 처지를 개선하는 게 문제가 아니다. 어떻게 하면 가족을 건사해서 굶주려 죽지 않을까 하는 문제가 절실하다. 그들에게는 농사지을 땅이 없기 때문이다.

러시아 전역을 돌아다니며 일하는 사람들에게 어째서 사는 게 팍팍한지, 뭐가 필요한지 물어보라. 그들 모두가 한목소리로 똑같은 것, 끊임없이 바라고 기대하고, 끊임없이 희망하고, 끊임없이 생각하는 것을 말할 것이다.

농민들은 그런 처지를 생각하며 느낄 수밖에 없다. 중요한 것 즉 생계 유지를 위한 토지 부족은 말할 것도 없고, 농민 대부분이 작고 모자란 삶의 터전을 대토지로 둘러싸고 있는 지주, 상인, 토지 소유자의 노예 상태에 있는 자신을 느끼지 않을 수 없기 때문이다. 그들이 그런 처지를 생각하고 느끼지 않을 수 없다. 왜냐하면 살림에 꼭 필요한 한 포대의 풀을 벴다고, 한 묶음의 장작을 했다고, 말이 나리 댁 토지에 들어갔다는 이유로 끊임없는 벌금, 구타와 굴욕을 매 순간 견뎌야 하기 때문이다.

언젠가 한번은 길을 가던 중에 눈먼 거지 농부와 이야기를 나누었다. 대화 중에 내가 신문깨나 읽는 식자라는 것은 알아차렸지만 귀족이라는 것은 모른 채 그가 멈춰 서서 의미심장한 표정으로 물었다.

"무슨 소식 있소?"

"어떤 소식 말이오?" 내가 물었다.

"그 토지, 나리 댁의 토지에 대해서 말이외다."

나는 아무 소식도 들은 게 없다고 말했다. 눈먼 농민은 고개를 내젓더니 더 이상 아무것도 묻지 않았다.

"토지에 대해 무슨 말들이 있나?" 얼마 전 나는 예전의 제자에게 물었다. 그는 부유하고 점잖고 영리하고 글을 터득한 농민이었다.

"다들 수군거리고들 있습니다."

"그래, 어떻게 생각하나?"

"떠나들 갈 겁니다." 그가 말했다.

지금 벌어지는 사건 가운데 이 문제가 모든 인민의 최대 관심사다. 그로서는 [농민들이 자유를 찾아 지주 곁을] '떠나게 되리라' 믿을 수밖에 없다.

그로서는 이를 믿지 않을 수가 없다. 농사지어 사는 인민이 늘어나는 마당에 남겨지는 보잘것없는 땅뙈기 갖고는 더이상 생존할 수가 없다는 걸 잘 알기 때문이다. 그 땅뙈기로는 스스로는 고사하고 거기에 달라붙어 번성하는 기생충들을 먹여 살릴 방도가 없으니 말이다.

II

헨리 조지는 어느 글에서[21] 이렇게 말한다. "인간이란 무엇인가? 우선 인간은 지상의 동물로서 땅 없이는 살 수가 없다. 인간이 무엇을 생산하든 그것은 모두 땅에서 나온다. 모든 생산적 노동은 결국에는 땅에서 가져온 재료들을 인간의 필요나 욕망을 충족시킬 수 있는 형태로 가공하는 것으로 귀결된다. 인간의 육체 역시 땅에서 나온 것이다. 우리는 땅의 자식이다. 땅에서 우리는 나왔고, 다시 땅으로 돌아가야 한다. 땅에 속한 모든 것을 인간에게서 빼앗는다면, 육체 없는 영혼말고 무엇이 남겠는가? 그러므로 다른 사람이

---

21 (원주)《헨리 조지의 강연과 글》, 중재자 출판사, 143~144쪽.

살아가야 할 땅을 소유한 자는 그 사람의 주인이고, 그 사람은 땅의 소유자의 노예이다. 내가 살 땅을 소유한 사람은 마치 내 육신을 소유한 것처럼 자유롭게 나의 삶과 죽음을 쥐고 흔들 수 있다. 우리는 노예제 폐지에 대해 논하고들 있지만, 우리는 노예제를 폐지하지 못했다. 우리는 단지 더 난폭한 형태, 즉 인신을 구속하는 노예제를 폐지했을 뿐이다. 지금 우리는 더 교묘하고 배신적인, 더 저주받은 형태의 노예제, 즉 인간을 사실상 노예로 만드는 동시에 그의 자유를 찬양하는 산업 노예제를 폐지해야 한다."

헨리 조지는 또 다른 지면에서 말한다. "단지 익숙하다는 이유로 놀라지 않는 불합리하고 터무니없는 현상 가운데 하나는 문명 세계의 모든 나라에서 노동자 계급이 가난한 계급이라는 것이다. 아직 지구에 와본 적이 없는 어떤 생각하는 존재가 모종의 기적으로 지상에 나타나게 되고, 당신이 그에게 우리의 삶을 설명하고, 집과 음식, 옷 그리고 우리가 사는 데 필요한 온갖 물건이 어떻게 노동으로 생산되는지를 설명한다면, 이 존재는 물론 이 모든 것을 생산한 사람들이 가장 훌륭한 집에서 살고 노동으로 만들어진 것을 가장 많이 가진 사람이라고 생각할 것이다. 실상은 런던, 파리, 뉴욕 등 어디서나, 심지어 중소 도시들에서도 노동하는 사람들이 가장 가난한 집에서 살아간다."

똑같은 현상이 농촌에서 훨씬 더 많이 발생한다고 나는 덧붙이고 싶다. 한가한 사람들은 호화로운 집, 넓고 아름다운 거주지에서 지낸다. 일하는 사람들은 어둡고 더러운 비좁은 집에서 산다.

"깊이 생각할 만한 놀라운 현상이다. 우리는 무심결에 가난을 경멸한다. 그리고 사실 가난은 경멸해야 한다. 자연은 그저 노동, 노동에만 보상을 한다. 그 어떤 부의 대상도 노동 없이는 생산될 수 없으며, 자연스러운 사물의 질서 속에서 성실하고 능숙하게 일하는 사람은 부유해져야 하고, 일하지 않는 사람은 가난해져야 한다. 우리는 이러한 자연의 질서를 뒤집었고, 일하는 사람은 가난하고 한가한 자들은 부유하다. 어째서 이런 것인가?

그것은 일하는 사람들에게 일을 하도록 허락한 대가를 지불하도록 강요하기 때문이다. 당신은 프록코트며 말과 집을 구매하고, 노동의 산물에 대한 대가, 판매자가 사용하거나 다른 사람들로부터 구매한 노동의 대가를 지불한다. 하지만 지대를 지불할 때 당신은 무엇에 대한 대가를 지불하는가? 당신은 어떤 사람도 생산한 적이 없는 것, 인간이 있기 이전에 존재했던 것에 대해 지불하는 것이다. 그것은 어떤 인간이 개인적으로가 아니라, 당신이 속한 사회가 창조한 가치의 대가를 지불하는 것이다."

이런 까닭에 땅을 점유하여 소유한 사람은 부유하고, 땅에서 일하거나 땅을 일구는 사람은 가난하다.

"우리는 과잉 생산을 논하곤 한다. 인민의 생필품이 부족한 시기에 무슨 과잉 생산이란 말인가? 인민에게는 잉여 생산된 물품이 필요하다. 어째서 그들은 그 물건을 얻지 못하는가? 이 물건들을 원하지 않아서가 아니라, 이 물건을 구입할 돈이 없기 때문이다. 어째서 이들에게는 그런 돈이 없는가? 수입이 너무 적기 때문이다. 수입이 너무 적은 이유는 그들이 노동력의 일부를 땅을 소유한 사람들에게 넘겨주기 때문이다. 따라서 다수의 다양한 상품이 팔리지 않고 있는 것은 놀라운 일이 아니다. 미국에서는 대다수가 하루 평균 1달러 40센트 받고 일하고 있으니 말이다." 러시아에서는 하루 평균 50코페이카를 받고 일한다.

"어째서 사람들은 그렇게 낮은 임금으로 일을 해야 하는가? 만약 그들이 더 높은 임금을 요구하면, 대체할 사람이 있기 때문이다. 항상 수많은 실업자가 대기하고 있고, 이러한 대규모 실업자들이 겨우 생존 가능한 수준으로 임금을 떨어뜨린다. 그런데 어째서 일자리를 찾을 수 없는 사람들이 존재하는가? 일자리를 찾을 수 없다는 말이 이상하게 들리지 않는가? 아담은 일자리를 찾는 데 어려움을 겪지 않았고, 로빈슨 크루소도 마찬가지였다. 일자리를 찾는 것은 사람들이 신경 쓰는 마지막 일이었다.

만약 고용자를 찾을 수 없다면, 어째서 사람들은 스스로 자신의 고용자가 되지 못하는가? 그것은 간단하다. 노동이 가능할 수 있는 그 무엇과 그들이 단절되어 있기 때문이다. 사람들은 주인이 주는 임금을 놓고 서로 경쟁을 해야만 한다. 그것은 사람들이 자연의 선물, 즉 이를 이용하여 스스로 자신의 주인이 될 수 있는 그런 것들을 강제로 박탈당했기 때문이고, 일자리를 허용한 대가를 어떤 다른 인간에게 지불하지 않고 일할 수 있는 자리가 이 하느님의 세계에는 없기 때문이다."

"사람들은 가난을 완화시켜 달라고 하느님께 기도한다. 하지만 가난은 하느님의 율법 때문이 아니다. 그런 말은 하느님에 대한 아주 추악한 모독을 의미할 것이다. 가난은 이웃에 대한 인간의 불공정에서 비롯한다. 전능하신 하느님께서 사람들의 기도를 들으셨다고 가정해보자. 하지만 하느님이 스스로 정한 율법을 지키시면서 어떻게 사람들의 요청을 들어주실 수 있겠는가? 하느님은 우리에게 부를 주시는 존재가 아니다. 하느님은 인간이 부를 생산하기 위해 가공하는 원재료만을 우리에게 주신다. 지금은 그분이 우리에게 원재료를 거의 주시지 않는단 말인가? 하느님이 더 많이 주신다고 해도 어떻게 그분이 가난을 완화시킬 수 있겠는가? 혹여 하느님이 기도를 들으셨다면, 태양의 힘과 토양의 비옥도를 높이고 식물을 살지게 만들고 동물들이 더 빨리 번식하게 하실 것이다. 개별 소유주가 토지를 차지한 나라에서 누가 그 모든 혜택을 누리겠는가? 오직 토지를 소유한 자들이다. 설령 하느님이 사람들의 요청에 대한 답으로 필요한 물건들을 하늘에서 직접 내려 보내신다 하더라도, 이 혜택은 토지 소유자들이 받을 뿐이다.

구약성경에는 이스라엘 백성들이 광야를 헤매며 굶주림에

시달릴 때 하느님이 만나를 하늘에서 내려 보냈다는 이야기가 있다. 만나는 모두가 먹을 만큼 충분했고, 모두가 만나를 받아서 배불리 먹었다. 하지만 광야가 사유 재산이었다고 가정해보자. 어떤 이스라엘 사람들이 몇 제곱마일씩 땅을 차지하고, 다른 사람들은 한 뙈기 땅도 갖지 못했다면, 만나가 백성들에게 무슨 도움이 되었겠는가? 하느님이 만나를 얼마를 보냈더라도 그 만나는 토지 소유자들의 재산이 되었을 것이다. 그들은 누군가를 고용해서 만나를 다량으로 수집하고, 굶주리는 제 형제들에게 만나를 팔 것이다. 만나를 사고파는 행위는 이스라엘 백성 다수가 갖고 있는 모든 걸 다 먹어 치울 때까지 계속될 것이다. 그 후 그들은 굶주리기 시작할 것이고, 만나가 산더미로 쌓여 있어 토지 소유자들은 만나의 과잉 생산에 대해 불만을 품을 것이다. 현재 우리가 보는 것과 똑같은 현상일 것이다."

"내가 이렇게 말하는 것은 저 기본적인 불의를 없앤 뒤 팔짱을 끼고 가만히 있자는 것이 아니다. 토지 소유권의 문제가 모든 사회적 문제들의 뿌리임을 말하려는 것이다. 다시 말해, 필요한 조치를 다 취할 수 있고 원하는 어떤 개혁이라도 할 수 있지만, 모든 사람들이 사는 데 없어서는 안 되는 것 즉 토지가 몇몇 사람의 사적인 소유로 있는 한 도처에서의 빈곤은 피할 수가 없다. 그때까지는 사람들의 처지를 개선하려는 노력은 다 허사가 될 것이기 때문이다. 통치 체제를 개혁하고, 세금을 최소로 줄이고, 철도를 건설하고, 협동조합 상점을 운영하고, 기업가와 노동자들이 원하는 대로 서로 수익을 배분한다면, 그 결과는 어떻게 될 것인가? 그저 토지 가격이 상승하는 결과를 낳을 뿐 그 이상은 없다. 경험이 이를 증명한다.

모든 개선이 토지의 가격, 즉 어떤 사람이 세상에 존재할 권리를 위해 다른 사람들에게 지불해야만 하는 것의 가치만을 높이는 것은 아닌가?"

덧붙이면, 똑같은 일을 우리는 러시아에서 끊임없이 목도한다. 토지 소유자들은 다들 토지의 수익성 결여와 손실에 대해 불평을 하는데, 토지 가격은 계속하여 상승한다. 지가는 상승하지 않을 수 없다. 주민의 수가 늘고, 토지는 그들에게 삶과 죽음의 문제이기 때문이다.

그런즉 인민은 할 수 있는 모든 것, 자신의 노동뿐만 아니라 빼앗긴 토지를 위해 생명까지도 바친다.

III

식인 풍습이 있었고, 인신 제물이 있었으며, 종교적인 매춘이 있었고, 힘없는 소년소녀의 살해도 있었으며, 피의 복수와 전체 주민의 살상, 사법적인 고문, 능지처참, 화형, 채찍질, 우리의 기억에서 사라진 태형과 노예제도도 있었다. 하지만 우리가 이런 끔찍한 관습과 제도를 넘어 살아남았다고 해서,

언젠가 폐지되어 우리에게 끔찍한 기억이 된 것들과 마찬가지로 계몽된 이성과 양심에 심히 역행하는 관습과 제도가 사라지리라는 것을 보여주지는 않는다. 인류의 완성을 향한 여정은 끝이 없다. 역사적인 삶에서는 매 순간 미신과 속임수, 이미 과거지사가 된 해롭고 사악한 제도들이 있었고, 또 먼 미래의 안개 속에서 떠오르는 것들도 있고, 현재 우리가 경험하고 우리 삶의 과제를 구성하는 것들도 있다. 오늘날 사형과 대개의 형벌들이 그러하다. 매춘이 그러하고, 육식이 그러하며, 군국주의와 전쟁이 그러하며, 또한 당장의 시급하고 절실한 문제로서의 사적인 토지 소유제가 그러하다.

하지만 이렇게 익숙해진 불공정으로부터 갑작스레, 예민한 사람들이 그 유해성을 드러낸 뒤에 즉시 자유로워지는 것은 아니다. 무슨 산통처럼 충동과 중단 그리고 회귀, 해방을 향한 새로운 충동을 거쳐서 사람들은 거기서 자유로워진다. 그리고 최근 노예제도가 폐지된 과정처럼, 사적인 토지 소유제도에도 그런 일이 벌어지고 있다.

사적인 토지 소유제의 해악과 불공정성은 1000년 전에 고대의 선지자와 현자들이 이미 지적했던 것이다. 그 후 이를 더욱 자주 지적한 것은 유럽의 선도적인 사상가들이었고, 프랑스 혁명 활동가들이 특히 분명하게 언급했다. 최근 인구가 증가하고 부유한 사람들이 다량의 주인 없는 토지를 점유한 결과, 일반 교육이 도입되고 풍속이 완화된 결과, 이러한 불공정은 선도적인 사람들뿐만 아니라 평범한 사람들도 보고 느낄 수밖에 없는 수준으로 명백해졌다. 하지만 토지 소유제의 특권을 누리는 사람들, 토지 소유자들 그리고 이러한 제도에서 이득을 얻는 사람들은 이러한 실정에 아주 익숙해져 있다. 그리고 오랫동안 이용해온 그 제도를 필요로 하는 만큼 이들은 그 제도의 불공정성을 보지 못하는 경우가 잦다. 더욱이 점점 더 생생하게 드러나는 진실을 가능한 모든 수단을 동원하여 자기 자신은 물론 다른 사람들에게 숨기려 한다. 어물쩍 넘기거나 감추고 왜곡하다가 그게 효과가 없으면 진실에 대해 침묵한다.

이와 관련하여 놀라운 것은 지난 세기말 등장한 비범한 인물, 즉 헨리 조지의 활동의 향방이다. 그는 토지 소유제의 거짓됨과 잔혹성을 규명하고, 지금 모든 민족들에게 현존하는 국가 질서 속에서 이러한 거짓을 바로잡을 수단을 지적하는 데 막대한 정신력을 쏟아부었다. 그는 저서와 논저 및 연설을 통해 아주 비범한 힘과 명료함을 발휘해 이러한 일을 해냈다. 누구든 편견 없이 그의 책을 읽으면 그 추론에 동의하지 않을 수 없고, 그 기본적인 불공정이 사라지지 않는 한 어떠한 개혁을 통해서도 인민의 처지를 개선할 수 없음을 인정하지 않을 수 없다. 그리고 그가 불공정을 없애기 위해 제안하는 방법들은 합리적이고 공정하며 편리하게 적용 가능한 것이다.

이것은 무엇인가? 헨리 조지의 영문 저작은 처음 등장했을 때 앵글로색슨 세계에서 아주 빠르게 널리 알려졌고 그

높은 가치가 제대로 평가되지 않을 수 없었다. 진리가 승리하고 적당한 표현 형태를 찾을 것으로 여겨졌다. 그럼에도 사적인 토지 소유제의 심각한 불공정이 격하게 드러났던 영국과 심지어 아일랜드에서도 영향력 있는 지식인 대다수가 그의 이론에 반대했다. 헨리 조지의 추론이 아주 설득력 있고 그가 제기한 해결책이 실생활에 적용하기에 적당했음에도 말이다. 파넬[22]과 같은 급진적인 활동가들은 처음에 헨리 조지의 기획에 공감했으나 정치 개혁이 더 중요하다고 여겨 곧 그 기획에서 물러섰다. 영국에서는 거의 모든 귀족과 저명한 아널드 토인비, 글래드스턴, 허버트 스펜서도 여기에 반대했다. 스펜서는 애초 《사회 정역학》에서 토지 소유제의 불공정성을 분명하게 언급했으나, 이후에 이러한 자신의 견해를 포기했으며 자신의 구 출판물을 죄다 사들여서 토지 소유제의 불공정성에 관한 모든 언급을 자신의 출판에서 제외했다.

옥스퍼드대학에서는 헨리 조지의 강연 도중 학생들이 반대 시위를 벌였다. 가톨릭계는 헨리 조지의 이론을 죄 많고 부도덕하며 위험하고 그리스도의 가르침에 어긋난다고 여겼다. 헨리 조지의 이론에 정통 정치경제학도 반발했다. 학식 높은 교수들은 헨리 조지의 이론을 이해하지도 못한 채,

---

22 찰스 스튜어트 파넬(1846~1891)은 아일랜드의 급진적 사상가이며 독립운동가이다.

주로 이 이론이 그들의 가짜 과학의 기본적인 명제를 받아
들이지 않았다는 이유로 반박했다. 적대적이기는 사회주의
자들도 마찬가지였다. 그들에게는 토지 문제가 아닌 사적
소유제의 완전한 폐지가 시대의 가장 중요한 문제였다. 헨
리 조지의 이론에 대항한 주요 무기는 반박의 여지가 없고
아주 명확한 진리에 반대할 때 흔히 사용하는 방법이었다.
지금까지도 헨리 조지와 관련하여 사용되는 그 방법은 침묵
이다. 이러한 침묵은 영국 의회 의원인 라부셰르[23]가 아무런
반발에 부딪히지 않고 공개적으로 이렇게 말했을 정도로 성
공적이었다. "그 사람은 헨리 조지 같은 몽상가도 아니라서,
토지를 지주에게서 빼앗아 차후에 임대를 하자고 제안하지
않습니다. 그는 토지의 가치에 따른 세금만 부과하도록 요
구할 겁니다." 다시 말해, 헨리 조지가 결코 말할 수 없는 내
용을 그가 한 말로 돌리면서, 라부셰르는 이러한 거짓된 환
상을 교정하는 형태로 헨리 조지가 실제로 했던 말을 언급
했다.

　그렇기에 토지 소유제 옹호에 관심을 가진 사람들의 공동
노력 덕분에 반박이 불가할 정도로 설득력이 있는 헨리 조
지의 이론은 거의 알려지지 못했고, 최근에는 더욱더 주목
을 받지 못하고 있다.

23　헨리 라부셰르(1831~1912)는 영국의 정치가이자 언론인이다. 동성애 관련
남성을 기소할 수 있는 영국 형법(1885년)을 도입한 것으로 유명하다.

어딘가 스코틀랜드와 포르투갈, 뉴질랜드에서 헨리 조지가 기억되고, 수백의 학자들 가운데는 그의 이론을 잘 알고 옹호하는 사람이 있다. 영국과 미국에서는 그의 지지자 수가 점점 줄어들었고, 프랑스에는 그의 이론이 거의 알려지지 않고, 독일에서는 소규모 모임에서나 설파되고 있다. 어디서나 그의 이론은 요란한 사회주의 이론에 파묻혀 버렸다. 그것은 다수의 이른바 교양인들 사이에 이름으로만 알려져 있을 뿐이다.

IV

사람들은 헨리 조지의 이론과 논쟁하지 않고 그저 그 이론을 모른다. (헨리 조지의 이론을 달리는 대할 수가 없다. 왜냐하면 그 이론을 아는 사람이라면 거기에 동의하지 않을 수 없기 때문이다.)

그 이론을 논하는 경우에도 그가 말하지 않는 내용을 그의 말로 돌리거나, 또는 헨리 조지가 반박하는 내용을 새로이 주장한다. 핵심은 그의 이론을 거부하는 것이다. 그것은 그의 이론이, 흔들림 없는 진리로 인정받는 이른바 정치경제학의 현학적이고 자의적이며 경박한 명제들과 합치하지 않기 때문이다.

하지만 이에도 불구하고 토지는 소유의 대상이 될 수 없다는 진리는 현대인의 삶 자체에 의해 증명되고 있다. 그리하여 사적인 토지 소유권이 인정되는 삶의 질서를 계속 유지하기 위한 수단은 오직 하나뿐일 정도다. 이에 대해 사고하지 말고, 이러한 진리를 무시하며, 다른 흥미로운 일에 몰두하는 것이다. 현대인들은 그렇게 하고 있다.

유럽과 미국의 정치인들은 국민의 이익을 위해서 임금 요율, 식민지, 소득세, 육군과 해군 예산, 사회주의 연맹, 조합, 신디케이트, 대통령 선거, 외교 관계 등 온갖 종류의 사안을 다룬다. 그런데 인민의 처지를 진정으로 개선시킬 수 있는 일 한 가지, 즉 모든 사람들의 토지 사용에 대한 무너진 권리를 회복시키는 일만은 하지 않는다. 기독교권의 정치인들은 마음속 깊이 느끼지 않을 수 없다. 산업적인 투쟁이나 온 힘을 쏟는 군사적 투쟁 같은 온갖 활동은 국민의 힘을 전면 고갈시키는 것말고는 아무것도 이끌어낼 수 없다는 것이다. 이들은 앞날을 내다보지 않고 순간의 요구에 심취해서 마치 망각의 욕구만 가진 듯 출구 없는 악순환 속을 계속해서 맴돈다.

이상해 보이기는 하지만 유럽과 미국의 정치인들이 이렇게 일시적으로 눈이 먼 것은 유럽인과 미국인들이 잘못된 길로 너무 멀리 간 탓이다. 그런 까닭에 그 주민 상당수는 이미 토지에서 떨어져 나갔고(미국에서는 토지를 일궈본 적조차 없다), 공장에서 살거나 시골 노동에 고용되어 살면서 고용노동자의 처지 개선만을 바라고 요구한다. 그렇기 때문에 유럽과 미국의 정치인들에게는 다수의 요구에 관심을 기울이다 보니 인민의 처지를 개선하는 주요 수단이 임금 요율과 기업 합병, 식민지라고 여겨질 수가 있다. 하지만 러시아에서는 농촌 인구가 전 국민의 80퍼센트를 차지하고, 전 국민이 현 상태를 유지할 기회 한 가지만을 요구하는 실정에서 국민의 처지를 개선하려면 다른 무언가가 요구되는 게 분명해 보인다.

유럽인과 미국인들은 처음에는 참된 길처럼 여겨졌지만 가면 갈수록 목적지에서는 더 멀어지는 길을 너무 멀리 와버렸고, 이제는 자신의 잘못을 인정하기조차 두려워하는 인간과 같은 처지에 놓여 있다. 하지만 러시아인들은 갈림길을 앞두고 있어서, 어느 지혜로운 속담이 말하듯 그곳에서 갈 길에 대해 물어볼 수 있는 상황에 있다.

그리고 인민의 삶을 개선하려 하거나 적어도 그것에 대해 말하는 러시아인들은 모두 무엇을 하고 있는가?

모든 면에서 유럽과 미국에서 행해지는 것을 노예처럼 모방한다.

인민의 행복한 삶을 조성하기 위해 러시아인들은 언론의 자유, 종교적 관용, 결사의 자유, 임금 요율, 집행유예, 정부로부터 교회의 분리, 협동조합, 미래에 있을 노동 도구의 사회화, 그리고 주로는 오래전부터 유럽과 아메리카의 국가들에서 존재해왔던 대의제에 관심을 기울인다. 하지만 대의제가 존재함에도 불구하고 토지 문제의 온갖 난관은 해결되기는커녕 문제 설정조차 되지 못했다.

러시아 정치인들은 토지의 악용—이걸 그들은 어쩐 일인지 **농업 문제**라고 부른다. 아마도 이 어리석은 말로 문제의 본질을 숨기려 했을 것이다—에 대해 말하면서도. 토지의 사적 소유가 마땅히 사라져야 할 악이라는 의미에서가 아니라 온갖 땜질과 미봉책으로 저 명백하고 노골적인 불공정을 감추고 뭉개고 우회할 수 있다는 의미에서 언급한다. 이 불공정의 문제는 러시아뿐만 아니라 전 세계에서 사라져야 할 상황에 있는 낡고 잔인한 것이다.

지금 러시아에서는 1억 명에 달하는 인구가 소유주의 사적인 토지 점유로 인해 끊임없이 고통을 당하며 계속하여 울부짖는다. 이곳에서 인민의 삶을 개선하는 수단을 찾기 위해 겉으로는 사방을 뒤지는데 정작 그 수단이 있는 곳에서만은 찾지 않는 사람들의 태도는 무대 위에서 일어나곤 하는 일을 상기시킨다. 모든 관객에게는 무대 위에 숨어 있는 사람이 아주 잘 보이고, 배우들도 당연히 볼 수 있지만 보이지 않는 척하면서 일부러 서로의 주의를 딴 데로 돌리고, 모든 것이 보이는데도 꼭 필요한 것 하나, 즉 그들이 보고 싶어 하지 않는 것만은 보지 못한다.

V

사람들이 소젖을 내어 자신들을 먹여 살리는 소떼를 울타리 안으로 몰아넣는다. 젖소들은 울타리 안에 조금 남은 먹이를 먹어 치우고, 배가 고파 자기 꼬리를 씹다가 울타리 너머 목초지로 보내달라고 음메거리며 울부짖는다. 하지만 소젖을 먹는 사람들은 울타리 주변에 박하, 염색용 식물, 담배 등 특수작물 농장을 만들고 화초를 키우며 경마장과 공원, 잔디 테니스장을 조성했고, 이러한 시설들을 망칠까 봐 젖소들을 풀어 놓아주지 않는다. 젖소들은 울부짖고 야위어가고, 사람들은 소젖이 더 이상 나오지 않을지도 모른다고 걱정하며 젖소의 상태를 개선할 여러 방법을 생각한다. 사람들은 젖소들 머리 위에 씌울 차양을 생각해내고, 젖은 솔로 소를 닦아주는 일을 하고, 소뿔에 금칠을 하고, 소젖 짜는 시간을 변경하고, 아프거나 늙은 소를 돌보고 치료하는 데힘쓰고, 새로이 더 좋은 소젖 짜는 기법을 발명하고, 울타리 안에 파종한 영양이 풍부한 어떤 풀이 자라기를 기대하며, 이러저런 다양한 문제들에 대해 논쟁한다. 하지만 사람들은 한 가지 일만은 하지 못한다. 울타리 주변에 조성된 것들을 하나도 무너뜨리지 않고서는 말이다. 소뿐만 아니라 자신들을 위해서도 필요한 일인데도 그렇다. 그저 울타리를 부수고 주변에 널린 목초지를 이용할 수 있게 소들에게 자유를 주는 것이다.

이렇게 하는 것은 현명하지 못한 행동이지만, 그렇게 행동하는 데는 이유가 있다. 울타리 주변에 조성해놓은 것이 아까운 것이다. 하지만 울타리 주변에 아무것도 없으면서, 울타리 주변에 조성해놓은 것 때문에 소를 풀어놓지 못하는 자들을 모방해서, 소를 울타리 안에 가두고 소의 복리를 위해 그렇게 한다고 주장하는 사람들은 어떻게 불러야 하나?

정부 관료만이 아니라 반정부적인 사람들 역시 그렇게들 행동한다. 토지 부족으로 끊임없이 고통당하는 러시아 인민을 위한답시고 온갖 유럽식 제도를 도입하고, 꼭 필요하며 중요한 것만은 망각하거나 부정한다. 토지를 사적 소유제에서 자유롭게 하고 토지에 대한 모든 사람들의 동등한 권리를 확립하는 일 말이다.

유럽의 기생충들은 영국과 프랑스, 독일 등 자국 노동자들의 직접적인 노동이 아닌 식민지 노동자들의 노동으로 살아간다. 식민지 노동자들이 생산하는 곡식을 자국의 공장 생산물과 교환하는 것이다. 이들은 자신들을 부양하고 먹여 살리는 식민지 노동자들의 노력과 고통은 돌보지 않은 채, 미래의 사회주의 체제를 고안하여 마치 이 체제를 위해 사람들을 준비시키는 듯이 행동한다. 그러면서도 평온한 마음으로 선거 운동과 정당 투쟁, 의회의 논쟁, 정부부처의 설립과 해체 및 그들이 과학이나 예술이라 부르는 온갖 다른 여흥거리에 몰두할 수도 있다.

유럽 기생충들의 진짜 부양자는 인도, 아프리카, 호주 그리고 부분적으로 러시아의 노동자들이다. 저들에게는 이 노동자들이 보이지 않는다. 그러나 우리 러시아의 상황은 다르다. 우리 러시아에는 식민지가 없다. 우리 눈에는 보이지 않는 노예들이 우리의 공산품을 대가로 우리를 먹여 살리는 곳 말이다. 우리의 부양자는 고통당하며 굶주린 채 언제나 우리 앞에 있다. 우리는 우리의 삶의 불의를 먼 곳의 식민지로 옮겨 놓아서는 안 된다. 그곳의 노예들이 우리를 먹여 살리도록 말이다.

우리의 죄과는 언제나 우리 앞에 있다.

이곳에서 우리는 우리의 부양자인 인민의 궁핍을 들여다보고 그들의 절규를 듣고 이에 대해 응답하려 애쓰는 대신에, 그들에게 봉사한다는 구실로 유럽의 본보기를 따라 똑같이 미래의 사회주의 체제를 준비하고 있으며, 그 사이 우리를 즐겁게 하고 기분 전환을 시켜주는 일에 매진한다. 마치 우리 같은 기생충을 먹여 살리기 위해 마지막 힘을 짜내는 인민의 행복을 위한 것처럼 말이다.

인민의 복리를 위해서 우리는 서적 검열과 행정적 추방을 없애고, 모든 곳에 보통 학교와 농업학교를 설립하고, 병원 수를 늘리고, 신분증과 토지상환금[24]을 폐지하고, 공장을 엄격하게 감독하고, 부상자들에게 보상하며, 토지를 구획하고,

---

24 토지상환금은 1861년 농노해방령으로 자유를 얻은 농민이 토지 소유권을 갖기 위해 지주와 정부에 갚아야 하는 돈을 말한다.

은행을 통해서 농민들의 토지 구매를 촉진하는 등 많은 일에 노력을 기울이고 있다.

저 수백만 사람들의 끊임없는 고통, 즉 노인과 여성, 어린이들의 궁핍과 고된 노동, 식량 부족으로 인한 죽음을 깊이 들여다보기만 한다면, 토지 부족에서 비롯하는 러시아의 농민에게 필요치 않은 모든 끔찍한 불행들, 힘의 무용한 소진, 예속과 굴욕 그리고 타락을 깊이 들여다본다면 아주 분명해질 것이다. 허위의 인민 옹호자들이 얻어내는 검열 및 행정적 추방의 폐지 같은 조치들은 그것이 비록 실현되더라도, 인민을 고통스럽게 하는 궁핍의 바닷속의 물 한 방울에 지나지 않는다.

그러나 인민의 복리를 염려하는 사람들은 질적으로나 양적으로 소소하고 중요치 않은 변화를 가져올 뿐, 1억이나 되는 사람들을 토지 점유로 인한 노예 상태에 계속 머물게 한다. 더욱이 그들 가운데 많은 이들, 아주 선구적인 사람들은 이러한 인민의 고통이 점점 더 커져서—그 과정에서 궁핍과 부패로 죽는 수백만의 희생자를 남기고—인민이 익숙하고 이성적이며 행복한 농업 생활을 그만두고 그들이 고안해낸 공장 생활을 하게 될 필요성에 도달하기를 염원한다.

러시아 인민은 농사를 짓는 입장이기도 하고, 그러한 삶의 형태를 사랑하며, 유럽 민족 가운데 거의 유일하게 계속 농사짓고 있는 까닭에 그렇게 남기를 바란다. 마치 역사적 운명에 의해, 이른바 노동 문제라 불리는 것의 해결에서 인류의 진정으로 진보적인 움직임의 선두에 서도록 배치되어 있는 듯하다.

이러한 러시아 인민이 그들의 허위의 대표자들과 지도자들에게서, 혼란에 빠져 사멸해가는 유럽과 아메리카 민족들의 꼬리를 좇아서 가능한 한 빨리 타락하고 자신의 소명을 부인하기를 요청받는다. 그것은 유럽인들을 닮아가라는 요청인 셈이다.

자신의 머리로 생각하지 않고 오직 유럽적인 모델이 말하는 바를 굴종적으로 반복만 하는 이들의 사고는 놀랍도록 빈곤하고, 그보다 더 놀라운 것은 이들의 메마른 심장과 잔혹성 그리고 위선이다.

VI

"화 있을진저. 외식하는 서기관들과 바리새인들이여, 회칠한 무덤 같으니 겉으로는 아름답게 보이나 그 안에는 죽은 사람의 뼈와 모든 더러운 것이 가득하도다. 이와 같이 너희도 겉으로는 사람에게 옳게 보이되 안으로는 외식과 불법이 가득하도다."(마태복음 23:27~28)

하느님과 하느님에 대한 진정한 믿음의 이름으로 사람들을 죽이고 수만, 수십만을 학대하고 처형하고 구타하던 시대가 있었다. 우리는 지금 아주 높은 곳에서 이런 일을 저지른 사람들을 내려다본다.

그러나 우리는 옳지 않다. 우리들 중에도 역시 그러한 사람들이 있다. 차이는 다만 그러한 사람들이 그때는 신의 이름으로, 신을 진정으로 섬긴다고 그 일을 행했고, 지금 우리들 가운데서 그와 같은 악행을 저지르는 사람들은 '인민'의 이름으로, 인민을 진정으로 섬긴다고 그런 일을 저지른다는 데 있다. 그 같은 사람들 중에는 자신들이 진리를 알고 있다고 과신하는 정신 나간 사람도 있고, 하느님을 섬긴다는 구실로 자신의 입장을 강화하는 위선자들도 있으며, 별 판단 없이 더 활발하고 대담한 사람들을 따르는 대중들이 있었던 것처럼, 지금 인민을 섬긴다는 이름으로 악행을 저지르는 사람들은 자신들만이 진리를 안다고 과신하는 정신 나간 사람들이거나, 위선자들 및 대중이다. 한때 자칭 하느님을 섬기는 자들은 그들이 신학이라 부르는 가르침에 기대어 많은 악행을 저질렀다. 하지만 인민을 섬기는 자들은 그들이 과학이라 부르는 가르침에 기대어 악행을 저지른다. 아직 그 악행이 덜하다면 미처 시간을 갖지 못했기 때문이다. 이미 그들의 양심에는 피의 강과 사람들의 대분열, 분노가 흐르고 있다.

이러저런 활동에서 동일한 징후가 나타난다.

첫 번째 징후로는, 하느님을 섬긴다는 자들이나 인민을 섬긴다는 자들 대다수가 방탕하고 좋지 못한 삶을 살아간다. (하느님 또는 인민을 섬기는 특별한 자라는 칭호가 그들로 하여

240

금 자신들의 행위를 제약하지 않게 만든다.)

그 두 번째 징후는, 그들이 섬기려 하는 대상에 대한 관심과 주의, 사랑이 완전히 부재하다는 것이다. 하느님을 섬긴다는 자들에게는 하느님이 그저 기치에 불과하고, 본질적으로 그들은 하느님을 사랑하지도 않고, 하느님과 소통하려 하지 않으며, 하느님을 알지 못하면서 알려고 하지도 않는다. 그와 마찬가지로 인민을 섬긴다는 많은 자들에게는 인민이 그저 기치에 불과하며, 그들은 인민을 사랑하지도 인민과 소통하려고도 인민을 알려고도 하지 않을 뿐만 아니라 마음속 깊이 경멸과 혐오와 두려움으로 인민을 바라본다.

세 번째 징후는 이렇다. 다들 같은 하느님을 섬기는 것으로 격노하고, 다들 같은 인민을 섬기는 것으로 격노한 자들 양측 다 그 섬김의 방식에서 서로 합치되지 못할 뿐만 아니라, 동의하지 않는 다른 사람들의 활동을 거짓과 악행으로, 그리고 폭력적으로 중단해야 하는 것으로 치부한다. 이런 이유로 하느님을 섬긴다는 자들이 화형과 종교재판과 대학살을 자행했고, 인민을 섬긴다는 자들은 처형과 투옥, 혁명, 살인을 자행했다.

그리고 마지막으로, 양쪽의 가장 특징적인 주요한 징후는 이렇다. 그들이 섬기는 대상이 바라고 요구하며 그리고 천명해온 것을 완전한 무관심과 무시로 대한다. 그들이 그토록 열렬히 섬겨왔던 하느님께서 직접 명확하게 말씀하셨다. 그들이 신의 계시로 인정하는 것 속에는 하느님을 섬기려

거든 오직 이웃을 사랑하고 다른 사람들이 그대를 대하기를 원하는 대로 다른 사람들을 대해야 한다는 원칙이 들어 있다. 하지만 그들은 이를 하느님을 섬기는 수단으로 인정하지 않고 전혀 다른 것, 즉 그들이 스스로 고안하여 하느님의 요구로 내세운 것을 요구했다. 인민을 섬긴다는 자들도 똑같이 행동한다. 그들은 인민이 원하고 분명히 발언하는 내용을 전혀 인식하지 못하며, 인민이 요청하지 않을 뿐만 아니라 조금의 개념조차 갖지 못한 것, 인민을 섬긴다는 자들이 인민을 위해 고안한 것으로 인민을 섬기고자 한다. 하지만 인민이 계속하여 기다리고 천명하는 것 하나는 제외한다.

VII

사회생활 형태의 온갖 불가피한 변화 가운데는 사람들의 삶을 개선시키는 방향으로 나아가는 데 우선적으로 이뤄져야 할 초미의 변화가 있다. 이러한 변화의 필연성은 선입견 없는 사람이면 누구나 알 수 있는 것이다. 그리고 이러한 변화는 러시아만의 문제가 아니라 전 세계의 문제다. 우리 시대 인류의 온갖 재난은 이 문제와 연관되어 있다. 우리 러시아는 운이 좋은 편이다. 우리 인민의 대부분이 농사를 짓고 살기에 토지의 사적 소유를 인정하지 않고서 저 낡은 악습의 폐지를 희망하며 요구하고 이에 대해 멈추지 않고 발언

한다.

누구에게도 보이지 않고 누구도 보려 하지 않는 문제다.

어째서 이러한 이상한 망상이 발생했는가? 어째서 선량하고 친절하고 지적인 사람들이—이런 사람들은 자유주의자, 사회주의자, 혁명가는 물론 심지어 정부 인사 중에도 많다—인민의 복리를 염원하면서도 인민에게 필요한 것 단하나만은 보지 못하는가? 다시 말해, 인민이 끊임없이 지향하는 것, 인민을 고통스럽게 하지 않는 게 무엇인지를 보지 못한다. 그들은 그저 수많은 다양한 과업에 몰두해 있다. 하지만 인민이 바라는 것의 성취가 없는 그 과업의 성취는 어떤 경우에도 인민의 복리 향상에 기여할 수 없다. 정부 인사나 반정부적인 인민의 복무자들의 활동은 수렁에 빠진 말에게 도움을 주려고 달구지에 앉아서 달구지 위의 짐을 이리저리 옮겨놓는 사람이 하는 일과 유사하다. 그 사람은 그렇게 함으로써 문제를 해결하는 데 도움이 되리라 상상한다.

왜들 이러는가?

이 문제에 대한 대답은 행복하게 잘살 수 있는 우리 시대의 사람들이 어째서 어리석고 불행하게 사는가라는 질문의 대답과도 같다.

정부 인사는 물론 인민의 복리를 추구하는 반정부 인사들도 종교를 가지고 있지 않기 때문에 이런 일이 벌어진다. 종교가 없는 사람은 스스로 이성적인 삶을 살 수 없고, 게다가 뭐가 좋고 뭐가 나쁜지, 뭐가 다른 사람들에게 필요하고 필요하지 않은지 알지 못한다. 오직 그런 이유에서 전반적으로 우리 시대의 사람들, 특히 종교적 의식을 완전히 상실하고 이에 대해 자랑스럽게 대놓고 말하는 러시아 인텔리겐치아는 그들이 섬기고자 하는 인민의 삶과 요구를 아주 그릇되게 이해하고 인민을 위해 온갖 다양한 것들을 요구하지만, 인민이 꼭 필요로 하는 것만은 제외한다.

종교가 없이는 진정으로 사람들을 사랑할 수가 없다. 사람들을 사랑하지 않고는 그들에게 무엇이 필요하고 무엇이 더 필요하고 덜 필요한지를 알 수가 없다. 비종교적이어서 진정으로 사랑하지 못하는 사람들은 오직 인민의 일상을 미미하게 개선하는 것 정도를 생각해낼 수 있다. 그들의 눈에는 사람들을 고통스럽게 하고 그들 스스로가 부분적으로 생산하는 주요 악이 보이지 않기 때문이다. 오직 이들만이 미래에 인민을 행복하게 만들 수 있는, 어느 정도 솜씨 좋게 구축된 추상적인 이론을 설파할 수 있다. 그리고 그들은 인민이 현재 겪고 있는 고통, 즉 가능한 한 신속한 완화를 요구하는 고통은 보지 못한다. 마치 굶주린 사람에게서 음식을 빼앗은 자가 빼앗은 음식의 남는 부분을 굶주린 자에게 당장 줄 생각은 하지 않으면서 그에게 앞으로 어떻게 살아야 하는지를 충고(아주 의심스러운)하는 것과 비슷하다.

다행히도 인류의 위대하고 유익한 움직임을 만드는 사람들은 인민의 고혈을 빨아먹는 기생충, 즉 (이들이 스스로를 뭐라 부르든) 정부 인사나 혁명가, 자유주의자가 아니다. 그러한 움직임은 종교적인 사람들, 즉 진지하고 평범하며 부지런하고 자신의 사욕, 허세, 야망을 위한 것도 아니고 외적인 결과를 성취하기 위해서도 아닌 하느님 앞에서 자신의 인간적 사명을 이뤄내려고 사는 사람들에 의해 만들어진다.

그러한 사람들, 오직 그러한 사람들만이 시끄럽지 않으면서도 확고한 활동으로 인류를 전진시킨다. 그러한 사람들은 사람들 앞에서 특출해지고자 인민의 일상을 개선하는 이러저러한 방법을 고안하는(그러한 개선은 무수히 많을 테지만, 주요한 것이 이뤄져 있지 않으면 그런 것들은 전부 사소하다) 사람들이 아니다. 그런 사람들은 신의 율법과 양심에 따라 살려고 애쓰며, 그렇게 살려고 애쓰다가 이 율법에 대한 아주 명백한 위반에 자연스레 맞닥뜨리면 자신과 다른 사람들이 그 위반에서 벗어날 방법을 찾는다.

요사이 내가 아는 어떤 의사가 큰 기차역 3등 대기실에서 기차를 기다리며 신문을 읽고 있었다. 곁에 앉아 있던 농민이 최근의 소식에 대해 물었다. 그 신문에는 '아그라르니 agrarnyi' 대회에 대한 기사가 실려 있었다. 의사는 러시아어로 우스꽝스러운 '아그라르니'[농업]라는 말을 번역해줬고, 그게 토지에 대한 이야기라는 게 확실해지자 농민은 기사를 읽어달라고 청했다. 의사가 읽기 시작하자 다른 농민들이 다가왔다. 한 무리의 사람들이 모였다. 어떤 사람은 다른 사람의 등에 기댔고, 어떤 사람은 바닥에 앉았는데, 다들 집중된 엄숙한 얼굴을 하고 있었다. 낭독이 끝나자 뒤쪽에 있던 노인 하나가 호흡을 가다듬고 성호를 그었다. 그 노인은 아마도 기사에서의 마구잡이 특수 용어로 인해 아무것도 이해할 수 없었을 것이다. 기사는 저 특수 용어로 대화를 할 수 있는 사람들로서도 이해가 어려운 것이었다.

노인은 기사의 내용을 아무것도 이해하지 못했다. 그러나 그는 그게 오래된 거대한 죄에 대한 것임은 알 수 있었다. 그로 인해 그의 조상이 고통을 당했고, 그 역시 고통을 받고 있었다. 그리고 그 죄를 저지른 사람들이 그것을 의식하기 시작했다는 것은 알 수 있었다. 그걸 깨닫고 그는 속으로 하느님을 향해서 성호를 그었을 것이다. 이 노인의 손짓 하나에는 저 신문을 가득 채운 잡담들보다 더 많은 의미와 내용이 들어 있다. 이 노인은 보통의 인민이 알고 있듯 일하지 않는 사람들이 토지를 점유한 게 거대한 죄라는 사실을 이해한 것이다. 그 죄로 인해 그의 조상들이 육체적으로 고통을 당하다 죽었으며 그와 그의 이웃 역시 육체적으로 고통을 당한다. 이 죄를 저지른 자들과 지금도 저지르고 있는 자들 역시 계속하여 정신적으로 고통을 당한다. 이 죄는 여느 죄와 마찬가지로 노인의 기억 속에 있는 농노제의 죄악처럼 마땅히 해결될 수밖에 없을 것이다. 노인은 이런 사실을 알고 느끼기에 해결의 지점이 가까워오는 걸 생각하며 하느님께 기도하지 않을 수 없었을 것이다.

VIII

주세페 마치니는 이렇게 말했다. "위대한 사회적 개혁은 언제나 위대한 종교적 운동의 결과였고 앞으로도 그럴 것이다."

지금 러시아 인민이 직면해 있는 종교적 운동이 그러하다. 그것은 모든 러시아인들, 즉 땅을 빼앗긴 노동하는 인민은 물론 특히 대·중·소 토지 소유주와 직접 토지를 소유하지는 않지만 땅을 빼앗긴 인민의 강요된 노동 덕분에 유리한 위치를 차지하는 수십만 모두가 직면한 일이기도 하다.

지금 러시아 인민이 직면해 있는 종교적인 운동은 오랫동안 러시아뿐 아니라 전 세계 사람들을 괴롭히고 분열시켜 온 저 거대한 죄를 풀어내는 것이다.

이 죄과는 정치적 개혁, 미래의 사회주의적 프로젝트, 현재의 혁명도 해결할 수 없고, 자선적 기부 활동이나 토지를 구매하여 농민에게 분배하는 정부기관 같은 걸로는 더더욱 어림도 없다. 그러한 미봉책은 문제의 본질에서 주의를 딴 데로 돌려 해결을 지연시킬 뿐이다. 인민에 대한 희생이나 염려가 필요한 게 아니다. 죄를 짓거나 죄에 가담한 모두가 자신의 죄를 자각하고 그 죄에서 벗어나려는 열망이 필요할 뿐이다.

토지는 소수의 예외적인 전유물이 될 수 없으며, 토지가 필요한 사람들을 토지에 접근하지 못하도록 막는 것은 죄악이라는, 인민 가운데 최고의 사람들이 항상 잘 알고 있는 의심할 여지 없는 진리가 모든 사람의 공통된 의식이 되어야 한다. 땅을 일궈서 생계를 유지하려는 사람을 땅에서 떼어 놓는 건 부끄러운 일이고, 궁핍한 사람들을 땅에서 떼어놓는 행위에 가담하는 것 또한 부끄러운 일이 되도록 해야 한다. 토지에 대한 합법적인 권리를 빼앗겼다는 이유만으로 어쩔 수 없이 일하도록 강요당하는 사람들의 노동을 이용하는 것은 부끄러운 일이 되도록 해야 한다. 귀족과 지주들이 농노 소유를 꺼림칙하게 여기게 되었을 때 농노제에 일어난 것과 같은 일이 있어야 한다. 어떤 정당성도 없는 불법 행위가 농민들에게 자행되고 있음이 명백해졌을 때, 정부에게는 불공정하고 잔인한 법령을 지원하고 있음이 부끄러운 일이어야 한다.

토지 소유제와 관련해서도 마찬가지의 일이 일어나야 한다. 그것은 그 수가 얼마나 많든 어느 한 신분이 아니라 모든 신분의 사람들에 해당하는 일이며, 어떤 국가의 모든 신분과 사람들만이 아니라 전체 인류에게 필요한 것이다.

IX

헨리 조지는 이렇게 썼다. "사회 개혁은 소음과 고함, 불평, 중상, 정당 결성과 혁명 조직으로 달성될 수 있는 게 아니다. 그것은 사고의 각성과 관념 세계의 점진적인 운동으로만 달성될 수 있다. 올바른 생각이 존재하지 않으면 올바른 행동도 있을 수 없고, 올바른 생각이 있으면 저절로 올바른 행동이 따라올 것이다.

그렇기에 사회 조건을 개선하고자 하는 모든 사람과 모든 조직의 가장 큰 임무는 이념을 전파하는 것이다. 다른 모든 것은 이 과업에 도움이 되는 한에서만 유용할 수 있다. 사유하는 사람이면 누구라도 처음에는 올바른 개념을 스스로 마련하고 그다음에는 그가 접촉하는 사람들의 생각을 일깨우려고 노력함으로써 이 작업에 참여할 수 있다."

이것은 아주 공정한 판단이지만, 저 위대한 과업에 봉사하기 위해서는 생각만 가지고는 안 되고 다른 것 즉 종교적 심성이 있어야 한다. 지난 세기 농노 소유주들이 자신을 유죄로 인정하고, 개인적 손해와 심지어는 파산의 위협에도 불구하고 그들을 짓누르는 죄업에서 벗어날 수단을 모색한 것은 종교적 심성의 결과였다.

이러한 심성이 토지 소유와 관련하여 부유층 사람들에게서 깨어나야 토지 해방의 대업이 실현될 것이다. 그것도 이들이 품고 살아온 죄업을 떨치기 위해 희생할 각오가 될 정도로 깨어나야 한다.

수백, 수천, 수만 데샤티나의 토지를 소유하고 거래하며 토지 재산을 이러저러하게 활용하고 이러한 잔인하고 명백한 불공정 때문에 벌어지는 인민의 억압 상태에 기대어 호화롭게들 산다. 이런 사람들이 각종 위원회와 모임에서 저 불공정에서 비롯한 예외적으로 유리한 자신들의 위치는 희생하려 하지 않고 농민의 일상 개선에 대해 논한다는 것은 좋은 일이 아닐 뿐만 아니라 역겹고 해로운 일이며 상식과 정직성, 기독교의 단죄를 동시에 받을 일이다. 토지에 대한 합법적 권리를 박탈당한 사람들의 상황을 개선하는 유별난 수단을 고안할 게 아니라 그들 앞에 자신의 죄과를 깨닫고 우선 어떤 대가를 치르더라도 거기에 참여하는 것을 그만둬야 한다. 각자의 그러한 내적·도덕적 활동만이 인류 앞에 놓인 문제의 해결에 기여할 수 있고 기여하게 될 것이다.

러시아에서 농민의 해방은 알렉산드르 2세에 의해 이뤄진 게 아니다. 그것은 농노제의 죄업을 깨닫고 자신의 이익에 관계없이 **죄업에서 벗어나려고 애썼던 사람들**이 이뤄낸 것이다. 주로 노비코프, 라디셰프, 데카브리스트와 같은 사람들이 이뤄낸 것이다. 그들은 자신들이 진실이라고 인정한 것에 충심을 다하고자 고통을 받을 각오를 하고 (다른 누군가를 고통받게 하지 않고) 스스로 고통을 감내했다.

마찬가지의 일이 토지 해방과 관련해서도 이뤄져야 한다.

현재 그런 사람들이 존재하며, 그들이 러시아만이 아니라 세계적인 대업을 이뤄낼 것이라고 믿는다. 이러한 대업이 러시아 인민 앞에 놓여 있다.

토지 문제는 지금 현재 50년 전에 농노제의 문제가 도달했던 것과 같은 성숙 단계에 도달했다. 똑같은 일이 되풀이되고 있다. 그때 역시 사회에 팽배한 불쾌감과 불만을 해소

할 수단을 모색하며 온갖 외적인 정부 차원의 수단을 동원했지만, 아무런 도움이 되지 못했고 도움이 될 수도 없었다. 개인의 노예제 문제가 무르익어 해결되지 못한 상태였기 때문이었다. 지금도 이와 마찬가지로 어떠한 외적인 대책도 도움이 되지 않고 도움이 될 수도 없다. 토지에 예속되는 무르익은 문제가 해결되지 않는 한 말이다. 지금 은행을 통한 토지 취득 대책 등이 제안되는 것과 마찬가지로, 그때는 여러 완화 조치와 농기구 보급, 주 3일간의 부역노동 규칙이 제안되어 채택되었다. 지금 토지 소유주들이 범죄적인 토지 소유 종식의 부당성을 말하는 것처럼, 그때 역시 농노의 불법적인 강탈에 대해 말하곤 했다. 그때 교회가 농노제를 정당화했듯이, 지금은 (교회를 대신하는) 과학이 토지 소유제를 정당화한다. 그 당시 노예 소유주들은 크든 작든 자신의 죄업을 느끼며 다양한 수단으로 죄를 완화하려 애를 썼다. 그들은 3일간의 부역노동을 소작으로 바꾸고 소작료를 줄이기도 했다. 그와 마찬가지로 현재 감수성이 남다른 토지 소유주들은 죄책감을 느끼며 아주 유리한 조건으로 농민에게 토지를 건네거나 은행을 통해 팔고 인민학교, 재미있는 여흥시설, 마법의 가로등, 극장들을 지어가며 속죄하고자 애를 쓴다.

이 문제에 대한 정부의 무관심한 태도 또한 똑같다. 당시의 그 문제는 농노들의 현실을 개선하는 교묘한 수단을 생각해낸 사람들에 의해 해결된 것이 아니었다. 해결의 절박성을 인식하고 이를 미래로 미뤄두지 않고 특별한 어려움을 예상하지 않은 채 곧장 그 악습을 끝장내려 노력한 사람들이 있었다. 그들은 이미 의식적으로 파악된 악이 계속될 만한 조건이 있을 수 있다는 생각의 여지를 허용치 않고, 주어진 상태에서 가장 훌륭하게 여겨지는 해결책을 취했다. 지금 토지 문제를 다루는 데에서도 똑같다.

이러한 문제는 악을 완화시키려 하거나 인민의 구제책을 고안하거나 과업을 미래로 미루려는 사람들에 의해 해결되지 않는다. 아무리 허위를 누그러뜨리려 해도 허위는 허위로 남는다는 것, 즉 우리가 괴롭히는 사람을 위한 구제책을 생각해내는 것은 미친 짓이라는 걸 깨닫는 사람들이 그 문제를 해결할 것이다. 이런 이들은 사람들이 고통당할 때 지체하지 않고 곧장 최선의 해결책을 찾아 즉시 적용해야 한다는 걸 깨닫는다. 더욱이 토지 문제의 해결책은 헨리 조지에 의해 아주 완벽하게 고안되었다. **기존 국가 체제 및 의무적인 조세 아래**에서는 다른 어떤 더 낫고 공정하며 실용적이고 평화로운 해결책을 생각해내는 것이 불가능할 정도로 말이다. 그렇게 되어야 한다.

헨리 조지는 다음과 같이 썼다. "내가 밝혀내려 애쓴 진리를 파기하고 억누르고자, 이기심은 무지의 지원을 받으려 할 것이다. 그런데 이러한 진리 속에는 놀라운 발아력이 들어 있어서, 공기 속에서 이미 봄기운이 느껴진다. …… 땅이 갈려 씨앗이 뿌려지고 좋은 나무가 자랄 것이다. 그 나무는 아주 조그맣지만, 믿는 자의 눈에는 그것이 보인다."

나는 헨리 조지가 옳다고 생각한다. 토지 소유제에서 발생하는 죄악은 해결이 가까웠고, 헨리 조지에 의해 촉발된 움직임은 마지막 산통이었다. 이제 곧 출산이 시작될 것이다. 그토록 오랫동안 짊어져온 고통에서 사람들을 해방시켜야 한다. (내가 그 실현을 위해 무언가 도움이 될 수 있으면 좋겠다.) 더욱이 이러한 거대한 세계적인 죄악을 해결하는 일, 즉 인류사의 기원이 될 해결책을 찾는 일은 바로 러시아인, 슬라브 민족의 앞에 놓여 있다. 정신적 구조와 경제 구조상 그들은 이 위대한 전 세계적인 대업을 달성할 사명을 지니고 있다. 러시아 인민은 유럽과 아메리카의 민족들을 모방해서 프롤레타리아화되어서는 안 되고, 오히려 토지 소유제 폐지를 통해서 국내의 농업 문제를 해결함으로써 다른 민족들에게 산업, 공장제, 자본주의적 폭력과 예속 상태를 벗어나는 합리적이고 자유롭고 행복한 삶의 길을 제시할 것이다. 여기에 러시아 인민의 위대한 역사적 사명이 있다.

  러시아의 기생충인 우리는 인민의 노동으로 먹고살며 지적인 작업을 위한 여가를 얻는 처지에 있다. 우리가 우리의 죄과를 깨닫고 개인적 이익과는 관계없이, 우리를 정죄하는 진실의 이름으로 그 죄과를 털어내는 노력을 기울이기를 기대한다.

  1905년

세 가지 거짓된 것

…… 칼을 지닌 자는 다 칼로 망하느니라(마태복음 26:52).

온유한 자는 복이 있나니 그들이 땅을 기업으로 받을 것임이요(마태복음 5:5).

세 가지 크게 거짓된 것이 있다. 그 거짓된 것에서 육체적인 것이든, 영적인 것이든 사람들의 온갖 고통이 유래한다. 병역과 조세, 인민에게서 빼앗은 토지가 그것이다.

첫 번째 거짓이 병역이다. 사람들의 육체적인 행복을 위해서도, 영적인 행복을 위해서도 이는 가장 심각하고 해로운 거짓이다.

어떤 이가 노동하여 가족을 부양하며 살아간다. 그런데 갑자기 그로서는 존재조차 몰랐던 정부가 전쟁을 획책하여,

군사 업무에 쓴답시고 돈을 빼앗고, 그를 본업에서 분리시켜 살육장으로 파견한다. 거기서 그는 다른 사람들을 죽이거나 스스로 죽음을 맞이한다. 가장 최악은 전쟁을 선포당한 자들이 쳐들어와서 그의 집을 부수고 전쟁의 대가를 지불하라고 강요하는 상황에 이르는 것이다. 그러므로 병역제가 존재하는 한, 누구라도 노동이 그저 허비되지 않고 살육장에 파견되지 않으리라는 확신을 갖고 조용히 살 수가 없다. 여기에 군 복무의 육체적인 해악이 있고, 이것이 영혼에 미치는 해악은 훨씬 더 크다. 형제애의 기독교적 율법을 따르는 사람에게 갑자기 기독교도인 상관들이 이웃을 죽이러 가라는 명령을 한다고 치자. 신의 율법과 인간의 법률, 둘 중에 하나를 선택해야 하는 상황이다. 그러면 사람들은 스스로의 나약함으로 인해 인간의 법률을 선택하고 하느님의 복음서적인 율법과 이웃에 대한 사랑을 아예 내팽개친다. 그리고 신의 율법을 망각한 채 통치자들이 궁리해내 채택한 인간의 법률에 의지해 살아가는 것이다. 이것이 병역제의 심각하고 주된 해악이다.

두 번째 거짓에 해당하는 것은 조세 및 사람 수 대로의 직접세, 상품과 모든 거래, 심지어 장소 이동에 대한 세금이다. 어떤 노동자도 공물을 거두어 저희들이 원하는 대로 사용하는 자들에게 자신이 번 돈의 일부를 넘기지 않고는 한 발짝 움직이거나 무언가를 구입할 수도 없다. 이런 거짓 역시 사람들의 육체적 행복과 영적인 행복에 해롭다. 조세를 내야만 하는 사람은 아무리 많은 일을 하더라도 그에게 남는 게 무엇인지 알지 못한다. 왜냐하면 권력이 언제든 새로운 조세를 지정할 수 있고, 그가 일을 하면 할수록 더 많은 조세를 거둬갈 것이기 때문이다. 권력은 그렇게 움직인다. 이런 거짓은 영혼에도 해를 끼친다. 조세를 거둬들여 사용하는 사람들은 노동을 하지 않고 조세를 취하여, 마음 내키는 대로 조세를 처분한다. 대부분은 그들 자신의 사욕, 야심과 허영을 만족시키는 데 쓰인다. 또한 그들은 스스로 벌어들이지 않은 타인의 재산을 관리함으로써 타락하고, 그들의 조력자들, 즉 남의 돈을 바보스럽게 분배하는 관리들도 타락시킨다. 인민은 이런 식으로 눈먼 돈을 사용하는 행태를 보고 그것에 시샘하거나 분노하고, 때로는 그러한 자들에게 순응하려 애를 쓴다. 그들 역시 벌어들이지 않은 돈을 사용하고자 하는 것이다. 그런 까닭에 이러한 거짓으로 인해 민간에 커다란 혼란이 발생한다.

세 번째 거짓은 두 번째 것 못지않게 해롭다. 여기서 역시 육체적인 악과 영적인 악이 숱하게 생긴다. 이 거짓은 사람들이 토지를 강점해서 여타의 물건이나 마찬가지로 사고팔며 선물하고 저당을 잡는 것과 관련 있다.

이러한 거짓은 다른 무엇보다 현재 문제시된다. 예전에는 보이지 않던 것이 사람들의 수가 늘어나고 부자들이 양질의 토지를 차지하게 된 지금에 와서 모두에게 분명해졌다. 부자들이 토지를 전부 사들이려 마음먹고 전매해버린다면, 거주자들은 부자들의 노예가 되는 수밖에 없다. 그들의 허락 아래 땅을 경작해서 살아야 하기 때문이다. 특히 민중이 점점 더 가난해지고 있기 때문에 분명해진 것이다. 토지가 있는 농촌에 남은 사람, 농촌을 떠나 여러 도시의 공장에서 일하거나 머슴살이하는 사람들이 다 그렇다.

이러한 거짓은 앞의 거짓들보다 육체적으로나 영적으로 더욱 해롭다. 육체적인 해악은 이런 것이다. 사람들이 토지도 없이 또는 소소한 토지를 일구며 살며 농촌 곳곳에서 양질의 식량도 없이 가난 속에서 죽어가거나 쇠약해진다. 그도 아니면 도시 곳곳에서 꼴사납고 건강치 못한 삶을 살다가 스스로 쇠약해져서 더 이상 자손마저 생산하지 못하게 된다. 이러한 거짓으로 인한 영적인 해악은 이렇다. 토지를 잃은 사람들은 토지를 차지한 자들과 부자들에게 악의를 품고, 반면에 토지를 차지한 사람들은 자신의 잘못을 감지하고 두려워하여 거짓된 변명거리를 꾸며내고 자신들이 죄를 범한 상대를 증오한다. 토지가 없는 인민은 도시로 떠나서 부자들의 머슴살이를 하다가 점점 더 선한 삶에서 멀어지고 타락한다.

이러한 세 가지 거짓, 즉 병역제, 조세, 토지 수탈로 인해 세상의 온갖 해악이 발생한다. 어떻게 여기서 벗어나야 하는가?

지금 우리 러시아에는 폭동이 일어나곤 한다. 폭동을 일으키는 자들은 전제정부가 사라지고 공화국을 수립하면 온 갖 폐단이 바로잡힐 것이라고 말한다. 그러면 인민이 자신의 정부를 직접 선출하고, 학자들의 가르침처럼 인민이 직접 전반적인 것 즉 제작소, 공장, 토지까지도 관리하고, 모두가 동등하게 일하고 동등하게 나누게 된다는 것이다. 그런데 이 사람들이 모두 같은 의견을 가진 것은 아니다. 현실을 있는 그대로 둬야 한다는 축이 있는가 하면, 황제는 그대로 두되 단지 그가 모든 일을 의회와 협의하게 하자는 축이 있다. 또 황제는 필요 없고 선출된 의회가 대통령과 함께 통치해야 한다는 축도 있다. 그리고 의회가 직접 모든 사회적 사안을 통합할 뿐만 아니라, 공장과 제작소 및 토지를 포함한 공공의 경제생활을 관할해야 한다는 축도 있다. 이들은 어떤 통치체제를 갖출 것인가라는 면에서 의견이 다르지만, 정부와 권력이 있어야 한다는 한 가지 면에서는 의견을 같이한다. 즉 다른 사람들을 통치하며 법률을 고안하고 제정하는 사람들이 존재해야 하고, 다른 이들은 그러한 법률을 실행해야 한다는 것이다.

아무튼 이런 사람들이 원하는 대로 된다고 해도, 사람들에게 고통을 주는 원인인 커다란 거짓은 사라지지 않을 것이다. 어떤 이들이 다른 이들을 통치하며 모두를 대신해 법률을 제정하는 대담함을 발휘했고, 다른 이들은 이러한 인간의 법률에 전적으로 복종할 필요가 있다고 생각하기 때문이다.

결과적으로 통치하는 자들은 복종하는 자들에게 그들 즉

통치하는 자들에게는 필요하지만 다른 사람들에게는 해로운 일을 하도록 강요한다. 여기서 병역제와 조세, 빼앗긴 토지의 문제가 생긴다. 지배하는 자들, 즉 모두에게 적용되는 법률을 제정하고 그 법률을 이행하도록 요구하는 정부가 있는 곳 어디에서나 그렇다. 한 사람의 전제적인 차르나 술탄의 통치 아래서든, 한 사람이 아닌 여럿이 지배하는 공화정 아래서든 어디서나 마찬가지다. 어디든 징집과 용병의 병역제가 있어서, 불필요하고 해로운 전쟁이 도모되고 복종하는 자들을 전쟁터로 내보낸다. 이런 일들은 러일전쟁의 러시아에서 일어났고, 보어전쟁의 영국에서 일어났으며, 스페인 및 필리핀과 전쟁한 미합중국에서도 일어났다. 어떤 자들이 권력에 있든, 그들은 항상 자기 이득과 명예를 생각한다. 인민에 대해서는 생각하지 않는다. 다행히 인민은 복종하므로 뭐든 원하는 것을 인민에게 할 수 있다. 인민의 궁핍은 안중에도 없이 저희의 목적을 위해 조세를 거두고, 부자들을 위해 토지를 관리한다. 그들에게는 인민에게 필요한 것이 아닌 그들을 지지해줄 부자들에게 필요한 것이 중요하기 때문이다.

그렇다면 이 세 가지 거짓에서 어떻게 벗어날 수 있을까?

벗어날 방법은 오직 한 가지, 사람들에게 복종하는 것이 아니라 하느님에게 복종하는 것이다.

사람들이 이를 믿는 것으로 족하고, 그러면 세 가지 거짓은 죄다 저절로 사라질 것이다.

그리고 이러한 거짓들이 사라지게 하려면, 모든 사람들과 우리 러시아인들은 작금의 혼란한 시대에 봉기도 파업도 시도할 필요가 없다. 우리를 포로로 붙잡는 것을 하지 말아야 한다. 사람들이 아닌 하느님에게 복종해야 한다. 지금 정부로 간주되는 자들, 그리고 정부를 전복하고자 하며 내일 그 자리에 있을 법한 자들에게 복종하지 말아야 한다.

우리의 당장의 목적을 성취하려면 그 어떤 인간의 권력에도 복종하지 말아야 한다. 지금 우리나 당신들이 사는 것처럼, 각자 동떨어져 있지 말고 화목하게 공동체 속에서 사는 것이다. 각자 자신을 위해 일하되 우리의 사회적이고 경제적인 사안의 논의를 위해 집회에 모이며, 우리가 자발적으로 동의한 것에만 복종해야 한다. 정부, 병역, 조세, 경찰, 재판 같은 일에 참여하지 말아야 한다.

우리는 이렇게 행동할 것이다. 우리가 군 입대를 하지 않고 조세를 자발적으로 납부하지 않는다면, 군대를 모아 전쟁을 일으키거나 인민의 노동을 조세로 강탈하며 빼앗은 토지에 대한 소유주의 권리를 지켜주는 정부는 저절로 사라질 것이다. 그리하여 정부가 사라진다면, 모든 농촌과 교구에서 인민은 병역도, 전쟁도, 조세도, 세금도, 인민이 사용하지 못하는 토지도 없는 그런 방식의 생활을 쉽사리 꾸리게 될 것이다.

병역이나 전쟁이 필요 없게 하려면, 조세와 금지된 땅이 없는 착하고 정의로운 삶을 꾸려야 한다. 그러면 아무도 그러한 민족과 전쟁하려 들지 않고, 오히려 그런 사람들에게서 자유롭고 죄 없이 사는 법을 배우려 할 것이다. 사람들을 모욕하고 그들의 재산과 땅을 빼앗는 잔인한 사람들은 있을 수 있다. 아무튼 그들과 싸우고 전쟁하는 것보다 모욕을 참아내는 게 훨씬 나을 것이다. 그런데 더 나쁜 것은 그들에게 복종하는 것이다. 운명이나 다른 사람으로부터의 온갖 악행은 참아낼 수 있다. 그러나 지금 행해지는 일을 지속하는 것은 무엇보다 좋지 않다. 다시 말해 자기 자신으로 인한 것, 당신을 괴롭히는 권력에 복종하는 것을 참아내는 것 말이다. 악을 참고 견디며, 악으로 악과 싸우지 말며 악에 복종하지 말아야 한다.

그러므로 첫 번째 거짓, 즉 병역제도에서 벗어나는 길은 사람들에게 복종하기를 그만두는 것이다. 더불어 조세와 금지된 땅이 없는 착하고 정의로운 삶을 확립해야 한다. 토지가 공동의 것이 되고 조세가 없는 삶을 꾸리는 오래된 방식이 있다. 프랑스, 영국과 미국에서 이미 여러 차례 제안되었으며, 우리의 경우 토지가 공동 소유인 일부 지역에서 적용하는 방식이 그것이다. 이 방법은 공적인 사안에 필요한 자금, 곧 조세와 세금으로 징수되는 것들을 토지에서 거두자는 것, 공동의 토지에서 나오는 소득이 인민 모두의 필요에 사용되도록 하는 것에 있다. 이 방법은 오래전부터 제안되었으나, 어떻게 적용할지가 명확하지 않았다. 하지만 최근에 미국의 작가 헨리 조지는 이 문제를 전면적으로 숙고했고, 그것을 실제에 적용하기만 하면 되도록 가다듬었다. 그것은 당장이라도 크든 작든 어떤 사회에서라도 적용할 수 있다.

토지 문제의 유일하게 가능한 해법

I

토지 소유에 대한 일부 사람들의 배타적 권리는 타인이 토지를 이용할 기회를 빼앗는 것으로, 무자비하고 모두에게 해가 되는 부당한 일이다. 한때 농노제가 그랬던 것처럼 말이다.

이런 식의 부당함은 모두가 어렴풋이 의식하는 바이지만, 러시아의 농민에게는 특히 생생하게 지각되었다. 지금과 같은 혁명적 시기에 이러한 불공정은 특히나 생생하게 느껴지며, 현재 러시아 인민의 염원과 요구는 그 불공정의 소멸을 향하고 있다.

이러한 요구를 충족하는 방법의 탐색에 정부 여당과 반정부 정당들이 공을 들인다. 유감스럽게도 여러 정당들은 대부분 정당 자체의 사사로운 목적에만 관심이 있을 뿐, 무너진 정의를 복원한다는 주요한 전반적이고 도덕적인 목적에는 관심이 없다. 먼저, 농민들의 토지 분배에 국가나 황실 소유 토지 일부를 추가함으로써 인민의 요구를 충족시킬 수 있다고 생각하는 이들이 있다. 둘째, 어떤 이들은 지주가 파는 토지를 농민들이 은행을 통해 구입할 기회를 제공함으로써 충족시킬 수 있다고 여긴다. 셋째, 토지가 부족한 농민들을 주인 없는 빈 땅으로 이주시키자고 하는 사람들도 있다. 넷째, 어떤 이들은 의무 상속 임대의 확립을 주장한다. 다섯째, 황실과 수도원, 지주의 토지를 몰수하여 그것으로 농민을 위한 토지 분배 기금을 조성하자는 사람들도 있다. 여섯째, 토지를 국유화하여 사회주의 체제의 토대가 되어야 한다고 하는 사람들이 있다. 일곱째, 모든 토지를 오직 농민의 소유로 인정해야 한다는 사람들도 있다.

이러한 구상들은 본질적으로 두 부류로 나뉜다. 우선 정부 관료와 보수적인 인사들은 토지제도의 변화를 자신의 주요 과제로 내세운다. 그들에게 토지제도의 변화는 자신들의 이득을 완전히 없애지 않으면서 어쨌든 조금 양보를 하더라도 인민의 동요를 안심시키는 것이다. 그리고 혁명가들은 대부분 주요한 과제를 정반대로 내세운다. 혁명가들은 인민의 분노를 지지하고 공공의 선을 위해 유용하다고 생각되는 혁명 활동에 인민을 끌어들인다.

지금까지 혁명가들이 점점 더 자신의 목적에 도달하고 있다. 인민은 구전과 신문의 영향으로 오래전부터 자신들을 괴롭혀온 불공정, 즉 인민의 토지 사용권 상실을 더욱더 생생하게 감지하면서, 정부가 이러한 부당함을 없앨 가능성이 없다고 본다. 게다가 인민은 의회가 해산된 이후 특히 더욱더 크게 분노하며, 오랫동안 인민이 견뎌온 거대한 불공정에 대한 보복으로 여기저기서 가장 부당한 일을 저지르거나 저지를 태세가 되어 있다.

인민은 현재 러시아에서 진행되고 있는 재편 상황에서 이전 상태에 머물 수도 없고 머물러서도 안 된다는 것을 감지한다. 그리고 인민은 은행을 통한 토지 매입, 국가와 황실 소유 토지의 추가, 이주 혹은 의무적 임대 혹은 토지 기금 등의 형태로 그들에게 제시된 개별적인 사안의 미봉책에 만족하지 않는다. 인민은 근본적인 사안의 개정을 원한다. 다시 말해서 어떤 사람들이 일하지도 않으면서 건초 위의 개처럼 누워서 토지를 사용하는 사람들을 방해할 수 없도록 하는 것이다. 그리고 인민은 사람들 모두 땅이 제공하는 이득과 편의를 누릴 동등한 기회를 갖기를 원한다.

인민의 이러한 염원은 전적으로 올바르다. 다만 잘못 이해하고 경박한 사람들이 지지하는 거짓되고 확산되어 있는 관념, 즉 사람들이 모두 토지를 이용할 동등한 권리를 갖기 위해 오직 토지 소유주의 땅을 몰수하고 그것을 일하는 농부들에게 분배해야 한다는 생각은 인민에게 옳지 않다.

몰수된 토지를 어떻게 분배할 것인가? 어떤 토지를 어떤 단체에 제공할 것인가? 어디에 토지를 떼어줄 것인가? 더 쓸모 있는 토지, 초원, 숲을 어떻게 배분할 것인가? 소지주를 어떻게 대할 것인가? 자기 몫의 토지를 얻고 싶은 토지 무소유자들을 어떻게 대할 것인가? 주민의 수가 많을 때는 누가 어디로 이주해야 하는가? 등등.

이 모든 것은 지주에게 토지를 몰수해서 농민들 사이에 분배할 때 어떤 위원회도 해결할 수 없는 그런 문제이고, 그래서 끝없는 논쟁과 말다툼, 특히 지금보다 더 못한 부당함의 원천이 될 뿐이다. 자신의 지역적 문제들에 전념하는 농민들은 이러한 문제를 보지 못하고 알 수도 없다. 하지만 모두에게 일반적인 정당한 관점에서 문제를 해결하는 것을 자신의 사명으로 여기는 사람들은 이러한 문제를 보아야 한다.

일반적인 관점에서 이와 같은 토지 문제의 해법은 일부 소유자들에게서 토지를 몰수해서 타인들에게 배분하는 것에, 즉 토지의 자의적인 처분에 있을 수 없으며, 토지 소유라는 오래된 불의의 소멸 그 한 가지뿐이다. 토지 소유로부터 사람들의 억압과 적의라는 모든 해악이 나왔다. 토지 문제를 해결하기 위해서는 이러저러한 사람들의 염원을 충족시키는 것이 아니라, 위반되고 있는 토지에 대한 자연적인 권리와 자신의 노동 생산물에 대한 인간 각자의 권리를 복원하는 것이 필요하다.

II

　모든 사람은 토지에 대한 동등한 권리를 갖고 있으며, 각자 스스로의 노동에 대한 양도할 수 없는 권리를 갖는다. 이두 가지 권리는 토지 소유권의 인정과 노동 생산물에 대한조세와 세금을 징수함으로써 파괴되었다.

　이러한 권리를 복원하는 길은 단 하나다. 토지가 그 소유주에게 제공하는 수익과 동등한 토지세를 부과하는 것과 사람들의 노동에 부과된 온갖 조세와 세금을 **토지단일세**로 대체하는 것이다. 모든 토지에 대한 단일세의 도입은 다양한시대와 여러 나라에서 제안되었고, 최근에는 특히 미국인헨리 조지에 의해서 구체적으로 명확해졌다.

　단일세의 기초는 다음과 같다.

　1) 사람들은 모두 토지에 대한 동일한 권리를 갖고 있고각자 자기 노동 생산물에 대한 양도할 수 없는 권리를 갖는다. 그렇기 때문에 그 누구도 토지 사용에서 타인들에 대한우선권을 가져서는 안 되며, 그 누구도 노동자로부터 그 노동의 생산물을 토지 사용의 대가 혹은 세금과 조세의 형태로 빼앗아서는 안 된다.

　2) 이 두 가지 권리가 침해되지 않기 위해서 토지를 이용하는 사람들은 자신이 이용하는 토지가 다른 토지와 비교해서 제공하는 수익에 합당한 세금을 사회에 지불할 필요가 있다. 그리고 전혀 토지를 소유하지 않고 산업이나 다른 일에

종사하는 사람들은 온갖 세금과 조세에서 해방되어야 한다.

이러한 제도 아래에서 사회적인 일에 사용되며 지금은 노동에서 얻어지는 모든 재원(자금)은 특별한 수익을 성질과 상태에 따라 토지 소유자들에게 제공하는 토지에서 거둬들일 것이다. 따라서 흑토 혹은 교통로에 있는 토지는 모래, 진흙 혹은 도시에서 멀리 떨어진 것보다 더 큰 수익을 제공하기에 더 많이 지불할 것이다. 도시와 부두, 수도에 있거나 가치 있는 광물이 나는 토지는 더 많이 지불할 것이다. 토지를 이용하지만 그 어떤 특권도 없으며 혹은 전혀 토지를 소유하지 못한 사람들은 사회제도의 모든 편의, 즉 관청, 교통로, 온갖 종류의 사회시설을 이용하면서도 아무것도 지불하지 않을 것이다.

III

그러한 제도의 결과는 다음과 같을 수 있다. 첫째, 토지를 직접 경작하지 않는 토지 소유자들, 특히 대토지 소유자는 거기에 세금이 부과되면 대부분 토지 소유를 포기하고 토지를 필요로 하는 사람들에게 토지를 양도할 것이다.

둘째, 단일세는 설탕, 석유, 성냥, 포도주같이 현재 사람들이 사용하는 물품에 대해 지불하는 세금을 폐지하게 해서, 노동자들의 지출을 줄이고 그로써 노동자의 복지를 증대시킬 것이다.

셋째, 단일세는 상품에 대한 수입과 수출 관세를 없앰으로써 단일세가 도입된 곳의 국민에게 전 세계와의 자유 무역을 복원시킬 것이고, 그 사회 또는 국가의 사람들에게 다른 나라 또는 국가 사람들의 자연의 산물과 노동, 예술의 산물을 방해 없이 사용할 기회를 제공할 것이다.

넷째, 단일세는 모든 노동하는 사람들에게 토지를 허용함으로써 고용노동자들이 지금처럼 주인들이 만들어 놓은 조건을 받아들여만 하는 것이 아니라 그들 스스로 노동 조건을 수립하는 그러한 상태에 있게 될 것이다. 이러한 자립적인 노동자들의 상태에서라면 지금은 노동자들의 노예화 수단이 되어 있는 일을 쉽게 만들어주는 모든 발명품이 지금처럼 재앙이 되는 것이 아니라 모두를 위한 축복이 될 것이다.

다섯째, 단일세의 도입은 노동자의 복지를 향상시킴으로써 현재의 일반적인 물품의 과잉 생산을 할 수 없게 만들 것이다. 왜냐하면 노동자들은 지금처럼 그들이 만든 물건을 획득할 기회를 잃지 않을 것이고, 다수 노동자가 필요로 하는 것은 수요에 따른 규모로 우선적으로 생산될 것이기 때문이다.

여섯째, 가장 중요한 것으로 단일세의 도입으로 어디서나, 특히 지금의 러시아에서도 모든 합법적인 인민의 요구가 심지어 인민이 기대한 것보다 더 크게 충족될 것이다. 왜냐하면 각자가 토지가 주는 모든 수익을 동등하게 이용할 기회를 누릴 뿐만 아니라, 사람들은 자기 노동의 산물에서 조세와 세금을 지불할 필요가 없어지기 때문이다.

그런 까닭에 단일세의 도입은 어떤 형태의 공동체일지라도 현재 폭력으로 작동하는 정부들뿐만 아니라 상호 합의에 바탕을 둔 이상적인 공동체 생활에서도 사람들의 노동에 의존하지 않는 자금을 확보할 수 있는 가장 확실하고 실제적인 방법을 제시할 것이다. 이런 방식의 자금 확보는 전 사회가 필요로 하는 비용을 충당하고 가장 공정한 토지 관계를 정돈할 것이다.

(토지세가 모든 조세와 세금을 대신하기에 충분하다는 사실은 많은 저작들에서 연구되고 입증되었다. 단일세 문제에 관한 주요 저작은《진보와 빈곤》《연설문과 논문》《사회적 과제》등과 같은 헨리 조지의 저서들이다.)

IV

하지만 이렇게들 말한다. 단일세 제정은 수 세기 동안 만들어진 사회제도와 토지 소유, 조세를 뿌리부터 뒤흔듦으로써 사회와 인민에게 커다란 동요를 불러일으킬 수 있고, 그런 까닭에 특히 현재와 같은 불안한 시대에는 반시대적이고 위험할 것이라고 말이다.

내가 생각하기에는, 오히려 토지 소유를 정상화하기 위해 지금 제안되고 있는 조치들 중에서 어떤 것도 단일세 조치와 마찬가지로 인민과 토지 소유주들의 불안과 동요, 분노를 줄이면서 도입될 수는 없다. 나는 이러한 조치의 도입을 이렇게 생각한다. 토지를 국가의 모든 사람들의 공유 재산으로, 각자의 노동 생산물을 생산자의 양도할 수 없는 소유로 선포한다. 무너진 기본적인 인간의 권리를 복원하기 위해서 토지 가치에 대한 단일세를 도입하여 다른 모든 조세와 세금을 대체하게 된다. 하지만 토지에 대한 세금을 즉시 전면적으로 한꺼번에 부과하는 것은 다른 모든 세금과 조세의 폐지와 더불어 많은 토지 소유주와 산업가들에게 치명적이 될 것이다. 그래서 단일세의 도입은 즉각적으로 실행될 수 없는 토지에 대한 정확한 평가를 요구하며, 이러한 세금은 점진적으로 도입한다. 우선 첫해에는 어느 한 부분(전체 이익의 15, 20, 30퍼센트 또는 그 이하나 그 이상으로)을 도입하고, 그다음 해에는 다른 부분을 도입하며, 그렇게 해서 모든 조세와 세금이 토지로 완전 이전될 때까지 진행되며, 그 기간은 더 장기적이거나 단기적이 될 수 있다.

이와 같은 점진적인 토지세 부과와 노동에 대한 조세 폐지는 아무런 불안과 동요도 일으킬 수 없고 그렇게 해서도 안 된다. 왜냐하면 노동에 대한 세금을 토지에 대한 세금으로 점진적으로 교체하는 것은 새로운 삶의 조건에 적용하도록 토지 소유주와 산업가들에게 기회를 주기 때문이다. 오늘날 이러한 조치는 모든 사람들과 특히 1억에 달하는 러시아 인민이 생생하게 의식하는 사적 토지 소유의 부당함과 비록 혼란스럽게 의식되더라도 그만큼 가혹한 것으로 노동에 자의적으로 전가시킨 조세와 세금의 부당함을 종식시킬 것이다. 이와 더불어 이 조치는 특히 러시아 인민의 90퍼센트를 차지하는 농민들에게도 사회를 안정시키는 가장 효과적인 수단이 될 것이다.

문제에 대한 이러한 해법은 단지 일부 사회계층(비록 가장 다수를 차지하더라도)을 위한 국부적인 해법이 아니며, (토지) 추가와 구입, 이주, 기금과 같은 지엽적이고 일시적인 해법도 아니다. 이것은 오래되고 명백한 부당함을 철폐하고 백만장자뿐만 아니라 가장 가난한 농민들에게 토지와 자기 노동에 대한 동등한 권리를 확립시키는 일반적이고 기본적이며 도덕적인 해법이다.

정부 관료들은 피통치자들 사이에 정당한 관계를 유지하는 것으로 자기 존재를 정당화한다. 무너진 정의의 회복은 특히 정의가 무너졌음이 명확해지고 모두가 의식할 때 그들에게 제일의 절박한 의무로 인정되어야 한다. 그렇게 명확해지고 모두가 의식하는 부당함은 이전에 러시아의 농노제였으며, 이 제도는 당대 정부의 주목을 받았다. 오늘날 토지 소유의 부당함은 반백 년 이전의 농노제의 부당함보다 더욱 생생하게 의식되고 있다. 그런 까닭에 현재 러시아 정부 관료들은 자신의 사명에 따라 자신과 타인들을 기만하지 않는다면, 신과 자신의 지위, 인민에 대한 모든 인민이 의식하는 명백한 부당함을 없애야 하는 의무가 있다. 정부 관료들이 이 일을 하지 않는다면, 이에 대한 유일한 설명은 그들이 유럽을 모방하는 데 오랫동안 익숙해져서 유럽 그 어디에서도 실행되지 못했던 것에 대한 적용을 두려워한다는 것이다. 정부 관료들은 러시아 인민이 처한 조건이 지금 서유럽 인민들이 처한 것과 완전히 다르고, 러시아 인민이 영원히 유럽을 모방할 운명에 처한 것이 아니라, 러시아 인민이 자신의 머리로 생각하고 자신의 조건과 본성에 따라 행동할 수 있을 성년기가 그들에게 도래해야 한다는 것을 망각하고 있다.

러시아 정부 관료들은 당장 특히나 이 점을 기억해야 한다. 왜냐하면 현재 부당한 토지 소유를 지지하면서, 그들은 자신들의 직접적인 의무로 인정하는 것도 실행하지 않고 거대한 재난의 범죄자들이 됨으로써 자신의 실패와 무용함을 온전히 드러내기 때문이다.

1906년 9월 10일

국가에 대하여

나는 처음으로 국가가 무엇인가를 명확히 이해했다. 아주 간단하고 쉽게 이해할 수 있는 것처럼 보이는데도 말이다.

비록 비웃음을 사더라도 그 계기를 고백해보겠다. 오늘 아침 산책에서 돌아오는 길에 우리 마을에 사는 순찰대원 하나가 썰매를 타고 오다가 나를 따라잡았다. 마침 피곤하던 참이라 썰매에 걸터앉아 그와 대화를 나눴다. 나는 그에게 어째서 그런 꺼림칙한 자리에서 복무하는지를 물었다. 자신의 직무가 몹쓸 것이라 느끼며 알고 있기는 해도 매달 자신이 받는 35루블을 어디서 받을 수 있겠느냐고 아주 간단히 답했다.

그리고 갑자기 모든 것이 명확해졌다. 여기에 핵심이 있다. 이 위대한 국가 질서가 고작, 순찰대원으로 일하면 35루블의 봉급을 받는 사람이 그 일을 그만두면 그의 노동의 대가는 8루블에 지나지 않는다는 사실에 토대를 두고 있음이다.

그리고 처음으로 사태의 핵심을 명확하게 이해했다. 아주 간단하고 쉽게 이해할 수 있을 것으로 보인다. 이름난 철학자들이 법철학 속에 점잖은 모습으로 적어놓은 그 경이로운 어리석음에 대해 말하는 것이 아니다. 그곳에다 그들은 저 추악한 속임수와 경이로운 어리석음에 존경을 불어넣곤 하지만, 본질적으로 핵심은 다음과 같다.

무기를 든 거칠고 잔혹한 사람들이 정착해서 근면하게 일하는 죄 없는 사람들을 약탈하곤 한다. 때로 느닷없이 습격하여 약탈하고 사라진다. 때로는 노동자들 가운데 정착하여 끊임없는 약탈을 자행한다. 다시 말해, 무기를 든 채로 노동의 일부를 빼앗거나 그들의 노동을 활용한다. 이러한 약탈을 더 널리 확산시키고 공고화하기 위해 이들은 위협과 주로는 매수, 아니면 둘 다의 방법을 동원해 약탈당하는 사람들 중에서 약탈의 조력자들을 선별한다.

단지 이 하나에 모든 국가 질서, 즉 하나 또는 여러 종족으로 이뤄진 민족들을 포괄하는 다양한 조국이 토대를 두고 있다. 그러한 것이 온갖 국가기관들 즉 원로원, 협의체, 의회, 황제와 군주들이다.

참으로 알기 쉬워 보인다. 그러니 국가의 본질을 풀이하며, 국가의 기만을 무언가 새롭고 아무도 모르는 것인 양 말하는 것은 부끄러운 일임이 분명하다. 불을 보듯 분명한 사실이다. 다만 놀라운 일은 이런 것이다. 나로서는 국가와 관련된 논제들을 생각하며 국가의 치명성을 의식해오면서도 나이 팔십이 될 때까지 이와 같은 단순하고 분명한 일의 핵심이 무엇인지 완전히는 이해할 수 없었음이다. 다소 우습지만, 나는 순찰대원의 말을 듣고서 오늘에야 어떤 새로운 무엇이라도 되는 듯 이런 깨달음을 얻게 되었다.

사실상, 국가라고 불리는 고상하고 엄숙한 기관에서 행해지는 모든 것은 순찰대원이 복무하는 목적과 똑같은 동기에서 이뤄진다. 차르, 장관, 고위 성직자, 장군들 역시 순찰대원이 하는 것과 똑같은 일을 하는 것이다. 하지만 순찰대원이 유리하다는 데 그 차이가 있다. 순찰대원은 직위를 잃더라도 매달 8루블쯤은 벌 수 있다. 그와 달리 차르, 대주교, 원로원 의원들은 직위를 벗어나면 일용할 빵을 살 돈조차 벌지를 못한다.

또 다른 차이는 커다란 것이며, 이 역시 순찰대원이 유리하다. 그 불쌍한 사람은 내게, 그 일을 수행하는 것이 좋지 못한 행동이라는 것은 알지만 어쩌겠냐고 순진하게 말했다. 장관들, 온갖 장군들, 대주교들은 못된 처신을 하고 나쁜 짓만 하고 있음에도 자신들이 못된 행동을 하지 않을 뿐만 아니라 위대한 일을 해내고 있다고 믿으려 애쓴다.

이 불행한 자들로서는 달리는 생각할 수가 없다. 군주, 황제 등 소위 국가의 수장이라 불리는 자들은 자신의 직책의 필연성과 심지어 신성함까지 믿으려고 애쓸 수밖에 없다. 왜냐하면 국가의 수장은 그가 하는 일이 못된 처신임을 마음속 깊이 알고 있기 때문이다. 그는 어디서 예의 저 35루블이 아닌, 그가 태어난 곳인 궁전과 익숙해진 무분별한 사치, 그를 만족시키는 허영 그리고 그를 둘러싼 외적인 존중을 얻어야 할지를 잘 알고 있다. 온갖 장관, 주교단, 국회의원 그리고 말단[관리]까지도 마찬가지다. 이들에게 필요한 것은 허영과 야심의 충족말고도 국가로부터 받는 막대한 금전이다. 국가의 필요성과 유용성, 인민의 안녕, 애국심 따위의 거론은 속임을 당한 자들에게 그리고 부분적으로는 그들 자신에게도 그들의 활동의 참된 동기를 숨기기 위한 것이다. 이러한 국가적 기만을 정당화하는 학자들의 오랜 전통과 외형적인 위엄과 교묘한 궤변은 문제의 본질을 능숙하게 숨겨서 속임을 당한 자들뿐만 아니라 속이는 자들조차 속임수의 해악을 보지 못할 정도다.

그리고 모든 것은, 수수께끼처럼 보이는 문제의 열쇠를 찾는 순간 유달리 간단하고 명확해 보인다.

"하지만 만약 사람들이 더 이상 속임수에 넘어가지 않고 국가가 존재하지 않는다면, 무슨 일이 벌어질까요?"

무슨 일이 벌어질지, 사람들이 작금의 속임수로부터 벗어난 후 세상사가 어떻게 될지는 아무도 알 수 없다. 한 가지만은 말할 수 있을 것이다. 속임수와 타락으로부터 자유로워진 사람들의 삶이 어떤 모습이 되든지, 그 삶은 속임수와

타락에 빠져들어 자신의 처지를 파악하지 못하는 사람들의
삶보다 더 나을 수밖에 없다.

1909년 2월 26일

이해할 때가 되었다

"계산에 기초하고 두려움이 지배하는 국가는 추악하고 불안정한 구조물로 나타난다." 아미엘[25]이 어디선가 이렇게 말했다. 대체로 이런 말에 동의하지 않을 수 없고, 이성적으로 이해할 수 있다. 하지만 이러한 이해 외에도 이와 같은 구조물 속에서 살아가면서 그것에 대한 혐오와 공포를 온몸으로 느낄 수 있고, 그 구조물의 온갖 추악함과 취약성은 어떤 것으로도 숨겨지지 않는다. 바로 이러한 감정을 지금 러시아의 1억 5000만 인민 대부분이 느끼고 있다.

---

25 앙리 프레데릭 아미엘(1821~1881)은 스위스계 프랑스 작가로 《일기*Journal intime*》의 저자이다. 생전에는 크게 주목받지 못했으나, 사후 출판된 《일기》(1882, 1884)가 톨스토이를 비롯한 저명한 사람들의 주목을 받게 되었고, 한국어로도 번역되어 있다.

그 구조물의 추악함과 취약성이 세대를 거쳐 뿌리내린 복잡하고 영악한 궤변들에 의해 사람들에게서 능숙하게 숨겨지는 것은 그렇다고 치자. 대체로 사람들은 자신의 개인적인 허영과 사욕으로 인해서 그 구조물에 그렇게 뒤얽혀 있고 장악되어 있는 것이다. 마치 그들이 그 구조물의 온갖 광기와 불공정, 잔혹함을 보지 못하고 보기를 원치도 않고 볼 수도 없는 것처럼 말이다. 게다가 노예 상태에 길들여져서 그 구조물의 온갖 장치들, 즉 법원과 경찰, 군대, 행정부처, 의회 등은 안전과 자유를 보장하는 필요하고 유익한 기관들이라고 상상하는 것처럼 말이다. 이러한 사람들은 진정으로 이렇게 믿고 있다. 그들은 자유로워질 수 있을 만큼 자유로우며, 노예제로 그들을 붙들고 있는 기관들은 그들 모두의 삶을 위한 불가피한 조건이며, 그 속에서 무언가를 바꾸어야 한다면 몇 가지 세부사항뿐이고, 대체로 모든 것이 있는 그대로 있어야 하고 다르게 될 수 없다고 말이다. 그렇게들 영국인과 미국인, 프랑스인, 독일인들은 생각하고 생각할 수 있다. 하지만 우리 러시아인은 불행하게도, 아니 오히려 다행스럽게도 특히 지금과 같은 시기에는 아무리 노력해도 그렇게 생각하거나 느낄 수가 없다.

지금 우리 러시아인들의 거대한 다수가 온몸으로 이를 의식하고 느끼고 있다. 우리를 속박하고 억압하여 타락시키는 국가 체제는 우리에게 불필요할 뿐만 아니라, 적대적이고 혐오스러우며 아무런 필요도 없는 그 무엇이라는 사실을 말이다. 지금 러시아에서 조금씩 생각해 나가는 사람이나 거의 생각하지 않는 문맹자 모두에게 아주 분명한 것이 있다. 안정적인 삶을 파괴하는 온갖 일상적인 재난말고도, 정부 활동으로 인한 상실과 고통을 끊임없이 경험하는 것 말이다. 그런데 정부는 다양한 측면에서 아주 어리석고 잔혹하게, 특정한 까닭도 없이 계속하여 사람들을 괴롭히고 짓밟는다. 모든 이들을 짓밟는 소수에 들어가지 않는다면 이를 피할 수 없다.

한편으로 오늘날 러시아인은 이러한 억압을 특히 생생하게 느낀다. 그 이유는 정부가 아무런 방해도 없이 아주 거만하고 무례하게 감히 정부에 대항할 뿐만 아니라 반대의 목소리를 높이는 자들을 죄다 짓밟고, 목을 조이고, 죽이고, 감옥에 가두고, 유형을 보내기 때문이다. 다른 한편으로 러시아인들은 정부의 잔혹함과 어리석음, 무자비한 전횡을 또한 생생하게 느낀다. 그 이유는 최근에 이전보다 더 자유로운 삶의 가능성을 이해함으로써 러시아 사람들은 일부이지만 우연히 통치자의 위치에 들어간 이런저런 알지 못하는 사람의 의지가 아니라 각자 자신의 이성과 양심을 따르는 권리를 가진 합리적 존재로 자신을 의식하였기 때문이다. 정부의 권력이 더욱 잔혹해지고 거칠어지고 통제되지 않을수록 민간에서는 이러한 광기의 상태를 지속하기 불가능하다는 의식이 강화되고 명확해졌다. 억제될 수 없는 권력의 전제주의와 이러한 권력의 불법성에 대한 의식, 이 두 가지 현상 모두 나날이 시시각각 심화됨으로써 최근에는 최고조에 이르렀다. 인민 대대수가 정부가 필요 없고 해악적인 것을 분명하게 의식함에도 불구하고, 인민은 강제력을 써서는 정부로부터 벗어날 수가 없다. 왜냐하면 철도와 전신기, 고속 인쇄기 등과 같은 실용적인 장치들을 장악한 정부가 인민이 행하는 모든 해방의 시도를 언제나 억압하기 때문이다. 오늘날 러시아 정부가 처한 상황이 그렇다. 이에 대해서는 게르첸이 두려움을 가지고 말한 바 있다. 지금의 러시아 정부는 전신기를 갖춘 바로 저 칭기즈칸[26]이다. 게르첸은 그 가능성에 몸서리를 친 적이 있다. 전신기뿐만 아니라 헌법과 양원, 언론, 온갖 고함이 난무하는 정당들을 갖고 있다.

"전제주의! 실례하지만, 우리에게는 양원과 연합들, 정당들, 분파들, 검사의 심문, 집행부, 총리, 막후 등 있어야 할 모든 것이 있는데, 전제주의라니. 호먀코프와 마클라코프[27], 그리고 책임 장관이 있는데, 전제주의라니. 법전과 민사, 형사, 군사 법원이 있고, 검열이 존재하며, 교회와 대주교들, 총주교가 있으며, 아카데미와 대학들이 존재한다. 그런데 전

---

26 '전신기를 갖춘 칭기즈칸'은 게르첸과의 대화를 통해서 톨스토이가 만들어 낸 용어이다. 이 글의 원제는 처음에는 '아나키즘'에서 '해방'으로, 다시 '전신기를 갖춘 칭기즈칸'에서 '이해할 때가 되었다'로 바뀌었다.

27 호먀코프(1804~1860)는 작가이자 사회평론가이고, 슬라브주의 철학의 지도자이다. 마클라코프(1869~1957)는 모스크바의 변호사이자 정치 활동가이고, 모스크바시의 2대, 3대, 4대 의회에서 입헌민주당 의원이었다. 10월 혁명 이후 백군으로 해외에 망명하였다.

제주의라니?" 이러한 모든 것들이 유사성의 유사성(즉 이것으로 유럽에서 사람들이 기만당하고 러시아에서는 그 누구도—가담자들을 제외하고—현재 이 순간에도 기만당하지 않는다)에 불과할 뿐이라는 사실이 칭기즈칸에게는 중요하지 않다. 그에게는 다른 수단들이 있기 때문이다.

그리고 칭기즈칸은 자신의 일을 평온하게 지속하면서, 이른바 모든 기독교 국가들에서 일어났고 지금도 일어나고 있는 것처럼 인민이 이 문제들에 익숙해지고 직접 개입하고 얽히게 되기를 바라고 있다. 칭기즈칸은 야만적인 살인자 무리가 아니다. 교양 있고 겸손하며 청결한 살인자들이 그 곁에 있는 칭기즈칸일 뿐이다. 이와 같은 살인자들은 사람들에 대한 약탈과 살해가 가장 섬세하고 민감한 사람에게 만족을 주고 허용되도록 노동 분업을 마련할 능력이 있다. 처형이라 부르는 살인이 그냥 벌어지는 것은 아니다. 매번 그와 같은 살인에 앞서서 제복을 입은 다섯 명가량의 사람이 모여서 나사천이 깔린 탁자와 안락의자에 앉아서 무언가를 쓰고 읽는다. 비록 그들이 교수형에 처하길 원하는 사람의 운명을 논의를 통해서 바꾸지 못한다는 것을 알지만, 그들은 재판을 하고 선고를 내리는 척한다. 이러한 절차로 하루에 3~7명이 죽는다. (오늘 11월 25일, 12건의 살해 준비의 발표(선고)와 5건의 살인이 있었다.)[28] 이와 같은 일은 4, 5년

---

28 신문《러시아의 말Русское слово》11월 25일자 기사. 실제 신문에 실린 사형

혹은 그 이상 지속되고 있다. 귀부인들은 프랑스어로 "끔찍해요. 나는 떨지 않고서는 읽을 수가 없어요"라고 말한다. 남자들은 남성 특유의 용기와 합리성을 가지고 귀부인들에게 이런 일은 공동선을 위해 필요하다는 생각을 불어넣는다. 신문들에서는 이렇게 계속되는 처형에 경악한다. 점잖은 관료와 국회의원들은 자유를 천명하면서 이러한 살육을 끝낼 때가 되었다고 말한다.

하지만 이러한 살육의 관리자들은 이러한 감상성에 미소를 짓는다. 그들은 이런 일이 불가피하고 필요하며 유익하다고 생각한다. 그들은 말한다. 조금 더 기다려 달라, 시간이 오면 우리가 멈출 것이라고. 하지만 그들에게 멈추어야 할 이유가 없다. 모든 일이 순조롭게 진행되고 있고, 오직 이런 '합리적인' 조치 덕분에 순조롭게 진행될 수 있다. 그렇다면 이와 같은 조치를 뭐하러 거부하겠는가. 권력이 자행하는 살인에 대해서도 그렇다. 감옥에 수감하는 것도 마찬가지다. 감옥은 가득 차 있고, 자리는 충분하지 않다. 그들은 폐병과 티푸스로 죽어가며, 탈옥하고 폭동을 일으키고, 자살로 생을 마감하지만, 권력은 이런 일이 유익하고, 적어도 틀림없이 해롭지는 않다고 생각하고, 잘 알려져 있고 어울리는 수반되는 논의와 기록을 하면서 더 많은 새로운 죄수들을 투옥시킨다. 그들이 죄가 있건 없건 상관이 없다. 무언가

자의 수와 톨스토이가 말하는 사형자의 수가 일치하지 않는다.

불쾌한 일을 만들 수 있는 사람을 삶에서 배제시키는 것이 더 좋다. 그가 감옥에 2년 정도 있거나 거기서 죽는다는 사실이 우리에게 해로울 것이 없다. 그를 투옥하지 말아보라, 실제로 그가 유죄일 수도 있다. 지나친 것이 미진한 것보다 더 낫다.[29] 7만을 위해 지은 감옥에 10만 이상의 사람들이 있다. 하지만 이게 다가 아니다. 누군가 정부의 행위에 대해 자신이 생각하는 것을 발설할 조짐이 있거나 또는 그런 조짐이 있다고 다른 누군가에게 여겨지는 즉시, 그는 체포되어 감옥에 갇히고 심지어 사건에 합당한 절차도 없이 멀고 먼 오지로 보내져서 그곳을 떠나는 것조차 금지당한 채 방치된다. 칭기즈칸에게 왜 이런 일이 필요한지 이해하기는 어렵다. 하지만 그가 이러한 추방에 많을 돈을 써가면서 열심인 것을 보면 분명히 필요한 모양이다. 그와 같이 불행한 사람들이 대략 10만 명에 이른다. 이들은 격분해 있으며 그 이전에는 정부에 대한 생각이 없던 평화로운 사람들에게까지 그분노를 전파한다. 그러나 칭기즈칸은 이런 일에 신경 쓰지 않는다. 그는 전신, 전화, 속사포, 리볼버를 갖고 있으며, 자신으로 인해 고통받는 사람들이 무엇을 생각하고 느끼는지에는 도통 관심이 없다.

---

29   톨스토이의 《전쟁과 평화》에 등장하는 쿠트조프 장군의 말이다. 원문 "Всегда лучше перекланяться, чем недокланяться"를 직역하면, "지나치게 절하는 것이 조금 덜 절하는 것보다 낫다"이다. 사자성어 과유불급過猶不及과 반대되는 상황을 표현하고 있다.

하지만 이게 전부가 아니다. 가장 중요한 일이 여러 수도와 대도시의 집집마다, 언론에서, 특히 초등에서 고등에 이르는 학교에서 계속해서 일어나고 있다. 사람들의 눈을 뜨게 할 수 있는 모든 것이 금지되고, 언론과 학교 그리고 주로 종교를 통해 사람들을 우매하게 만들어 분별력을 잃게 하는 모든 것이 장려된다. 이렇게 벌어지는 모든 일은 기독교라 불리는 종교 신앙과는 결코 결합할 수 없을 것으로 보인다. 게다가 기독교 종교로는 이와 같은 모든 악행을 정당화할 수 없다. 하지만 이와 같은 일에 종사하는 일련의 계층이 존재한다. 다시 말해서, 그들은 모든 가능한 범죄와 약탈(조세와 토지 소유), 고문, 심지어 살인, 처형, 전쟁 등이 기독교 특유의 일이라며, 기독교를 왜곡하는 데 종사한다. 그리고 불가능해 보이는 일이 벌어진다. 그리스도의 가르침에 대한 믿음은 그리스도가 아주 이상하고 불필요한 기적을 행하는 하느님이라는 신성 모독적인 믿음으로 교체되고, 이러한 그리스도를 믿음으로써 상상의 천국의 여왕과 미라, 성화 등에서 유래하는 기적을 믿어야 하는 일이 일어나고 있다. 이 모든 일들이 신성한 진리처럼 전승되고, 이와 더불어 그만큼 신성한 진리처럼 칭기즈칸에 대한 노예적인 복종이 사람들에게 주입된다. 이러한 끔찍한 기만은 어른들은 물론, 특히 성장하는 세대에게 열성적이고 집요하며 뻔뻔하게 자행된다. 신의 율법이라 불리는 뻔한 거짓의 가르침을 빙자하여 말이다. 하느님의 율법 시험을 칠 때마다—이러한 시험은 모든 아이들이 치른다—다음과 같은 일이 일어난다.

사제: 기독교 율법에 따르면 살인은 허용됩니까?

학생: 아니요.

사제: 항상 허용되지 않습니까?

학생: 아니요. 항상 그렇진 않습니다.

사제: 언제 허용됩니까?

학생: 범죄에 대해 처벌하고 조국을 방어하기 위한 경우는 허용됩니다.

그리고 이러한 일은 어느 시험에서나 생긴다. 제국 전체에서 어느 한 사람의 배운 러시아인도 아직 판단이 미숙한 나이에 저러한 하느님, 예수, 인간의 이성에 대한 비방을 벗어날 수는 없었을 것이다. 그리고 계몽된 정부의 대표자로서 칭기즈칸은 인민에게서 강탈한 돈을 그러한 칭기즈칸적인 계몽의 확산을 임무로 하는 인민학교에 내준다.

이렇게 러시아 인민은 전신기를 갖춘 칭기즈칸에게 육체적으로도 정신적으로도 억압을 받아왔으며, 칭기즈칸은 편안했고 헌법도, 호먀코프도, 마클라코프도, 집행부도, 우파도, 좌파도, 중도파도, 구치코프도, 성직자도, 러시아 인민연합도, 언론도, 학교도 있는 지금과 같은 것을 원했다. 첩자들에, 감옥과 법원, 어른용 교수대에, 비열하게도 하느님의 율법이란 이름으로 아이들에게 기독교의 가르침에 대한 비방을 가르치고 확신하고 유지하는 데 약탈한 돈을 아끼지 않는다면, 모든 것이 낡은 것에 따라 진행될 것이다. 전신기를 갖춘 칭기즈칸과 이전의 칭기즈칸의 차이는 새로운 칭기즈칸이 낡은 칭기즈칸보다 더 강력하다는 것뿐이다.

그런데 칭기즈칸에게는 불행이지만 러시아 인민에게는 다행스럽게도 그는 잘못을 범했다. 새로운 칭기즈칸의 하수인들과 그들의 일이 너무나 어리석고 무례했기 때문인가. 하수인들의 폭력 행사에서 사람들이 스스로의 노예화와 이성에 대한 조롱을 견딜 수 없게 되는 어떤 한계를 넘어섰기 때문인가. 철도와 전신기, 언론 등 이 모든 것이 한편으로 칭기즈칸의 수중에 강력한 도구를 쥐어주고, 다른 한편으로 동일한 의식으로 사람들을 단결시키기 때문인가. 러시아 인민, 그들의 대다수, 진정한 인민, 학교를 통해 아직 타락하지 않은 농사짓는 인민이 사람들의 평등과 형제애를 인정하고 살인뿐만 아니라 서로에 대한 폭력을 허용하지 않는 진정한 의미에서의 기독교적인 가르침을 본래부터 이해할 수 있기 때문인가. 이것 때문인가 혹은 저것 때문인가, 아니면 또 다른 무엇 때문인가. 하지만 한 가지는 분명하다. 현재의 러시아 인민, 참된 러시아 인민은 그들에게 저질러졌고 지금도 저질러지고 있는 범죄들로 인해서 자국 정부에 대한 존경뿐만 아니라, 어떠한 형태가 되었든 정부의 필요성에 대한 믿음을 상실했다. 그리하여 더 이상 현 정부에 복종하고 추악한 일에 참여하도록 강요받을 수 없다는 사실이다. 온갖 혐오스러운 요란한 격식을 차린 황제의 최근 행차는 내가 보기에 마치 액체가 냉각될 때 순식간에 액체를 고체로 변하게 하는 것과 같은 충격이었다.

이러한 행차가 어디서 벌어졌든 그것은 하나같이 명백하게 불필요하다는 의식과, 그리하여 차르와 그의 수행원들까지 해로운 일을 하는 사람들이라는 의식마저 불러일으켰다.

황제 즉 정부의 우두머리인 인간이 행차한다. 이 인간은 전 인민에게 통치자로 인정된다고 전제되며, 자신의 권력으로 개인과 공동체 그리고 모든 신분에 은혜를 베풀 수 있는 자이다. 이 인물은 모든 러시아 인민에게 성스러운 자이다. 게다가 이 인간은 자신을 위해서는 아무것도 필요치 않고 모든 희망과 공포를 초월해 있다고 추정된다. 아마도 이전 니콜라이 1세 시대에 있었던 일처럼 이 인물에게는 단 하나의 감정, 즉 보려는 욕망, 이런저런 은혜를 요구하는 욕망, 자신의 경건한 헌신과 사상을 표현하려는 욕망이 있을 뿐이고, 황제를 둘러싼 모든 이들의 역할도 단 하나, 즉 경건한 순종 대상이 되려 하는 열광적인 군중을 질서 있게 유지하는 것일 뿐이다. 이렇게 되어야 하고, 예전에도 이러했다.

지금은 어떤가? 황제가 수행원 및 그의 의지를 실행하는 측근들을 데리고 행차한다. 그들 모두는 알고 있다. 그들이 통치하며 통과해야 하는 인민들 사이에는 황제 일행을 증오하고 온갖 방법으로 그들을 죽이려 하는 수천수만의 사람이 살고 있다는 것을 말이다. 그들은 이러한 증오로부터 차르와 자신을 보호하려고 그들이 지나가는 모든 장소에 3열, 4열로 비밀 요원과 정복 경호원들을 배치한다. 황제는 자신의 제국을 행차하며 다닌다. 그러면 병사와 경찰 그리고 보수도 없이 농사일을 못하게 된 농민들이 세 줄로 정렬하여 하루, 이틀, 일주일, 또 일주일을 마냥 서서, 이러한 상황을 만든 장본인을 욕하며 행차를 기다린다. 행차 날짜는 차르를 제거하려는 사람들이 그가 언제 지나가는지 모르게 하려고 고의로 정해놓지 않는다. 이러한 목적에서 차르의 기차는 한 대가 아닌 여러 대가 지나간다. 따라서 어떤 것이 진짜인지는 아무도 모른다. 이 인간은 도망자와 범죄자처럼 남몰래 3열의 경비대 사이로 쏜살같이 지나가고 그 누구도 그를 보지 못한다. 그가 머무는 도시에서 언제 어디서나 두려울 수밖에 없는 살인 기도로부터 황제를 보호하려는 예방 조치 속에서 관례에 따라 그를 맞이하는 관리들과 주요 인물들을 제외하고는 말이다.

결국 인민이 왕권의 필요성과 유익함을 암묵적으로 동의하는 것으로 전제된다. 저 차르 권력이 인민 앞에 감히 나서지 못하고 숨기만 하며, 도둑이 도둑질 당한 자들에게서 도망치듯 인민을 피하는 식의 태도를 취한다면 그게 대체 무엇을 위한 권력이란 말인가? 권력의 지위가 더 이상 인민이 그 필요성을 인정해서가 아니라, 폭력과 총검으로 뒷받침된다면, 인민을 피하는 게 권력이란 말인가? 이런 사실은 점점 분명해졌고, 지금은 대다수 인민에게 아주 명확하게 되었다.

이렇게 숨기만 한다면, 차르란 대체 무엇인가? 숨어 있다면 거기에는 이유가 있고, 그가 해온 일들 때문에 숨어 있지 않을 수 없다는 것을 그가 느끼고 있다는 의미다. 대부분이 그렇게들 생각한다. 대부분은 죄가 없는데도 갇혔거나 추방당한 사람들이 수만인 것은 말할 것도 없다. 그들 모두에게는 모든 처형당한 자들에게처럼 아버지, 어머니, 형제, 누이, 아내, 친구들이 있고, 이들은 그 고통의 책임자 1인과 다른 책임자들을 증오하지 않을 수 없다. 하지만 황제와 그의 수행원들을 증오할 만한 자연스러운 이유가 있는 수백, 수천의 사람들은 말할 것도 없다. 인민의 대부분, 농민들, 최면에 걸린 소수의 사람들을 제외한 모든 농민은 50년 전 농노제 아래에 있었던 것보다 지금의 토지 상실로 인해서 더 나쁜 처지에 놓여 있다. 농노제보다 지금 더 나빠진 토지 노예화로부터의 해방을 기대하는 농민들은 아주 불길하고 적대적인 감정들을 가지고 자신들이 깨달은 이러한 불공정의 책임자로서 황제를 바라보지 않을 수 없다. 이러한 감정들은 차르와 그의 수행원들의 잔혹성으로 직접적으로 고통당해왔던 수천수만의 사람들이 그들에게 품는 것이기도 하다. 농민들은 알고 있다. 토지 노예제로부터 해방되려는 그들의 모든 시도가 항상 차르 정부의 경직성과 부딪혔다. 차르 정부는 농민들의 합법적인 요구를 조롱하면서 절망적인 상황을 더욱 악화시킬 뿐인 11월 9일의 법률을 제정했다. 그래서 황제와 그의 수행원들은 정부를 증오하는 농민들을 두려워할 수밖에 없으며, 농민들의 고통을 듣지도 않고 그들이 당하는 터무니없는 거짓을 시정하지 않음으로써 증오에까지 이른 농민들의 분노를 두려워하지 않을 수 없다.

사실 저 불행한 칭기즈칸에게는 인민의 충성심, 과거에 민간에 있었던 것과 같은 하느님과 차르에 대한 신앙이 견고하다고 믿게 하는 사람들이 있다. 하지만 불행하게도 이 사람들은 스스로가 황제를 확신시킨 것들도 믿지 않으면서 자신들의 뻔뻔한 거짓말로 황제가 실제 상황을 보지 못하게 할 뿐이다. 이 자들을 믿음으로써 저 불행한 칭기즈칸은 거친 활동을 이어가며, 이러한 폭력 활동으로 결국은 권력을 지탱할 수 있을지도 모를 마지막 토대마저 무너뜨린다.

차르 권력이 불필요하고 무의미하며 해롭다는 의식이 이제는 대다수의 인민에게 더 명약관화해졌다. 이러한 의식 변화의 결과가 어떠할지 예견하기는 어렵다. 하지만 틀림없이 정부에 파멸적인 결과로 이어질 것이다. 그럴 가능성은 별로 없지만, 권력이 온갖 외적인 물리적 수단을 활용하여 얼마간 더 시간을 벌 수는 있을 것이다. 다시금 혁명이 발발하고 다시금 억압될지도 모른다. 왜냐하면 투쟁하는 자들의 수단이 지나치게 균등하지 않기 때문이다. 하지만 어떤 경우라도 피하지는 못한다. 정부가 불필요하고 범죄적이라는 인식이 러시아 인민에게 더욱더 분명해질 것이다. 어떤 외적인 목적에서가 아니라 인민의 도덕의식에 맞지 않아 고통스러울 것이기에, 대다수 사람들은 정부에 복종하고 정부의 부도덕한 요구를 받아들일 수가 없을 것이다. 그렇게 되는 순간, 이른바 정부라는 것이 한낱 일련의 끊임없는 범죄로 저들의 지위를 고수하는 사람들의 조합일 뿐이라는 게 누구에게나 분명해지는 순간, 권력에 복종하기와 정부의 활동에 참여하기는 중단될 것이다.

정부의 기만에서 해방된 사람(이러한 해방은 지금도 수천의 사람들에게서 일어나고 있다)은 스스로에게 말할 것이다. "나에게 정부의 일에 참여하라고 요구한다. 나에게 세금의 납부와 징수에 참여하라고 요구한다. 나에게 행정과 법원, 교육, 정치 업무에 참여하라고 제안한다. 군 복무를 나에게 요구한다. 하지만 무엇 때문에 내가 이 모든 일을 한단 말인가. 이 모든 일이 나에게서 나의 존엄과 자유를 빼앗고, 나를 상식과 가장 원초적인 도덕의 요구에 반하는 일에 참여하도록 만드는데 말이다." 그렇기에 권력에 복종함으로써 스스로를 노예화하고 으뜸가는 자신의 영적인 혜택을 잃는다는 사실을 깨달은 사람들이 취하는 권력에 대한 태도는 단 하나일 수밖에 없다. 그런 태도 속에서 인간은 제안된 정부의 온갖 요구들에 대해서 오직 한 가지로 답변한다. "당신네들이 힘을 갖고 있는 한 원하는 대로 나를 가두고 추방하고 처형할 수 있다. 나는 알고 있다. 당신네들에게 저항할 수 없고 저항하지도 못할 것이라는 것을, 하지만 아무리 변명하고 은폐하고 나를 위협할지라도 당신네들의 온갖 어리석은 일에 참여할 수도 그러지도 않을 것을 또한 알고 있다."

소위 러시아 정부라는 것에 대한 저러한 태도는 대다수 러시아인들의 의식 속에 이미 살아 있다. 이 정부의 광적이고 비인간적이며 아주 잔혹한 활동은 얼마간 연장될 수는 있다. 하지만 지금 의식 속에 있는 것은 필연적으로 행동으로 옮겨질 것이다. 의식은 행동으로 옮겨간다. 다시 말해서 대다수 사람들이 정부에 복종하며 그 범죄에 참여하기를 중단할 것이다. 끔찍하고 시대에 뒤처진 러시아 정부 체제는 투쟁이 없이도 저절로 무너질 것이다. 이 정부는 이미 현재 세상 사람들의 도덕적 요구에 부합하지 않아서 존재의 의미를 상실했다.

1909년 12월 6일

역사적·시대적 고통의 직시,
비폭력 불복종 연대와 평화공존의 길

부쩍 잦아진 국외에서의 전쟁 소식에 이어 국내에서는 난데없는 비상계엄 선포가 시민의 일상에 들이닥쳤다. 국가폭력과 그 변질된 유형의 폭력이 시민의 기본권까지 위협하며 을러대는 겨울이다. 서로의 이해관계가 부딪치는 정치적 난제에 대한 사유와 소통의 부재에 포용 및 관용의 노력보다는 물리적 강제력을 앞세운 법 적용, 전쟁, 한도를 넘어선 폭력이 사납게 기세를 떨친다. 포식자는 무리 지어 헌법까지 짓밟으며 먹잇감을 찾는다. 그야말로 위기의 시대를 절감한다. 한 세기 전의 야만의 역사가 지구상에 되풀이되는가? 이런 물음이 머리를 떠나지 않는다.

여기 톨스토이식 '공정 사회론'이 있다. 100년이라는 아득한 간격에도 불구하고, 폭력 문제의 근원과 그 해결책을 향해 육박하는 명징한 사유의 위력은 늘 역자를 압도하며 현실을 돌아보는 사유의 거처가 되어주곤 했다. 위대한 리얼리스트 소설가, 전인적인 학습자의 자유를 주창한 교육가, 복음서에 기반한 기독교적인 평화론의 주창자이자 실천가로서 톨스토이의 저작 중에 여기서 소개하는 사회사상적 저

작은 실로 '기독교 아나키즘'이라 할 만한 전복적인 깊이를 품고 있다.

이제는 그의 문학작품이 간직한 리얼리즘적 서사의 감흥을 넘어, 그가 당대의 사회현실을 진단하고 제시하는 비폭력 평화공존의 길, 공정 사회의 이상을 직접 음미하고 그 현대적 함의를 찾아볼 수 있을 것이다. 더불어 그간 우리 사회가 잘 몰랐던 사상가로서 그의 급진적 면모의 묘한 설득력이 무엇인지를 더욱더 생생히 엿볼 수 있으리라.

제1차 세계대전을 앞둔 시기, 시대를 뛰어넘는 걸출한 사상가 톨스토이는 제국주의적인 전제군주제 정부가 국가 또는 민족 이익이라는 미명을 내세워 휘두르는 '폭력의 이중고'를 고스란히 감당해야 했던 농민·노동자들의 고통을 직시한다. 당시 주로 농민들이었던 이들은 군대에 동원되고 갖은 국가 폭력의 앞잡이가 되는 동시에 대부분 땅을 빼앗긴 소작농으로 무거운 조세까지 감당하느라 생존의 위기로 내몰리며 자신의 의지와 무관하게 도시노동자의 길을 가야 했다. 톨스토이는 사회 기층의 농민·노동자들이 무엇 때문에 그러한 고통에 갇혀 있는지 그 원인을 궁구하며, 무엇을 어떻게 변화시켜야 인류 사회가 진정으로 국가체계라는 거대 폭력에서 벗어날 수 있는가를 사색한다. 당대 사회 지도층의 거짓과 위선을 적나라하게 성토하며 거대 폭력의 근원에 대한 통찰을 펼치는 논설집 《거대한 죄》는 주로 당시의 사회문제로 떠오른 토지, 조세, 소유 문제를 화두로 삼아 그의 사회사상가적 단면을 명징하게 드러낸다.

톨스토이가 70세를 넘어선 1900년대, 지금처럼 과학적 발견에 의한 신기술 문명을 예찬하는 사회적 분위기에도 불구하고 기층의 농민과 도시노동자는 헤어날 수 없는 생존의 문제로서의 가난과 고통의 굴레를 벗어나지 못하고 있었다. 대개 소작농이던 농민들이 산업화와 도시화 진행 과정에서 생계 마련을 위해 살인적인 노동시간 등의 악조건을 감당해야 하는 노동자로 전락함으로써 노동조건과 토지문제가 긴급한 사회문제로 떠올랐다. 그럼에도 국가는 대외적으로 힘없는 노동자들을 징집하여 침략 전쟁을 벌이며 애국주의라는 미명으로 이를 정당화하고 있었다. 사상가 톨스토이는 이러한 시대의 폭력성을 역사적으로 파고들었다. 농민·노동자들에 대한 사회적 억압과 국가 차원의 폭력 문제에 대한 근본적인 해결책 마련을 위한 것이었다. 당시 그가 차르 정부로부터 잔혹하게 탄압받던 평화주의 농민집단인 두호보르 교도들을 캐나다로 이주시킬 자금 마련을 위해 소설 《부활》 마무리 작업을 서두른 것도 그러한 문제의식의 일환이었다.

1900년 초 톨스토이는 애국주의의 병폐에 관한 글을 구상하여 집필을 시작한다. 그러던 중 '전쟁에 반대하는 훌륭한 책'을 써주기를 요청하는 독일의 어느 병사의 편지를 받는다. 때마침 받은 편지는 더디던 집필 과정에 자극제가 되었다. 이렇게 쓰인 〈애국주의와 정부〉는 그해 5월 완성되어 영국 등에서 출판되었지만, 정작 러시아에서는 1906년에야 출판될 수 있었다.

톨스토이에 따르면, 애국주의는 배타적이며 인류의 형제애를 가로막아 온갖 재앙을 유발하는 부자연스럽고 불합리하며 해롭기까지 한 감정이다. 자민족의 행복을 추구하는 애국주의는 민족 자체의 어떠한 속성도 아니며, 심지어 이는 식인 풍습처럼 시대에 뒤처진 과거의 유물일 뿐이다. 흔히 좋은 애국주의는 자민족의 진정한 행복을 바라며 타민족의 행복을 침해하지 않는 것이라 말하지만, 인류 모두의 평화공존을 전제하는 진정한 행복의 속성은 애국주의를 배제한다. 애국주의는 정부의 권력자와 지배계급이 그 권력과 피라미드적 위계질서를 지키기 위해 사람들에게 주입하는 것이다. 이런 과정에서 애국주의의 격화는 자국민까지 겁박하며 국민개병제 같은 노예제 도입을 정당화하고, 국가 간 전쟁을 비롯한 군비확장의 재앙을 유발한다. 그렇기에 그러한 폭력을 정당화하는 위계질서 피라미드의 꼭대기는 흔히 더 교활하고 뻔뻔하며 비양심적인 사람들이 차지한다고 말한다.

또한 톨스토이는 장시간 이어지는 열악한 환경의 노동 현장을 답사하며 노동자들의 고통을 생생히 보여준다. 그는 변형된 노예제, '돈의 노예제' 사회에서 기존 질서, 국가와 지배층에 의한 노동 산물의 갖가지 약탈을 하느님의 뜻이라거나 어떤 불변의 법칙으로 정당화하는 학문 영역의 문제를 거론한다. 사회적으로 유리한 위치에 있는 식자층에게 인간 관계와 특정 사안의 판단을 결정하는 것은 자주 그 위치의 지속 여부다. 자신들의 편의와 만족, 이해관계 앞에서 지배 층의 사고는 참혹한 노동조건의 잔인성까지 정당화하는 수 준으로 마비된다. 주변 동물의 안녕을 바라 마지않으면서도 노동 형제들의 생명을 갉아먹는 데는 양심의 거리낌이 없는 지배계층의 이러한 상태를 그는 '사고 정지'라고 일컬으며 신랄하게 비판한다. 이러한 비판이 지금의 일상에 만연한 '우리 안의 파시즘'을 연상케 하는 건 나만의 일일까?

이처럼 〈우리 시대의 노예제도〉에서 톨스토이는 노동자들의 참담한 처지를 개선하기 위해서는 노예제도가 우리 가운데 있음을 인정하고, 그 원인을 찾아서 제거해야 한다고 역설한다. 노예제도의 원인은 토지 부족과 무거운 조세 부담, 도시 생활이 조성한 사치 욕망의 추구 같은 것이다. 물론 그것은 국가 또는 정부가 조세, 토지 및 소유를 합법화·정당화한 결과이며, 이렇게 '합법화된 폭력'의 일상화가 시대정신에 맞게 사회질서를 변화시키지 못하는 주된 요인이다.

그는 이러한 노예제도에 대한 보편종교적이고 이성적인 불복종만을 주장하는 게 아니다. 특히 유사 이전에 토지 즉 땅은 공기나 물처럼 인류의 공통된 소유물이었으나, 단지 구획이 가능하다는 이유로 유력자의 소유물이 되기 시작했다. 이런 판단에 따라 그는 자유로운 토지 확보를 위한 방안들을 구체적으로 연구한다. 그리하여 토지 공유 개념에 기반한 헨리 조지의 '토지단일세'를 공정하며 어디서나 적용이 가능한 토지 및 조세 문제의 해결책으로 제시한다. 그 방안에 대해서는 〈노동인민에게〉 〈거대한 죄〉 〈토지 문제의 유일하게 가능한 해법〉과 같은 글에서 자세히 다룬다. 여기에 그는 부록으로 '동시대 일본 사회단체의 기획'과 '헨리 조지의 기획'을 실어 그 의미를 정확히 전달하려 애쓰기도 했다.

톨스토이는 생존적·인류적 위기에 처한 사회가 이를 벗어나지 못하는 원인이 변형된 노예제도에 있으며, 이러한 체계화된 거대 폭력을 정부가 재생산한다고 보았다. 다시 말해, 정부는 합법화된 폭력을 재생산하는 구조로, 그 원인을 제거하려면 정부가 사라져야 한다는 것이다. 그 유일한 방법은 정부와 지배층이 촘촘히 짜놓은 속임수와 최면을 드러내고, 정부가 그토록 칭송해 마지않는 규율 잡기를 비롯한 일련의 과정이 인간이 저지르는 가장 큰 범죄임을 깨달아야 한다. 여기서 군대 활용 등을 포함하는, 이른바 합법적인 폭력을 재생산하는 정부의 일에 동참을 적극 거부하거나 적어도 삼가라는 톨스토이의 도덕적·양심적·종교적 요구가 탄생한다. 이러한 요구는 그가 자신의 논의에 인용하곤 하는 데이비드 소로의 시민 불복종과 일맥상통한다.

한편 〈정치인들에게〉는 애초 〈노동인민에게〉의 맺음말로 구상한 것이었다. 그러나 사회 일각에서의 〈노동인민에게〉를 반박하는 글과 팸플릿에 대응하면서 애초의 계획보다는 장문으로 최종 형태가 완성되었다. 톨스토이는 이 글의 서두에서 정치인(정치 활동가)들을 말과 행동으로 이웃을 섬기고자 하는 사람들로 규정한다. 그런데 국가 제도를 인간 생활의 필수조건으로 인식하는 사람들뿐만 아니라, 그것을 변화시켜야 한다고 주장하는 사회주의 혁명가들조차 권력을 사회적 안녕의 필수조건으로 여긴다. 하지만 그는 세상의 권력이라는 것은 정해진 법률을 다른 사람들에게 이행하도록 강제할 권리와 기회에 불과하다고 판단한다. 정부는 국민에게서 거둬들인 거대한 부와 규율 잡힌 군대뿐만 아니라, 언론, 종교적 방향 설정, 교육에 이르기까지 대중에게 영향을 미치는 정신적인 수단들을 가지고 있다. 이러한 인식은 성공적인 권력 교체에 대해서도 마찬가지다.

예로부터 지금까지 그렇게 이어져 오고 있어요. 특정한 질서에 강제로 편입된 사람들이 항상 그 질서를 최선이라고 생각한 것은 아니었죠. 그런 까닭에 그들은 종종 지배자들에 반란을 일으켜 전복시키고, 이전의 자리에 새로운 질서를 세우곤 했어요. 새로운 질서가 사람들의 복리를 더 크게 보장한다는 것이었지요. 하지만 권력을 쥐는 사람들은 언제나 권력 장악으로 인해 타락했고, 공익보다는 사익을 위해 권력을 행사하곤 했어요. 이렇듯 새로운 권력은 항상 이전 권력과 마찬가지였고 더 불공정한 경우도 잦았어요.

이처럼 그는 권력 자체의 마약과도 같은 속성을 적시한다. 또 다른 글(〈이해할 때가 되었다〉)에서는 온갖 실용적인 도구를 갖춘 정부, 특히 차리즘이 인민에게 자행하는 육체적·정신적 억압의 실체를 '전신기를 갖춘 칭기즈칸'에 빗대어 그 몰락의 필연성을 논한다. 이러한 정부 또는 권력의 해체 문제와 불가분의 관계를 맺는 것은 폭력과 불의에 굴할 수 없는 이성, 인간적 양심, 종교적 심성이다. 그렇기에 당대 사회 기층민의 고통스러운 처지를 개선하는 수단으로 정부의 온갖 거짓과 속임수에서 해방된 사회구성원 각자의 자기 완성을 향한 내적 도야, 즉 종교 활동이 궁극적으로 자리하는 것이다. 거기에 서로의 존엄과 자유를 제약하지 않고 구가하는 행복의 길, 국가 폭력 없는 연대의 공동체로서 공정 사회의 사유가 있다.

톨스토이에게 이상 사회는 농촌이었다. 그는 농촌사회의 붕괴가 돌이킬 수 없는 인류의 역사적 과정임을 자각할 수 없었는지도 모른다. 100년을 뛰어넘는 역사적 현실과 조건의 현저한 차이에도 불구하고 톨스토이식의 국가 폭력에서의 인류 공통의 출구 모색은 그로부터 한 세기에 걸쳐 발전한 민주주의가 이를 부정하는 파시즘적 폭력의 위기에 직면한 오늘날 곱씹어야 할 대목을 적잖이 망라하고 있다. 물론 그가 제시하는 문명 비판적 출구는 현대 문명의 갖가지 욕망과 편의, 육식에 길든 우리에게 일종의 갑작스러운 '채

식주의'적 주장 같이 느껴질지도 모른다. 그러나 폭력의 문제를 독특한 시선으로 파헤치며 '내 안의 깨끗한 무엇'으로서 양심의 실체를 뚜렷하게 부각한 한강 작가의 호소력에서 톨스토이식 비폭력 사상의 100년 후 버전을 보았다면 과언일까?

톨스토이는 사회적 강제력으로서의 폭력을 통한 통치 체제를 거부했을 뿐만 아니라, 이상적인 사회를 건설하는 혁명 수단으로서의 폭력도 거부했다. 타인의 자유를 강압적으로 억압해 복종시키려는 폭력은 죄악이라는 관점을 견지한 것이다. 톨스토이는 물리적 힘을 추종하는 세력에 단호히 반대한다. 그러한 힘의 추종은 무엇보다 자칫 세력 간의 폭력을 부추기며 다른 생각을 폭력으로 말살하려는 불관용을 낳는다.

그는 전쟁과 사형을 비롯한 폭력을 앞세운 억압적 국가를 향한 신랄한 경고의 목소리를 서슴지 않으며 조직화한 국가 폭력에서의 근본적인 출구를 모색한다. 그에게는 이 출구를 가리키는 것이 기독교적인 사랑의 복음서였다. 이에 기반해 그는 국가로 대표되는 권력, 즉 체계화한 폭력의 실질적 해체를 요구한다. 이를 위해 그는 황금률('타인이 자신을 대하기를 바라는 대로 타인을 대하라')에 따르는 자기 성찰의 토대에서 각자가 체계화된 폭력으로서의 국가에 충성 맹세를 거부하고 복종하지 말며 가담하는 것까지 삼가거나 거부하는 등의 일종의 구도적 노력(악에 폭력으로 저항하지 말라는 비폭

력 저항)까지 요구한다. 나아가 사회적 억압과 욕망으로 왜
곡되지 않은 자유로운 개인의 상호 존중, 도덕적인 양심과
공정한 이성이 연대의 공동체를 진화시키는 공동선의 근간
이다. 이러한 미래 지향적 담론의 이상은 지상에서의 평화
구현이다.

톨스토이 탄생 200주년이 다가온다. 역자는 현대 한국 독
자들의 가독성을 담보하는 데 심혈을 기울였다. 톨스토이가
전하는 당대의 역사적 현실을 생동감 있게 그려내는 동시
에 그의 목소리를 또렷이 재현하고자 했다. 톨스토이의 공
정 사회를 향한 이상이 국내에 더욱 생생하게 알려져서 다
각도의 활발한 학문적 연구로 이어지는 자극제가 되기를 바
란다.

이 책은 러시아의 톨스토이 학자들에 의해 집대성된《톨
스토이 전집》을 저본으로 삼았다. 옮긴이 각주와 옮긴이 첨
언(본문에 [ ] 표시)은 주로 이 전집에 부록으로 실린 학자
들의 주석을 상세히 참조하였다. 이 책의 원본은《톨스토이
전집》(모스크바, 1928~1958, 전 90권) 가운데 "애국주의와 정
부Патриотизм и правительство"(1900, 90권), "우리 시대의 노
예제도Рабство нашего времени"(1900, 34권), "노동인민에게
К рабочему народу"(1902, 35권), "정치인들에게К политическим
деятелям"(1903, 35권), "거대한 죄Великий грех"(1905, 36권), "세
가지 거짓된 것Три неправды"(2판, 1905, 36권), "토지 문제의 유

일하게 가능한 해법Единственное возможное решение земельного вопроса"(1906, 36권), "국가에 대하여О государстве"(1909, 38권), "이해할 때가 되었다Пора понять"(1909, 38권)이다.

2025년 2월

1828년(출생)	8월 28일(신력 9월 9일), 야스나야 폴랴나에서 니콜라이 일리치 백작과 마리야 니콜라예브나 사이의 4남 1녀 중 넷째로 태어나다.
1830년(2세)	8월 4일 어머니 마리야 니콜라예브나가 여동생을 낳다 사망하다.
1837년(9세)	1월 모스크바로 이사. 7월 21일 아버지 니콜라이 일리치 백작 사망. 숙모가 다섯 남매의 후견인이 되다.
1844년(16세)	형제들과 함께 카잔으로 이사. 카잔대학교 동양어학과에 입학하다.
1845년(17세)	법학과로 전과하다.
1847년(19세)	카잔대학교를 중퇴하고 야스나야 폴랴나로 귀향하다. 농민들의 가난한 삶을 목격하고 그들을 돕기 위해 노력했으나 좌절하다.
1848~1849년 (20~21세)	모스크바와 상트페테르부르크를 오가며 법학 공부를 계속하지만 졸업 시험에서 탈락하다. 사교계 생활과 도박, 사냥 등에 빠져 방황하며 경제적 어려움에 직면. 바흐, 쇼팽 등의 음악에 심취하여 피아노 연주에 탐닉하다. 야스나야 폴랴나에 돌아와 농민학교를 열지만 만족할 만한 성공을 거두지 못하다.
1851년(23세)	큰형 니콜라이를 따라 캅카스로 떠남. 지원병으로 참전. 〈어린 시절〉 집필.
1852년(24세)	포병 부사관으로 포병대 입대. 문예지 《동시대인》에 〈어

린 시절〉이 게재되고 극찬을 받다.

1853년(25세)   퇴역한 큰형을 따라 톨스토이도 퇴역하려 했으나 터키와
의 전쟁으로 군 복무가 연장되다.

1854년(26세)   1월 장교로 승진. 몇몇 장교들과 함께 〈군사 신문〉 발행
계획을 세웠으나 당국에 의해 금지됨. 11월 세바스토폴에
서 크림전쟁에 참전하다. 〈소년 시절〉 발표.

1855년(27세)   6월 《동시대인》에 〈세바스토폴 이야기〉 발표. 크림전쟁
패배 후 군에서 제대하다. 12월 상트페테르부르크에서 투
르게네프 등 작가들과 만나다.

1856년(28세)   〈세바스토폴 이야기〉 연재 계속. 12월 소설 〈지주의 아
침〉 발표.

1857년(29세)   《동시대인》에 〈청년 시절〉 발표. 유럽여행을 다녀와 야스
나야 폴랴나에 정착. 농사일을 하다.

1858년(31세)   〈세 죽음〉 발표.

1859년(32세)   〈가정의 행복〉 발표. 농민 자녀를 위한 학교 개설.

1860년(32세)   교육 문제에 관심을 두고 〈국민 보통 교육 초안〉을 기초
함. 7월 두 번째 유럽 여행을 떠나다. 9월 큰형 니콜라이
사망.

1862년(34세)   교육 잡지 《야스나야 폴랴나》 간행. 소피야 안드레예브나
와 결혼하다.

1863년(35세)   〈카자흐 사람들〉 발표. 맏아들 세르게이가 태어나다.

1864년(36세)   작품집 1, 2권 간행. 딸 타티야나가 태어나다.

1865년(37세)   《러시아 통보》에 《1805년》《전쟁과 평화》1, 2권) 발표.

1866년(38세)   둘째 아들 일리야가 태어나다.

1867년(39세)   《전쟁과 평화》3, 4권 집필.

1868년(40세)   《전쟁과 평화》5권 집필.

1869년(41세)   《전쟁과 평화》6권 집필. 셋째 아들 레프가 태어나다.

1871년(43세)   둘째 딸 마리야가 태어나다. 《철자법 교과서》 집필.

1873년(45세)   《안나 카레니나》 집필 시작. 러시아 과학 아카데미 언어·
문화 분과 준회원으로 선출됨. 사마라 지방에 온 가족과

함께 가 기근 구제사업을 하다.

1875년(47세)	《러시아 통보》에《안나 카레니나》연재를 시작하다.
1877년(49세)	《안나 카레니나》탈고. 넷째 아들 안드레이가 태어나다.
1878년(50세)	《안나 카레니나》단행본 출간.
1879년(51세)	다섯째 아들 미하일이 태어나다.
1880년(52세)	《고백》을 탈고했으나 출판이 금지되다. 성서번역에 착수.
1881년(53세)	단편소설 〈사람은 무엇으로 사는가〉 집필. 알렉산드르 2세 황제 암살에 가담한 혁명가들의 사형집행을 반대하는 청원을 황제에게 제출하다. 가족과 함께 모스크바로 이주. 톨스토이 자신은 모스크바와 야스나야 폴랴나를 오가며 생활하다.
1882년(54세)	모스크바 인구 조사에 참가하다. 이 조사를 통해 노동자들의 비참한 현실을 깨닫게 된다. 〈모스크바에서의 민세 조사에 대하여〉, 〈교회와 국가〉 발표.
1883년(55세)	《나의 신앙은 어디에 있는가》탈고.
1884년(56세)	야스나야 폴랴나에서 첫 번째 가출 시도. 셋째 딸 알렉산드라가 태어나다.
1885년(57세)	〈바보 이반〉, 〈두 노인〉, 〈촛불〉, 〈사랑이 있는 곳에 하나님이 계시다〉, 〈홀스토메르〉 등을 집필하다.
1886년(58세)	단편소설 〈세 수도승〉, 중편소설 〈이반 일리치의 죽음〉, 희곡 〈어둠의 힘〉 등을 집필.
1887년(59세)	《인생에 대하여》, 중편소설 〈크로이체르 소나타〉 집필.
1888년(60세)	모스크바에서 야스나야 폴랴나까지 도보로 여행하다. 여섯째 아들 이반이 태어나다.
1889년(61세)	희곡 〈계몽의 열매〉, 중편소설 〈악마〉 집필.
1890년(62세)	중편소설 〈세르게이 신부〉 집필.
1891년(63세)	저작권을 거부하고 1881년 이전까지 발표한 모든 작품의 저작권 포기 각서에 서명하다. 중앙 러시아, 동남 러시아 등 기근이 발생한 지역의 농민 구제를 위해 활동. 〈기근 보고〉, 〈법원에 관해서〉 등을 집필하다.

1892년(64세)	〈신의 나라는 네 안에 있다〉 탈고.
1895년(67세)	단편 우화 〈주인과 일꾼〉 탈고. 여섯째 아들 이반 사망. 《부활》집필 시작.
1896년(68세)	희곡 〈그리고 빛은 어둠 속에서 빛난다〉 탈고.《부활》집 필 중단. 중편 〈하지 무라트〉 초판본 완성.
1897년(69세)	〈예술이란 무엇인가〉 집필.
1898년(70세)	두호보르 교도의 캐나다 이주 지원 자금 마련을 위해《부 활》집필을 다시 시작하다. 지속적으로 기근 구제사업을 전개하다.
1899년(71세)	잡지《니바》에《부활》연재 시작.《부활》탈고.
1900년(72세)	〈우리 시대의 노예제도〉, 〈애국주의와 정부〉 발표.
1901년(73세)	종무원이 톨스토이의 파문을 결정. 〈종무원 결정에 대한 답변〉 집필, 3월 상트페테르부르크 학생 시위에서 폭력 진압이 발생하자, 이에 항의하는 호소문을 작성. 크림반 도로 요양을 떠나다.
1902년(74세)	〈신앙이란 무엇이며, 그 본질은 무엇인가〉, 〈노동인민에 게〉 등을 발표. 폐렴과 장티푸스로 병의 상태가 악화되다. 6월 야스나야 폴랴나로 돌아옴.
1903년(75세)	회고록과 셰익스피어에 대한 논문 집필.
1904년(76세)	러일 전쟁에 대하여 전쟁 반대론을 펼친 〈재고하라〉 발 표. 〈하지 무라트〉 개작 완료. 8월 형 세르게이 사망.
1905년(77세)	논설 〈세기말〉, 〈러시아의 사회 운동에 대하여〉, 단편소설 〈항아리 알료샤〉, 〈코르네이 바실리예프〉, 중편소설 〈표도 르 쿠지미치 신부의 유서〉 집필.
1906년(78세)	둘째 딸 마리야 사망.
1907년(79세)	농민 자녀 교육을 재개하다. 어린이를 위한 《독서계》 창 간. 톨스토이 비서 구세프가 체포되다.
1908년(80세)	탄생 80주년 축하회가 열리다. 사형 제도에 반대해 〈나는 침묵할 수 없다〉, 〈폭력의 법칙 사랑의 법칙〉 발표.
1909년(81세)	중편소설 〈누가 살인자들인가〉 집필. 마하트마 간디로부

터 서한을 받고, 무력으로 악에 맞서서는 안 된다는 내용을 담은 답신을 보냄. 유언장을 작성하다.

1910년(82세)　톨스토이의 유언장으로 인해 가족들 사이에 불화가 일어나자 10월 28일 가출하다. 11월 3일 평생을 써 온 일기에 마지막 감상을 쓰고, 11월 7일 아스타포보 역에서 폐렴으로 사망하다. 11월 9일 태어나서 평생을 보낸 야스나야 폴랴나 숲의 세상에서 가장 작고 소박한 한 평 무덤에 안장되다.

옮긴이 천호강

경북대학교 노문학과 강사, 러시아·유라시아연구소 연구원(인문사회학술 연구교수). 부산외대 러시아어과, 경북대 노문학과 석사, 모스크바국립대 철학부 박사 학위를 받았다. 공저 《세계 이슬람을 읽다》와 《러시아 개론》이 있으며, 《러시아 문학, 니체를 읽다》를 우리말로 옮겼다. 현재는 전환기의 대화로서 '러시아 문화에서 니체의 수용과 변용'을 연구하고 있으며, 러시아 혁명기의 철학 사상에 대한 번역과 연구에 관심을 기울이고 있다.

더불어 한러, 러한 번역팀 '미래깃'을 운영하며 한러문화와 소설 번역 사례, 번역에서의 주요 사안과 관용어 사전 같은 유용한 팁을 소개하는 러시아 블로그 '책숲'(https://les-knig.livejournal.com/ & https://t.me/lesknig2)을 물심양면 응원하고 있다.

톨스토이 사상 선집

거대한 죄

초판 1쇄 발행 · 2025년 3월 31일

지은이 · 레프 니콜라예비치 톨스토이
옮긴이 · 천호강
책임편집 · 이기홍
디자인 · 주수현

펴낸곳 · (주)바다출판사
주소 · 서울시 마포구 성지1길 30 3층
전화 · 02-322-3885(편집) 02-322-3575(마케팅)
팩스 · 02-322-3858
이메일 · badabooks@daum.net
홈페이지 · www.badabooks.co.kr

ISBN 979-11-6689-331-5 04800
ISBN 979-11-89932-75-6 04800(세트)